O OUTRO LADO DE TUDO ISSO

KIM LOCK

O OUTRO LADO DE TUDO ISSO

Tradução
Guilherme Miranda

2022

Título original: THE OTHER SIDE OF BEAUTIFUL
Copyright © 2021 by Kim Lock

Todos os personagens neste livro são fictícios. Qualquer semelhança com pessoas vivas ou mortas é mera coincidência.

Direitos de edição da obra em língua portuguesa no Brasil adquiridos pela Editora HR LTDA. Todos os direitos reservados. Nenhuma parte desta obra pode ser apropriada e estocada em sistema de banco de dados ou processo similar, em qualquer forma ou meio, seja eletrônico, de fotocópia, gravação etc., sem a permissão do detentor do copyright.

Direitos exclusivos de publicação em língua portuguesa cedidos pela Harlequin Enterprises II B.V./ S.À.R.L para Editora HR Ltda.

A Harlequin é um selo da HarperCollins Brasil.

Contatos: Rua da Quitanda, 86, sala 218 — Centro — 20091-005
Rio de Janeiro — RJ
Tel.: (21) 3175-1030

Diretora editorial: *Raquel Cozer*
Editora: *Julia Barreto*
Copidesque: *Camila Berto*
Revisão: *Julia Páteo e Cintia Oliveira*
Design de capa: *Christa Moffitt; Christabella Designs*
Adaptação de capa: *Renata Spolidoro*
Diagramação: *Abreu's System*

CIP-Brasil. Catalogação na Publicação
Sindicato Nacional dos Editores de Livros, RJ

L791o

Lock, Kim
   O outro lado de tudo isso / Kim Lock ; tradução Guilherme Miranda. – 1. ed. – Rio de Janeiro : Harlequin, 2022.
   384 p.

   Tradução de: The other side of beautiful
   ISBN 978-65-5970-123-0

   1. Romance australiano. I. Miranda, Guilherme. II. Título.

21-74602
CDD: 828.99343
CDU: 82-31(94)

Meri Gleice Rodrigues de Souza – Bibliotecária – CRB-7/6439

Para todos aqueles com saudade de casa.

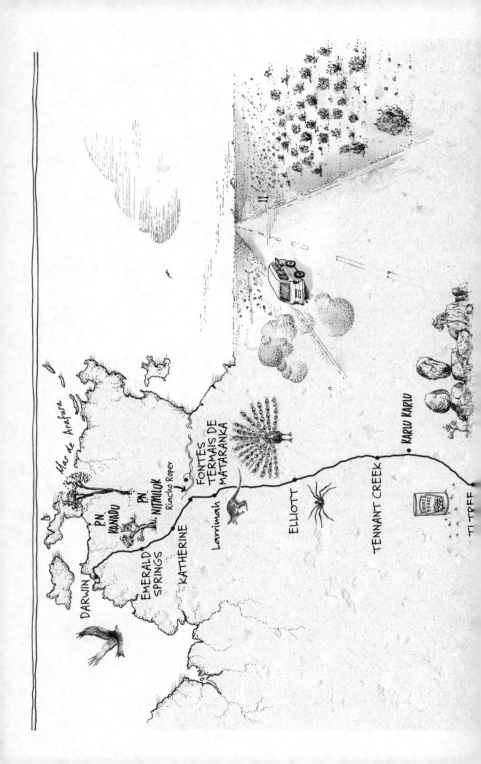

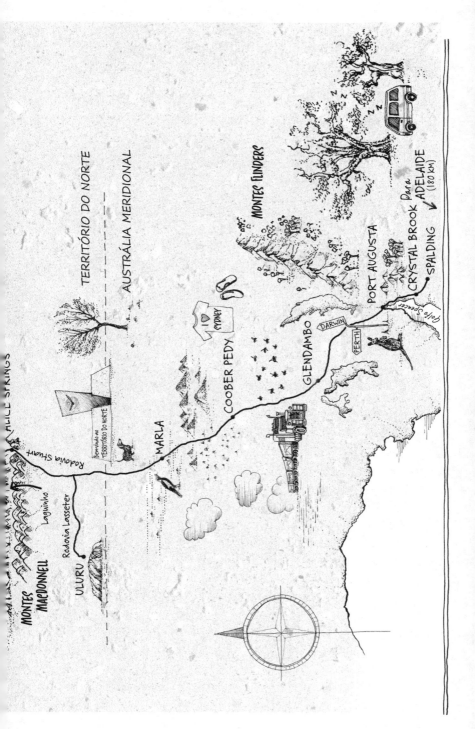

3024 km pela frente

CAPÍTULO UM

A casa de Mercy Blain estava pegando fogo, mas aquele não era o maior de seus problemas. Chamas envolviam as paredes com labaredas alaranjadas; ondas enormes de fumaça oleosa se erguiam para o céu noturno. Veículos do serviço de emergência se reuniam em volta da casa em combustão, luzes piscando sobre cercas, jardins e os rostos chocados dos vizinhos ao redor, todos de chinelos e segurando a camisola firme ao pescoço.

Uma ambulância estava parada no meio da rua com as portas traseiras abertas. No foco de luz que saía das portas do veículo, estava Mercy com seu cachorro nos braços, ignorando os paramédicos. Seu corpo estava tremendo, e lágrimas escorriam pelas bochechas. Ela não conseguia ouvir nada — nem os jatos d'água lançados em direção às chamas, nem as mangueiras batendo na calçada, nem as instruções que os bombeiros gritavam. Mercy não conseguia ouvir nada além do zumbido agudo do pavor puro e absoluto.

Era quase meia-noite, véspera do aniversário de 36 anos de Mercy. Nenhuma daquelas coisas — as chamas laranja ou os vizinhos curiosos, tampouco o aniversário ou o zumbido ensurdecedor — era o maior problema de Mercy.

O cachorro se contorceu de repente e lambeu o queixo dela. Vozes desconhecidas a rodearam, vagando nas margens de sua consciência, abrindo caminho através dos gritos de pavor em seus ouvidos.

— Senhora?

— Você consegue me ouvir? Senhora?

— Vocês são vizinhos dela? Como ela se chama?

— Não sei — disse uma voz feminina. — Nunca nos conhecemos.

— Ela é reservada — completou um homem.

— Senhora?

A paramédica estava apertando os ombros de Mercy. O cachorro começou a lamber as mãos da dona furiosamente. Ela fechou os olhos, mas as chamas ainda estavam lá, ardendo através de suas pálpebras. Houve então um som de ferro se partindo, a torrente de água lutando contra as chamas. Algo estalou, rangeu e caiu com um estrondo. Gritos se ergueram da multidão.

— Será que ela consegue escutar? Talvez seja um daqueles, sabe, cães-guias?

— É um salsichinha.

Não que Mercy não ligasse para a casa que de repente estava se transformando no primeiro círculo do inferno. Não que ela não estivesse tão preocupada quanto os paramédicos parados ali, calmamente angustiados em busca de sinais de inalação de fumaça, queimaduras ou talvez até uma concussão pela queda de escombros. Mas não, aquelas coisas não eram o motivo do desespero de Mercy.

— Mercy?
Os olhos dela se abriram. Com uma agilidade surpreendente para um Dachshund, Wasabi se soltou dos braços de Mercy e pulou no chão, então desatou a correr com as patas atarracadas na direção do vulto que subia a rua em alta velocidade.
— Eugene — disse Mercy com a voz rouca.
Cabeças se viraram. Curiosos abriram espaço. Até os paramédicos pararam de examinar Mercy enquanto o homem andava na direção deles. Ele ergueu os braços e se aproximou dela como se fosse puxá-la para um abraço. No último instante, porém, hesitou e baixou os braços sem jeito ao lado do corpo.
— Você está bem? — perguntou Eugene.
Mercy baixou os olhos e viu os pés dele em um par de sandálias. Por um bom tempo, ficou encarando, sem entender. Desde quando Eugene usava *sandálias*? A pele exposta no dorso do pé dele parecia pálida e repugnante. Ela talvez fosse vomitar.
— Sua mensagem de voz não fazia sentido nenhum — começou Eugene. — Você disse que tinha sido um pequeno incêndio na cozinha. Mas, ai, meu Deus, Merce...
Ele perdeu a voz ao contemplar as chamas estrondosas e crepitantes que ganhavam o céu. Uma janela se estilhaçou, e a multidão emitiu um som de horror.
— Precisamos dar uma examinada nela — disse uma das paramédicas, empurrando Eugene de lado.
Quando ele recuou, abaixando-se para pegar o cachorro, Mercy sentiu as pernas virarem gelatina.
— Não me deixa — pediu ela.
Eles a levaram para dentro da ambulância, onde lanternas iluminaram os olhos de Mercy. Um medidor de pressão arterial apertou o braço dela, enquanto o disco frio de um estetoscópio deslizou sob suas clavículas, na frente das costelas e atrás das

escápulas. Ela inspirou; expirou. *Alguma dor de cabeça?*, eles queriam saber. *Dor abdominal?*

Mercy sabia que precisava responder. Mesmo naquele estágio de consciência frágil, sabia que precisava dizer *não* para aquelas coisas, porque assim a deixariam em paz. Mas sentia um nó na garganta, sua voz não saía e, sem o cachorro para abraçar, seus dedos tremiam e apertavam a calça do pijama na altura dos quadris, como se aquilo fosse impedi-la de se despedaçar.

Será que os paramédicos tinham diazepam? Ou talvez, se ela pedisse, eles poderiam lhe dar a bombinha verde de anestésico? Alguma coisa. Qualquer coisa.

Eugene e dois vizinhos estavam parados à porta da ambulância. Eugene a observava com espanto, e alguma outra coisa — raiva? — também estava presente na expressão dele. Mercy notou que ele estava com o cabelo mais curto, e mesmo no escuro conseguia ver que o grisalho que antes cobria as têmporas de Eugene havia subido e se espalhado, ocupando boa parte da cabeça. Sob as luzes piscantes, os fios grisalhos cintilavam.

— Que sorte que encontrei você, hein? — interveio o vizinho.

Foi só naquele momento que Mercy notou que o homem estava sem camisa, com apenas uma calça de moletom cinza sob a barriga branca protuberante.

Mercy piscou. Nenhuma palavra saiu mesmo assim.

— Muita sorte — disse a paramédica.

— Eu estava do lado de fora, fumando um cigarrinho, quando esse cachorrinho aqui — o homem sem camisa apontou para Wasabi, que estava lambendo o rosto de Eugene — saiu do nada, latindo sem parar. Então dei uma olhada e, no começo, achei que todas as luzes ainda estavam acesas, o que era um pouco estranho, porque aquela casa costuma ser bem quieta...

— Mike — repreendeu baixinho uma mulher ao lado dele.

— Mas então vi a fumaça e percebi que estava pegando fogo. — O vizinho balançou a cabeça. — Então vim correndo. Dei um belo de um susto na pobrezinha, não foi, moça? — Ele se virou para Mercy. — Desculpa. Nunca nos conhecemos oficialmente, mas entrei com tudo no quarto da coitada e a vi lá parada, com fumaça por toda parte. Eu a peguei e trouxe para fora. — O homem se virou na direção de Eugene e estendeu a mão. — Sou Mike. E essa daqui é Jenny, a patroa — completou ele, apontando para trás do ombro com o polegar.

Jenny estendeu a mão para Eugene com educação, depois soltou um grito agudo quando algo na casa em chamas caiu com um estrondo.

A paramédica estava medindo o pulso de Mercy pela terceira vez, franzindo a testa.

— O pulso ainda está acelerado. Mas você não está tossindo, o que é um bom sinal. Alguma náusea? Tontura?

Mercy estava sentindo as duas coisas, inclusive mais que aquilo, mas não pelos motivos que a paramédica estava perguntando, então balançou a cabeça com firmeza. Ela sentia a ponta fria dos dedos da socorrista, o polegar apertando o dorso de seu punho com delicadeza. O contato era meramente profissional e necessário, mas, para Mercy, o gesto dos dedos da paramédica era quase insuportável de tão carinhoso. Ela soltou um soluço engasgado.

A socorrista sorriu para ela.

— Um pouco ansiosa?

As lágrimas de Mercy começaram a escorrer mais rapidamente. Ela assentiu.

— Só continue respirando devagar, está bem? Isso. Inspire contando até quatro, expire contando até… ei, você já sabe.

Já fez esse exercício de respiração profunda antes, hein? Agora, quero fazer o seguinte.

A paramédica então disse que Mercy precisava acompanhá-los até o Hospital Nortenho de Adelaide, uma orientação que a paciente recusou com veemência. Quando a profissional insistiu de novo, com preocupação e autoridade na voz, Eugene respondeu:

— Vou ficar de olho nela.

A paramédica não se convenceu e começou a explicar sobre a inalação de fumaça, até Eugene se aproximar e murmurar algo. Ela escutou, assentiu, olhou de soslaio para Mercy e sorriu.

— Bom — disse ela, pegando uma prancheta —, se o dr. Phelps aqui vai cuidar de você, me sinto muito melhor.

Curiosos e socorristas conversaram mais um pouco, sempre soltando expressões como *sorte* e *essa foi por pouco* e *pelo menos eram só coisas*. Mercy foi conduzida para fora da ambulância, então as portas se fecharam. Ao ar livre de novo, conforme a noite escura se abria e outros vizinhos se reuniam embasbacados, qualquer mísero indício de segurança que Mercy pudesse ter sentido na ambulância se desfez. O coração dela começou a bater tão rápido e forte que o barulho só serviu para intensificar o pavor. Era como um cavalo em disparada que se assustava com o som das batidas dos próprios cascos e galopava ainda mais rápido.

Sua casa. *Sua casa.* Mercy havia morado lá por dois anos.

— Enfim, mocinha — começou Mike —, acho que não sei seu nome.

Mercy olhou para ele. O homem sem camisa estava certo. Até aquela noite, eles não haviam se conhecido. Nos últimos dois anos, tudo o que Mercy sabia das pessoas que moravam do outro lado da rua era o que conseguia observar pela janela da sala de estar. Um eucalipto desgrenhado crescia ao lado da calçada, e, através dos galhos ramosos, dava para ver a garagem onde um carro perpetuamente semidestruído definhava sob um lençol manchado de óleo. A cerca da frente do terreno deles era feita de tela verde, e a casa, de tijolos vermelho-escuros. Ao contrário dos vizinhos na casa nova à esquerda de Mercy, às vezes as pessoas do outro lado da rua esqueciam de pôr o lixo para fora na manhã de segunda-feira, e o caminhão de lixo acabava passando por ali sem parar.

O ar estava empesteado pelo cheiro forte de fumaça e tijolo incandescente, além de tecidos, plásticos e madeiras incinerados. Vozes gritavam, água jorrava, motores de caminhão roncavam e cães por toda a rua formavam um frenesi de latidos e uivos. Funcionários dos serviços de emergência com vestimentas reflettivas andavam de um lado para o outro; interrogaram Mercy, anotaram suas informações e lhe deram cartões de visita. Os policiais rondavam, seguindo as diretrizes dos bombeiros. Pessoas com FORENSE escrito nas costas apareceram. A voz de Mercy chiava e tremia; ela sentia como se estivesse em uma realidade paralela. Como se estivesse vendo toda a comoção de longe, da superfície de outro planeta. Tanta gente, tanto barulho. Tanta atenção, tudo por causa *dela*. Em certo momento, um policial abaixou a cabeça para ficar na linha de visão de Mercy e disse:

— Podemos ligar para alguém por você? Família ou amigos? Você tem algum lugar para onde ir?

Não é isso que está errado, ela queria dizer a todos. *Esse não é o maior dos meus problemas.*

Os olhares de Eugene e Mercy se cruzaram rapidamente.

Mercy olhou para a casa a tempo de ver uma parte imensa do telhado sucumbir às chamas. Brasas foram lançadas como fogos de artifício para o céu escuro.

E foi então que o desastre ficou evidente. Escuro e pegajoso como a noite tomada por fumaça, Mercy sentiu o peso mortal em suas costas enquanto o tempo parava por completo. Aquele momento de dor intensa se estendeu por uma eternidade impossível, e seus pulmões se encheram com um grito de puro pânico.

Em desespero, ela correu até Eugene.

— Não tenho... mais...

Eugene franziu a testa.

— Ela vai ficar comigo.

O vizinho sem camisa se voltou para Mercy, surpreso.

— Bom — disse ele —, que bom que você tem um amigo, meu bem.

Eugene disse:

— Sou o ex-marido dela.

— Na teoria — ela conseguiu intervir —, ainda somos casados.

Era a primeira vez que Mercy saía de casa em quase dois anos.

E *esse* era o maior problema de Mercy.

CAPÍTULO DOIS

Para piorar a situação de Mercy, ela só tinha ido à casa nova de Eugene uma vez. Eugene comprou a casa uma semana depois que tudo aconteceu e, passados alguns dias, convidou Mercy para comer uma pizza, um convite que, naqueles tempos, ela não tinha como não enxergar como uma tentativa perversa de reconciliação. Eles tinham comido em pé na bancada da cozinha, cercados por caixas parcialmente desfeitas, e Mercy tinha ficado tempo suficiente para comer uma fatia, então fugira. No caminho de casa, parada em um farol vermelho, ela havia aberto a porta do carro e vomitado a pizza bem ali no meio da pista. Não era preciso dizer que, embora Eugene tenha repetido o convite uma ou duas vezes, Mercy nunca mais voltou.

Já tinha passado das três da manhã quando Eugene entrou na garagem, a vinte minutos da casa de Mercy. Durante todo o trajeto, ela teve a sensação de que uma corda pesada estava se desenrolando em seu peito, ficando mais e mais tensa conforme a distância de sua casa aumentava. Mercy se agarrou a Wasabi como se o cachorro fosse um escombro flutuante e ela estivesse se debatendo em um mar agitado.

Quando o carro parou, Eugene se virou para ela.

— Antes de entrarmos, tem uma coisa que você precisa saber. — Ele expirou, coçando a parte de trás da cabeça. — José está aqui.

O olhar de Mercy alternou entre a expressão indecifrável de Eugene e a casa silenciosa. Todas as janelas estavam escuras. Sobre o telhado, o céu estava turvo com a luz ambiente da cidade de Adelaide. Eles estavam a alguns bairros do centro.

— José?
— Sim.
— Pensei... pensei que vocês tinham terminado.
— Terminamos. Mas agora, bom, não estamos mais terminados.
— Então... ele está aqui? Lá dentro?
— Sim.
— Eugene, não posso ficar aqui!
— Olha — ele se apressou em dizer —, não se preocupe com isso agora. Você passou por um baita choque e só precisa de um banho e uma noite de descanso. Amanhã damos um jeito em tudo.

Foi então que Mercy percebeu que Eugene estava usando uma camisa de botão. Apesar da urgência em acordar no meio da noite, apesar do incêndio na casa da ex-esposa, ele tinha dado um jeito de vestir uma camisa de botão. Claro que tinha. E ali ao lado dele estava Mercy, desolada de medo, fedendo a fumaça, plástico derretido e tijolo enegrecido, de calça de pijama larga e uma camiseta velha manchada de suor.

E, dentro da casa escura e silenciosa de Eugene, estava o namorado de 23 anos com quem ele vivia terminando e voltando.

O zumbido agudo voltou com tudo nos ouvidos de Mercy. Tudo começou a girar, ondas nauseantes a lançando para trás e para a frente.

— Eugene?
— Sim?
— Acho que vou precisar de um calmante.
— Tá — disse ele. — Tenho um na cozinha.

Também tinha uísque na cozinha de Eugene. Ele ofereceu o banheiro para que Mercy tomasse um banho, mas a única coisa que ela queria era diminuir a velocidade desenfreada de seu coração. Era o procedimento básico: estancar o sangramento antes de pôr os ossos no lugar. Assim, foram cinco miligramas de diazepam virados com três copos de Glenlivet antes de um banho, depois Mercy se enfiou em uma calça jeans e uma camiseta emprestadas, e Eugene a guiou para o quarto de hóspedes onde ela ficou sentada na cama, no escuro, esperando o sol nascer. Em nenhum momento Mercy ouviu barulhos no quarto de casal. Em nenhum momento ouviu vozes masculinas sussurradas, as palavras doces ou tranquilizadoras que seu ex-marido poderia dizer ao jovem que havia substituído — várias vezes, pelo visto — a mulher que ele antes amava.

Mercy ficou sentada na cama de hóspedes do ex-marido, esperou a luz do sol e tentou respirar.

No dia seguinte — o aniversário de Mercy —, o perito ligou. Mercy estava prostrada no chão perto da janela no quarto de hóspedes quando o celular tocou. Estar ali naquela posição lhe dava a sensação psicológica de estar mais próxima de sua casa, mas as cortinas eram feitas de um tecido branco fino, inúteis contra o brilho ensolarado do meio de outubro, então Mercy havia pendurado uma coberta no trilho da cortina e tinha acabado de se jogar no carpete quando seu celular começou a vibrar.

Wasabi, todo encolhido na cama, abriu um olho. Mercy se deu conta de que tudo o que ela tinha no mundo agora era o cachorro e o celular. O pijama que estivera vestindo na noite anterior — quando o vizinho a tirara do quarto cheio de fumaça — estava na lixeira de Eugene. Mercy olhou para o celular vibrando em sua mão. Quando o vizinho a encontrou, ela deve ter pegado o aparelho da mesa de cabeceira, mas não conseguia se lembrar.

— Foi a torradeira — disse o perito para ela.

Mercy apertou o celular com mais força junto à orelha.

— A torradeira?

O quarto de hóspedes de Eugene tinha cheiro de um sabão em pó diferente e carpete novo. A coberta começou a escorregar do trilho e ela semicerrou os olhos com a fresta de luz do sol que entrou pela beirada.

— Chegamos à conclusão de que a causa do incêndio foi a torradeira elétrica no balcão da cozinha, na parede direita — continuou o perito. — As chamas queimaram o que parece ter sido um pano de prato, depois os armários suspensos e, então, entraram na cavidade do teto. Depois que as vigas pegaram fogo, tudo foi muito rápido.

A coberta escorregou mais. Mercy ergueu uma mão para impedir que ela caísse.

— Então, quando posso voltar para casa?

Um momento de silêncio tomou conta da ligação. O perito pigarreou e disse:

— Sinto muito, sra. Blain, mas infelizmente a senhora não pode voltar.

Na noite anterior, Mercy havia suplicado para que os bombeiros, por favor, deixassem-na voltar para a casa depois que o fogo fosse apagado. Ela implorou dizendo que não teria problema se o carpete estivesse manchado ou se houvesse um pouco de cinzas nas paredes. Tampouco incomodaria Wasabi. Mercy não contaria para ninguém — ninguém precisaria saber que ela voltara para a casa; seria o segredinho deles. Mas os homens uniformizados tinham sido inflexíveis: em nenhuma circunstância Mercy poderia voltar para lá. Até conseguirem encontrar a causa do incêndio, a casa seria uma cena de crime. E, além disso, eles indicaram, metade das paredes tinha caído. E o teto havia cedido.

— Por que não? — perguntou Mercy na ligação. — Não é mais uma cena de crime, é? Não tem nada de... suspeito?

— Não, nada nesse sentido. Você vai precisar falar com sua seguradora, mas, no momento, a casa está inabitável.

— Inabitável? — repetiu ela.

— Sinto muito.

Mercy começou a sentir um nó na garganta e se concentrou em puxar ar para dentro dos pulmões, lutando contra o terror crescente. Ela não estava segura. Ela não estava *segura*. Aonde poderia ir para ficar segura? Mercy queria sair da própria pele. Queria sair daquele corpo apavorado.

A coberta escapou do trilho e caiu no chão. A luz inundou o cômodo.

* * *

Mercy se agachou no chão, o queixo no peitoril da janela, a coberta mais uma vez pendurada, agora batendo na parte de trás de sua cabeça, e a respiração movimentando as cortinas finas encostadas em seu rosto. Ela fechou os olhos, e a luz do sol atravessou suas pálpebras, deixando o mundo vermelho. Se estivesse em casa, poderia sentir um tipo de aconchego. Mas não estava em casa. Sua casa tinha pegado fogo durante a noite. Sua casa estava *inabitável*. Em vez disso, Mercy estava enfurnada no quarto de hóspedes da casa do ex-marido, odiando os cheiros do sabão em pó desconhecido e do carpete novo, eriçando-se com os sons que escutava fora do quarto: a descarga do banheiro; o tilintar de talheres; vozes graves e abafadas de homens. Eles estariam falando sobre ela, com certeza. Quando ela sairia do quarto? Quando iria embora?

O que é que faria da vida?

Mercy abriu os olhos. Outro calmante de Eugene tinha deixado os músculos dela lentos, os movimentos arrastados, mas o remédio não tinha conseguido aquietar a mente acelerada. Era por isso que ela nunca tinha gostado muito de benzodiazepínicos — nem quando aquilo tudo começou. Ter uma mente descontrolada em um corpo letárgico e capenga era uma experiência desagradável, para dizer o mínimo.

Os joelhos de Mercy ardiam de tanto ficar de cócoras. Os tornozelos estavam tensos, curvados sob seu peso. A cabeça latejava; fazia quase vinte e quatro horas que ela não comia nem dormia. Na cama, atrás dela, era possível ouvir o ronco suave do cachorro.

Mercy inclinou a cabeça, pousando a bochecha no peitoril da janela. Lágrimas escorreram de seus olhos, molhando a cortina fina. Ela fechou os olhos de novo.

Foi então que as imagens vieram com força. Claras e vibrantes, familiares como um filme a que ela assistira mil vezes: pele nua, suada e pálida; uma voz, aguda de angústia, gritando: *Faça alguma coisa!*

Os olhos de Mercy se abriram de repente. Ela encarou com o olhar perdido a luz do sol opaca até as vozes ecoarem, perdendo a força.

Quando Mercy esfregou os olhos, piscando para afastar o ardor das imagens, um movimento chamou sua atenção. No fim do jardim íngreme na frente da casa de Eugene, depois da cerca de tijolos baixa e do outro lado da rua, alguém estava se mexendo. Erguendo a cabeça do peitoril, Mercy fez um esforço para olhar por detrás da cortina.

Estacionada na calçada do outro lado da casa de Eugene, estava uma van bem pequena e retangular, que parecia um pouco amassada. Era quase toda bege, embora um painel lateral parecesse verde-escuro, e havia uma espécie de linha de pontinhos vermelhos sob as janelas. Logo abaixo, havia algo escrito em letras pretas. Mercy puxou a cortina de lado, abrindo o suficiente para dar uma espiada. Ela aproximou o rosto do vidro, mas não conseguiu distinguir as letras. Agachado perto da roda dianteira da van estava um senhor de idade. O homem apoiou um pedaço de madeira compensada no veículo, e a placa dizia: VENDE-SE.

Mercy soltou a cortina. Afastando-se da janela, retomou sua posição prostrada no chão.

Uma batida leve na porta. Eugene pôs a cabeça dentro do quarto.

— Como está se sentindo?

Wasabi pulou da cama e saltitou até Eugene para fazer festa em volta de suas canelas. Mercy, deitada no carpete, tirou o braço de cima do rosto. Qual era a resposta à pergunta dele? *Péssima? Enjoada? Sem teto?*

Ela cobriu o rosto com o braço de novo.

— Desculpa — murmurou Mercy, que não sabia o que mais dizer.

— Pensei que talvez você quisesse jantar. José fez macarrão.

Eugene parou, e ela ouviu a porta se fechar. Mercy esperou, pensando que ele tinha saído, mas depois de um momento o ex-marido voltou a falar:

— Você deveria comer alguma coisa, não comeu nada o dia todo.

— Não sabia que você estava monitorando.

— Estou preocupado com você. Nós dois estamos.

Mercy suspirou e baixou o braço. Ela não queria jantar. Seu estômago era um nó apertado contra o esôfago. Mas, depois de quase vinte e quatro horas sem sair do quarto de hóspedes de Eugene, ela estava começando a se odiar.

Eugene se abaixou perto do pé da cama e se sentou, constrangido. Mercy se levantou com dificuldade. Os dois olharam para o cachorro, algo seguro, balançando o rabo aos pés de Eugene, na esperança de que o dono da casa o deixasse dar mais uma volta no quintal.

— Feliz aniversário — disse Eugene por fim.

— Obrigada — respondeu Mercy automaticamente.

— Você já falou com a seguradora?

Eugene manteve o olhar em Wasabi. A pergunta era uma implicação velada: *Quando você vai embora?*

Mercy assentiu.

— Posso conseguir... eles vão me dar... hospedagem.

— Que ótima notícia. — Finalmente, os olhos dele se voltaram para ela. — Não que você não seja bem-vinda aqui, claro. Quis dizer que deve ser uma ótima notícia *para você*.

Sem perceber, Mercy soltou uma risadinha. Afinal, como ela poderia dizer para Eugene que não teria como ir até um conjunto árido de apartamentos mobiliados? Escritórios, pessoas desconhecidas, burocracia, compromissos — era tudo uma perspectiva tão incompreensível para Mercy, tão fisicamente impossível quanto fazer crescer um braço novo.

Mas Eugene estava sorrindo para ela, com seu melhor sorriso calmo e tranquilizador de médico, e a intensidade da desgraça e da autocomiseração de Mercy era intolerável até para si própria, de modo que só podia imaginar como deveria ser intolerável para Eugene. Então, Mercy se levantou e disse:

— Obrigada, jantar seria bom. — E foi até o banheiro se lavar.

Foi no banho que as coisas saíram do controle. Barriga, bunda, cabelo de sobra. Quase nada firme, exceto os cotovelos e tornozelos — todo o resto estava flácido. Trinta e seis anos e já havia uma mata selvagem lá embaixo. Não que ela se importasse, na verdade; Mercy sentia um deleite sublime em deixar os pelos crescerem. E também não era como se houvesse alguém perto para notar. Mas, naquele momento, enquanto saía do banheiro e vestia a calça jeans skinny emprestada de José sobre a pele branca marcada de suas coxas, ela se lembrou que Eugene já havia posto a boca naquela pele e conteve um ganido desconsolado.

Mercy passou as mãos nos cachos fracos e molhados que caíam emaranhados sobre os ombros e as costas, então os puxou para uma espécie de rabo de cavalo. Ela se agachou para dobrar a barra da calça jeans de José.

Finalmente se aprumou e se olhou no espelho. Endireitou os ombros. Beliscou as bochechas.

Você consegue.

Na cozinha, ela encontrou a mesa posta para três. Ao fundo, uma música instrumental com um piano tilintante tocava baixinho. Taças brancas, pão, uma cumbuca de salada. Algo com creme e alho cozinhava no fogão, e José estava abrindo uma garrafa de vinho branco. Era uma cena simples e adorável, a vida doméstica da classe média depois do trabalho, o tipo de coisa que amigos e familiares de todo o mundo faziam diariamente, sem nem parar para pensar. O coração de Mercy subiu pela garganta.

Eu não consigo.

Mas Eugene sorriu para ela e serviu macarrão, e José cortou pão, e, quando Mercy perguntou o que poderia fazer para ajudar, os dois foram gentis e disseram *tsc, não, você pode ficar sentada*, então ela ficou sentada e disse *obrigada* quando Eugene serviu Sauvignon Blanc na taça dela. Mercy tentou não se lembrar da última vez em que ela e o ex-marido tinham parado para comer uma refeição caseira juntos porque, sinceramente, será que aquele tempo existiu mesmo?

Quando eles estavam todos reunidos em volta da mesa, Eugene ergueu a taça e disse:

— Feliz aniversário, Mercy.

Aquilo era um músculo se tensionando no maxilar de José?

— Por favor — disse ela —, não se preocupem com isso. Eu tinha esquecido. Mas obrigada.

— Compramos uma coisinha para você.

Eugene estendeu uma caixinha perfeitamente embrulhada com um laço de papel laminado em cima.

Mercy ficou em choque.

— Não precisavam.

Sim, José estava definitivamente rangendo os dentes. Ele usava um par de óculos enorme com aro de tartaruga, e uma mecha de cabelo escuro caía sobre um olho. Enquanto os músculos de seu maxilar ficavam mais tensos, ele mexia a cabeça para jogar o cabelo para trás.

— Devo... quer que eu... agora?

— Sim! — A voz de Eugene era alta demais. — Abra.

Dentro do pacote estava uma caixa rosa e prateada. Ralph Lauren Romance.

— Perfume — disse Mercy. — Obrigada.

Será que deveria passar agora? Não era exatamente educado borrifar à mesa do jantar, mas não seria uma demonstração de ingratidão deixar o presente de lado? No fim, decidiu dar uma leve borrifada no punho e então erguê-lo até o nariz.

— Jasmim — arriscou.

Os garfos se fixaram na comida. A salada circulou ao redor da mesa; o pão ganhou manteiga. As facas tilintaram, o piano tocava e Mercy fez de tudo para impedir que seu crânio saísse voando e se afixasse no teto.

José estava falando. Especificamente, José estava falando sobre grãos de café. Ai, Deus, pensou Mercy, ele realmente queria falar sobre grãos de café? Durante o jantar?

Wasabi, sentado com o ar esperançoso ao lado da cadeira de Mercy, à espera de alguma migalha, cutucou a perna dela com a pata dianteira. Era como se o Dachshund estivesse oferecendo um lembrete zen, um alerta para que ela não caísse na armadilha de deixar que a mente vagasse para o passado deprimente nem para um futuro ansioso e desconhecido. Em vez disso, o lembrete dizia *fique aqui onde está, fique exatamente onde está, aqui, por inteira no momento presente. Fique aqui e agora.*

Mercy jogou um pedaço de frango para o cachorro e criou coragem.

— Você está... — começou ela, dirigindo-se a José. — Ainda está no carrinho de café, perto da entrada do hospital?

Uma expressão divertida perpassou o rosto de Eugene.

— José tem o próprio carrinho agora.

— *Cafeteria sobre rodas* — corrigiu José, jogando o cabelo para trás mais uma vez. Seu tom estava impregnado da exasperação amorosa e resignada típica de um companheiro de longa data. — "Carrinho" parece o tipo de coisa que você leva para a feira.

Mercy queria bater a cabeça na mesa. Ela se imaginou enfiando a cara no macarrão alfredo e se mantendo ali até os dois terem ido dormir e trabalhar no dia seguinte ou, melhor ainda, talvez até decidido se mudar de casa.

Pigarreando, Eugene baixou o garfo. Ele olhou rapidamente para José.

— Tenho que voltar a trabalhar amanhã.

Mercy piscou, alternando o olhar entre eles.

— Certo.

— Não posso tirar folga.

— Não pensei que fosse tirar.

— Mas vou voltar para o plantão noturno, então amanhã posso levar você de volta para, hm, *casa*, para buscar seu carro.

Mercy sentiu mais uma patada na perna.

— Não tenho mais o carro — disse ela.

— O Lexus?

— Vendi.

— Vendeu?

— Sim. Não... precisava mais dele.

— Comprou um menor?

— Não, eu... — Ela deixou a frase morrer.

De que adiantava contar para ele? Mercy tinha vendido o carro porque o troço estava parado na garagem, praticamente inutilizado por quase dois anos, e era melhor para ela estar com o dinheiro do que com uma grande SUV ridícula e parada. Mas Eugene não entenderia. Mercy sabia que ele começaria a escrever receitas. *Não se enfrenta a ansiedade fugindo dela.*

Mercy percebeu um ressentimento antigo se movendo, subindo como lodo de uma lagoa agitada. As poucas garfadas de macarrão que tinha conseguido comer caíram como lama em sua barriga.

A massa atravessou o corpo de Mercy como uma agulha ardente. Era pouco mais de meia-noite quando as cãibras a acordaram de um sono frágil e agitado. Ela abriu a porta do quarto no escuro e andou de quatro até o banheiro, como se ocupar menos espaço físico a fizesse se sentir menos patética.

No caminho de volta, estava engatinhando pelas tábuas do assoalho, deixando um rastro de Ralph Lauren Romance (ela não conseguiu encontrar nenhum purificador de ar) quando ouviu vozes, baixas e insistentes, vindas do fim do corredor. A porta do quarto de Eugene estava entreaberta, deixando sair uma luz. As vozes começaram a ficar mais rápidas e altas.

— Sério? — perguntou José.

— É complicado — disse Eugene.

— Não é tão complicado assim! — A voz de José se elevou. — Você comprou *perfume* para ela. É muito simples para mim.

Mercy parou, envergonhada, percebendo de repente que tinha borrifado perfume demais e que o cheiro estava se espalhando pelo corredor. Ela imaginou o aroma floral flutuando em uma grande nuvem na direção do quarto de Eugene, anunciando a presença dela.

Recue, Mercy disse a si mesma. *Rápido, agora, antes que encontrem você.* Mas ela não saiu do lugar.

— Você não é responsável por ela, Eugene.

Ela não conseguiu ouvir a resposta.

—... manter essa mulher na sua vida, desse jeito. Não é saudável.

—... não é saudável, José. *Você* é que fica indo e voltando, sem se decidir...

Mercy engatinhou um pouco para a frente.

— Ela precisa ir — disse José.

— Mas ela não tem mais ninguém.

— Não é responsabilidade sua. Ela já é adulta.

Um lampejo de raiva a perpassou. Mercy e Eugene haviam sido casados por seis anos. *Seis anos.* E o casamento acabara tão bruscamente como um tapa. Eles não foram se distanciando, e sim romperam de forma abrupta, como se tivessem sido atingidos por um machado, deixando artérias sangrando por toda parte. Pelo menos era como *ela* se sentia. E Eugene sabia disso, havia reconhecido isso, e era por *esse* motivo que Mercy estava ali, naquele momento, recorrendo ao ex-marido quando a casa dela tinha pegado fogo. Não porque não fosse *adulta*, mas porque Eugene não era um cretino. Porque eles tinham uma história. Porque ele, mesmo quando foi embora, havia admitido que talvez ainda a amasse, talvez a amaria para sempre.

Mercy apoiou o rosto nas tábuas do assoalho. Suas unhas rasparam o chão ao cerrar os punhos, o frasco de vidro quadrado fazendo pressão em seus dedos.

— José...

— Ela é uma mulher de 36 anos... uma porra de uma médica, ainda por cima... e não consegue nem tomar jeito na vida?
— José, por favor...
— Ela não é problema seu, Eugene. Ela é problema *dela*.

O frasco se quebrou quando atingiu a parede, e o cheiro enjoativo de perfume dominou o ar.

CAPÍTULO TRÊS

Na manhã seguinte, Mercy estava parada diante da porta aberta da casa de Eugene. O dia havia raiado quente e abafado. Uma camada fina de nuvens cobria o céu, retendo o calor na terra. Era uma daquelas manhãs de outubro em Adelaide em que tudo parecia melancólico, parado. As folhas dos jacarandás que cercavam a rua pendiam imóveis em seus galhos.

O aroma de pinho do desinfetante vinha do corredor atrás de Mercy, mas não disfarçava muito bem o cheiro de perfume. Na noite anterior, ela havia chorado enquanto passava o esfregão, pedindo desculpas e, embora Eugene tivesse soltado um suspiro triste, dado um tapinha no ombro dela e dito *Não se preocupe*, Mercy ainda não tinha visto José.

O suor escorria pelas têmporas de Mercy. Ela limpou a palma das mãos na calça jeans skinny de José, expirando de forma lenta e trêmula. Quando abrira a porta, Wasabi tinha soltado um latidinho surpreso e animado, depois ficou em silêncio, apoiando o traseiro esguio nos ladrilhos e erguendo os olhos para Mercy com expectativa. Eles iriam *passear*, não iriam?

Ela se agachou e pegou o cachorro no colo. Antes que pudesse hesitar, antes que sua mente tivesse a chance de perceber o que tinha acontecido e a arrastasse para os confins de uma floresta de pavor, Mercy cruzou a porta, correu pelo jardim da frente e saiu para a rua.

Eram oito e pouco da manhã. Garagens se abriam e fechavam ruidosamente, portas de carro batiam enquanto pessoas de ternos e saltos elegantes se apressavam para o trabalho com o ar vigoroso e decidido, enquanto Mercy tremia, o suor lustrando sua pele, chinelos nos pés e um salsichinha nos braços.

Os emblemas na vanzinha bege diziam *Daihatsu Hijet*. Agora Mercy conseguia ver que as manchas vermelhas sob as janelas eram flores pintadas à mão. Com pinceladas toscas sob os desenhos estavam as palavras: *Lar é onde você ESTÁ*.

— Ela é uma belezinha, moça.

Mercy gritou e deu meia-volta. Seu coração martelava alto no peito.

O homem na ponta da garagem parecia ter pelo menos 70 anos. Baixo e encurvado, alguns fios de cabelo branco penteados para trás. Uma camisa de botão manchada de óleo estava enfiada dentro da bermuda azul-marinho desbotada, e meias de lã de cano alto chegavam até seus joelhos magros. Ele calçava botas com bico de aço.

— Desculpa — disse Mercy. — Eu estava... não estava...

Ele continuou andando até a van e apoiou uma mão desgastada na lateral do veículo. Os dedos estavam tão escuros de óleo quanto a camisa. Wasabi se contorceu nos braços de Mercy, tentando chegar perto do homem.

— É uma boa perua, essa aqui — começou o velho. — Não parece muita coisa, mas as flores pintadas dão uma embelezada, não acha?

— Hm, sim. Um charme.

Mercy se concentrou em respirar o mais devagar possível. Inspira e expira. *Só continua respirando.*

O homem se endireitou, olhando de um lado para o outro da rua, então encarou Mercy com uma expressão intrigada.

— Você não me parece familiar. Não está a pé, está, moça?

Mercy olhou para os pés. Seus chinelos tinham custado dois dólares, e Eugene os comprara no supermercado no dia anterior. Naquele momento, eram os únicos calçados que ela possuía.

— Então — disse, tentando encontrar algo educado para dizer. — Estes — ela apontou para os chinelos — são provisórios.

Instaurou-se um silêncio confuso, em que o coração de Mercy continuou a acelerar. Ela se deu conta de que o homem estava perguntando se ela havia caminhado para cá — *a pé* — e sentiu que ficava vermelha.

— Então, a van — disse o homem, dando um tapinha caloroso no veículo. — Está interessada? Vou fazer um precinho bom para você. Dois mil.

Mercy olhou na direção da casa de Eugene. No terreno ao lado, um grupo de crianças uniformizadas subia em uma SUV brilhante enquanto uma mulher de roupas esportivas com um rabo de cavalo loiro e uma bolsa gigante dava ordens com a voz animada. Mercy desviou o olhar. A camiseta que vestia era de Eugene (vermelha e, inexplicavelmente, com uma estampa estilizada de uma Kombi), a calça jeans era de José, e já fazia três dias que ela estava com a mesma calcinha.

Ela precisa ir. Não é saudável.

Mercy apertou Wasabi com mais força, erguendo-o para perto do queixo enquanto examinava a pequena van.

Lar é onde você ESTÁ.

Bom, Mercy pensou, naquele momento ela se encontrava do outro lado da rua da casa do ex-marido. E não *tinha* mais um lar — tinha uma ruína carbonizada. Como aquele lugar onde estava poderia ser um *lar*? Como poderia ser tão simples assim?

— Mil e oitocentos — disse o velho.

— Ela funciona? — perguntou Mercy, dando um passo hesitante na direção da van.

— Claro que funciona, moça. Um pouco preguiçosa no frio, como todo mundo, não é mesmo? Fora isso, corre muito bem.

— Dá para pegar estrada?

O homem recuou, parecendo ofendido.

— É claro que dá para pegar estrada. O que você acha? — Ele acariciou a lateral da van como se acalmasse um cavalo agitado. — Ela pode não parecer muita coisa, mas os cintos de segurança funcionam, a polícia se preocupa muito com isso. Quase não tem ferrugem, todos os faróis estão nos conformes e os freios vão fazer seu pescoço estralar se pisar neles com força. Mil e setecentos, então. Você é durona, hein.

Mercy não tinha mil e setecentos com ela. Na verdade, não tinha um dólar sequer com ela. Tudo o que tinha era o celular. A bolsa estava derretida em algum lugar do carpete. O homem continuou falando, e Mercy sabia que tinha pouco tempo antes de o medo tomar conta dela por completo. Ela olhou de soslaio para a casa de Eugene, imaginando o cheiro de perfume escapando dos tijolos.

Ela é problema dela.

— Tem um fogãozinho a gás na traseira, e um colchão de espuma que até que é bom, então do que mais você precisa? Quer saber, vou oferecer também...

Mercy não ouviu o resto da frase, porque o homem se virou e desceu de modo abrupto em direção à garagem. Ela ficou paralisada. Deveria seguir atrás dele? Mentalmente, tentou contar os passos de volta para a porta de Eugene. Vinte passos? Trinta? Quantos segundos levaria para estar dentro de casa de novo? O homem desapareceu na garagem, e Mercy estava avaliando se seria muita grosseria sair correndo quando ele ressurgiu com uma cadeira dobrável velha embaixo do braço.

— Pronto — disse ele, soltando a cadeira no chão com um tinido. — Vou incluir essa para completar. *Agora* você não precisa de mais nada, moça. Tem onde dormir, onde comer, onde se sentar... — O homem deu uma chacoalhada rápida na velha cadeira dobrável. — E pronto. Um lar fora de casa. Para onde vai? Norte? Oeste? Não vá para o leste, só tem turista lá.

Mercy olhou para a van. Aquilo estava saindo do controle. Ela deveria pedir desculpas para o homem por tomar o tempo dele e ir embora.

Mas... para onde iria? Mercy ouviu de novo o estilhaçar do frasco de perfume, lembrou do espanto no rosto de Eugene e José quando eles entraram no corredor e a viram de joelhos. Náusea e pânico começaram a se revirar na barriga dela. Mercy se forçou a respirar devagar.

— Quer dar uma voltinha com ela?

— Ah, desculpa, não sei mesmo...

— Mil e seiscentos, então. — O velho riu e abanou a cabeça. — Isso sim é cansar um velho. Olha, vou mostrar o truque da porta. — Ele abriu um sorriso conspiratório para ela, como se revelasse um segredo, e se posicionou na porta dianteira do lado do motorista. — Você ergue a maçaneta — ele seguiu a própria instrução — e precisa bater... bem... *aqui*. — De repente, o homem se curvou na altura da cintura, acertando o quadril na porta com um barulho de metal.

A porta se abriu calmamente.

Não havia nada a fazer; os acontecimentos pareciam se desenrolar na frente de Mercy por conta própria, desde que seu vizinho a havia tirado da casa em chamas. Ela entrou no veículo.

A van tinha apenas dois lugares — motorista e passageiro —, com estofado no mesmo tom de bege do exterior, além de listras verde-escuras. A manopla de câmbio era uma vara comprida com uma bola em cima. Mercy se virou, espiando a traseira. Os bancos de trás tinham sido removidos para acomodar um pequeno armário lascado em forma de L, em cuja extremidade se via um fogareiro com uma boca a gás. Ao longo da lateral, havia um banco estreito coberto de espuma. Um assento? Uma cama? Mal havia espaço para espirrar, mas ela conseguia ver que o veículo era aconchegante: a forma como as paredes a rodeavam; a domesticidade alegre dos armáriozinhos.

— Câmbio manual de quatro velocidades — começou o homem. — Corre feito um cavalinho de turfe, só não na largada. Mas quem precisa de velocidade? É aquilo que eu digo, vai com calma, dê uma boa admirada na vida. Todo mundo anda tão rápido hoje em dia. Correndo de um lado para o outro, pondo fotos na internet sem parar. Por que não aproveitar o momento?

Mercy sentiu uma pontada de culpa. Ela não entrava na internet havia dias, e ali estariam dezenas de notificações, todo tipo de medo, desespero e indignação. Como se ela tivesse invocado, seu celular vibrou no bolso. Uma mensagem de Eugene:

Quero ajudar você mas não sei se você pode ficar. Vamos conversar à noite. Bj

Ela conseguia se sentir caindo, rolando por uma encosta que a levava de volta a hábitos e alicerces antigos — a mágoas antigas. De repente, Mercy sentiu como se uma pedra a tivesse atingido. Ela estava exausta, moída; estava derrotada, e cansada até o último fio de cabelo.

Mercy observou o interior da van outra vez. Um lugar inteirinho habitável, perfeitamente móvel.

— Lar em qualquer lugar — murmurou ela.

O homem ficou em silêncio. E permaneceu assim por tanto tempo que Mercy parou de examinar o interior humilde da Hijet e se virou para olhar para ele através da janela aberta.

O homem estava sorrindo. Lágrimas brilhavam nos olhos dele.

— Mil e quinhentos, então, moça — disse ele. — Acho que ela está dizendo que é sua.

Quando Mercy tinha 14 anos, sua colega de turma Lana Nicholson-Dean tinha um pônei. O bicho era um serzinho marrom de temperamento forte, baixo e roliço como um barril. Certa vez, numa rara ocasião em que a mãe de Mercy havia permitido, a menina dormira na casa de Lana. Na manhã seguinte, Mercy estava sentada na cerca observando o pônei de Lana ganhar ferraduras novas. O ferrador, com a testa pingando de suor e manchas de sangue se espalhando na camisa por causa de uma baita mordida que levara nas costas, instruíra Lana a bater na testa do pônei com o dedo. *Bem ali entre os olhos*, dissera o ferrador. Perplexo pelo barulho oco, o animal havia contido os dentes cerrados por tempo suficiente para que o ferrador conseguisse martelar os pregos nos cascos.

Mercy se lembrou daquele episódio enquanto saía da vizinhança de Eugene para a Rodovia Principal do Norte. Quando o trânsito se fechou em volta dela, a sensação estranha do motor da Hijet zumbindo sob seu assento era uma distração, uma sensação física em que prestar atenção a fim de impedir que o pânico mordesse com força suficiente para fazê-la sangrar.

— Certo — disse alto para si mesma. — Só estou dirigindo de volta para casa. Nada de mais.

A van chacoalhou, dando uma guinada toda vez que mudava de marcha. Mas Wasabi não se deixava perturbar pelo tilintar do veículo nem pela forma desajeitada que Mercy mexia no câmbio. O cachorro estava sentado com alegria ao lado dela no banco de passageiro, a língua de fora, os olhos arregalados que iam de um lado para o outro enquanto observava todos os carros e as casas que passavam.

— É um bom plano, não é, garoto? — disse Mercy. — Aqui é um pouco menor do que na casa, mas vamos nos acostumar. E não vai ser por muito tempo, só algumas semanas, tenho certeza. Só até consertarem a casa.

Com a van estacionada no quintal da frente, Mercy havia concluído que até a vista seria a mesma: ela ainda veria aquela mesma árvore desgrenhada crescendo ao lado da calçada; ainda veria a cerca de tela verde do vizinho e a garagem com o carro semidestruído. Ela ainda conseguiria ver o caminhão de lixo passar reto quando eles esquecessem de pôr o lixo para fora.

Mercy apertou o volante velho e tentou relaxar a mordida.

— Só estou dirigindo de volta para casa — repetiu ela. — Consigo fazer isso.

Mercy entrou em sua rua. A corda tensa e pesada que ela sentia no peito começou a se afrouxar e sua respiração estava mais tranquila. Lá estava a pequena mercearia até onde Mercy havia caminhado uma vez para comprar leite. Lá estava a caixa de correio torta do número oito, lá estava a profusão de dentes-de-leão do número doze. E ali, logo à frente, estava o eucalipto desgrenhado crescendo ao lado da calçada...

O sangue dela gelou.

— Ah — disse Mercy. — Ah, *não*.

A Hijet bateu no meio-fio e parou.

Estruturas pretas esqueléticas arranhavam o céu. Não havia sobrado nada do telhado, as paredes decepadas e em ruínas. O chão estava coberto de pedaços de ferro, escombros de tijolos e detritos chamuscados. Tudo estava preto como carvão, retorcido, arruinado.

E o *fedor*. Era um fedor de metal chamuscado; era um odor acre e tóxico de plástico derretido e carvão encharcado. Uma brisa veio direto da casa arruinada, balançou o cabelo de Mercy e gravou o fedor para sempre em seus poros. Sob os pés dela, a terra estava enlameada e revirada. Flocos de fuligem se agitavam e rolavam no ar.

Mercy parou na frente da casa e nada era igual. Nada era *seguro*. Havia um grito nos ouvidos dela, e a casa era a cena de um filme de terror. Wasabi farejou uma pilha de tijolos, o focinho vasculhando a terra, e Mercy nem mesmo conseguia ver onde costumava ficar a porta porque a madeira estava bloqueada pelas estruturas emaranhadas de ferro do telhado. As janelas da sala de estar eram feridas pretas escancaradas. Enquanto ela olhava, a ponta chamuscada de uma das cortinas foi soprada para fora e se agitou, triste e desesperada, como uma bandeira branca.

Ela caiu de joelhos e pôs as mãos no rosto. Ouviu um som lamurioso, e lá estava Wasabi tentando a todo custo enfiar o focinho quente e úmido entre as mãos e o rosto dela. Ele passou a língua no nariz dela, nos dentes, nas pálpebras.

Com dificuldade, Mercy se levantou. Wasabi latiu e pulou em volta dos tornozelos dela.

Mercy fugiu. Às cegas, sem pensar, sem motivo — entrou na van e saiu dirigindo. Correu como se pudesse escapar do próprio corpo traiçoeiro e encharcado de pânico rumo ao esquecimento.

E foi assim que a visão de mundo de Mercy Blain não era mais tudo o que conseguia ver pela janela de sua sala, e sim o mundo que conseguia ver pelo para-brisa. Em uma van surrada que tinha quase a mesma idade que ela, ao lado de seu Dachshund e com o vento no cabelo, o mundo inteiro de Mercy chacoalhava rumo ao norte ao longo de uma estrada rural da Austrália Meridional, tendo apenas roupas emprestadas no corpo, chinelos baratos nos pés e a adrenalina pulsando nas veias. Ela não fazia a menor ideia do que fazer nem para onde estava indo.

2.880 km pela frente

CAPÍTULO QUATRO

Por nenhum motivo além do fato de ser a direção cardeal aproximada que estava seguindo desde que saíra do quarto de hóspedes de Eugene na manhã daquele dia, Mercy rumou para o norte.

Ela dirigiu por três horas, as pernas trepidantes nos pedais de uma forma que poderia ser tanto pelo zumbido do motor da van sob o assento como pelo medo correndo no sangue. De todo modo, Mercy dirigiu e dirigiu antes de se permitir tempo para pensar. Os subúrbios do norte de Adelaide apareceram e ficaram para trás, prédios e fábricas dando lugar a casas de fazenda, silos e faixas de trigo. Ao lado dela, no banco de passageiro, Wasabi estava sentado, a língua rosa se debatendo no ar enquanto apontava o focinho para o vento que atravessava a janela. O bichinho apertava os olhos de prazer com os novos cheiros rurais tão interessantes. As lavouras no caminho alternavam entre culturas de cereais e criações de vacas e ovelhas. Tufos de arbustos esqueléticos ou eucaliptos enormes de troncos compridos ladeavam a estrada. O céu assumiu um azul diáfano mais pálido e claro.

— Certo — disse ela em voz alta depois de um tempo. — Acho que isso está acontecendo.

O velho tinha ficado curioso quando Mercy tirou o celular do bolso e pediu os dados bancários dele. "Não tenho dinheiro aqui comigo", ela se desculpara. "Mas posso transferir para você agora mesmo. Só leva alguns minutos." E, dito e feito, depois de insistir para Mercy entrar com ele para tomar uma limonada e comer alguns biscoitos, o homem olhou o site do banco e "Olha só, caiu mesmo, mas quem diria!". Então Mercy assinou uma folha de papel e a van era dela.

A Hijet tinha uma velocidade máxima de cerca de oitenta e cinco quilômetros por hora, mas, de acordo com o velho, era melhor não estar dentro dela se chegasse àquele ponto, então Mercy se contentou com setenta por hora e observou enquanto todos a ultrapassavam: sedãs, caminhões, trailers. Ela era a coisa mais lerda, provavelmente a mais barulhenta e a mais pintada à mão na estrada. O Google Maps disse que ela estava na Rodovia Horrocks, a A32. Aquilo não significava muita coisa para Mercy além do fato de que poderia apontar mais ou menos onde estava caso precisasse de assistência rodoviária. E torcia para que não fosse o caso. O velho dissera que tinha sido mecânico de automóveis por sessenta e cinco anos e jurara de pé junto que, *se essa van não aguentasse até que vacas voassem, ele iria saltitando para o inferno.*

Os campos planos de cereais deram lugar a colinas cobertas de uvas. Cidadezinhas pacatas e tranquilas com pubs velhos e decadentes passaram em um piscar de olhos. Depois de três horas, Mercy sentiu que tinha queimado adrenalina suficiente para parar e avaliar sua situação. Logo à frente, uma placa anunciava que uma cidadezinha chamada Spalding tinha banheiros, gasolina e comida, e Mercy sabia que, para não entrar na contramão nem bater em um carro inocente, precisaria comer. Baixa glicemia e ansiedade eram uma combinação inaceitável na estrada. Mesmo se ela só estivesse engasgando a setenta por hora.

Além do mais, não era só de comida que Mercy precisava. No mínimo, a lista também incluía sabonete e uma escova de dentes. Uma escova de cabelo. Algo para calçar que não fossem chinelos de dois dólares. E ela precisaria de água, uma vez que os poucos goles de limonada que tinha aceitado tomar na casa do velho estavam parados incomodamente na bexiga, e sua garganta estava seca.

Mas restava a dúvida: por mais que Mercy precisasse de comida, água e sabão, como poderia entrar em uma loja para *comprar* todas essas coisas?

Quando pensava em seu antigo eu, seu eu de antes de tudo aquilo acontecer, Mercy queria voltar no tempo e se chacoalhar por não tomar as tarefas mais simples como garantidas. A capacidade de entrar numa loja, por exemplo, e não prestar atenção à loja em si. Conseguir entrar em um mercado com a cabeça cheia não de um pavor atordoante, mas de pensamentos banais do dia a dia: a politicagem do trabalho, os problemas de um paciente, o que comeria no jantar. Pensamentos normais de uma pessoa normal. Aquilo era o tipo de coisa que, dois anos antes, passaria pela cabeça de Mercy enquanto ela distraidamente escolhia tomates, nozes salgadas ou meias.

Mas as lojas tinham se tornado tão alienígenas quanto o resto do mundo. A mente de Mercy tinha se recusado a se distrair com a banalidade cotidiana, e em vez disso fora consumida pelo pavor irracional simplesmente por estar dentro da própria pele. O mundo não era mais seguro, era hostil. E foi esse pavor irracional, essa sensação de hostilidade, que dominou Mercy enquanto ela desligava o motor da Hijet na frente do Mercado Boas-Vindas Spalding.

Wasabi olhou para ela.

— Não sei, garoto — disse ela, agachando-se no assento e olhando de soslaio para o Mercado Boas-Vindas. — Acho que vamos ter que pagar para ver.

Por um bom tempo, Mercy ficou sentada na van, olhando fixamente para dentro das vitrines da loja, na esperança de esboçar uma imagem mental do interior — uma planta ou um plano de fuga —, mas tudo o que conseguia ver eram o reflexo da paisagem urbana refletida e as flores pintadas à mão na lateral da Hijet distorcida no vidro. O efeito do diazepam que ela tomara no dia anterior já havia passado fazia tempo. Mercy estava tensa como a corda de um violão.

— É o seguinte — disse ela. Wasabi empertigou as orelhas. — Tenho duas escolhas. Entrar na loja e comprar o que preciso. Ou — ela expirou vigorosamente — dar meia-volta e voltar.

Quero ajudar você, mas não sei se você pode ficar.

Do nada, a mente de Mercy trouxe à tona uma imagem de José, reclinado em uma almofada, sendo acariciado pelo marido nu, as pernas enroscadas. A imagem foi rapidamente substituída pelo retrato das estruturas do telhado esqueléticas, carbonizadas e apontadas para o céu. Quando, na sequência, ela ouviu os ecos de uma voz aguda gritando: *Faça alguma coisa*, as mãos trêmulas de Mercy tatearam a porta.

— Fica — disse ela para Wasabi. — Já volto.

Mantendo as janelas parcialmente abertas para ventilar, ela deixou o cachorro e saiu da van.

A rua era tranquila. Uma agácia piava em uma linha suspensa de alta tensão. De algum lugar ao longe, vinha o barulho de um cortador de grama; o ar estava quente e parado, e o sol cortava um céu enevoado. A rua era larga, construída nos tempos de carros de boi, mas não havia nenhum veículo, e Mercy quase achou que uma bola de feno passaria rolando.

Mercy se aproximou das portas da frente do Mercado Boas-Vindas. Engradados ao longo da vitrine estavam empilhados com sacos de laranja, embalagens de vagem e uma pilha de couves-flores cortadas ao meio. Uma placa dizia TODOS OS HORTIFRÚTIS SÃO DA REGIÃO — APOIE SEUS AMIGOS!, e Mercy de repente se sentiu culpada. Milhas alimentares eram um problema de verdade, não eram? Quanto menos quilômetros sua comida percorria, menos você contribuía para as emissões de carbono globais, e ela havia passado quase dois anos comprando na internet, a comida transportada por sabe Deus quantos quilômetros. Mercy rangeu os dentes. Havia coisas demais com que se preocupar.

Abrindo a porta e disparando um sino pendurado na parte superior, Mercy entrou.

Pão, disse a si mesma. *Pão, pão, pão.*

Ali, naquela parede lateral. Ela pegou um integral. *Certo, e agora?* Era uma loja pequena, com dois corredores pequenos, quase todos cercados por produtos enlatados. Uma variedade menor significava escolhas mais fáceis, mas menos opções de escolha significavam menos lembretes sobre o que ela realmente precisava, justo no momento em que não conseguia pensar em nada além de fugir da loja.

Ali. Queijo? Combinava com pão.

Pelo canto do olho, ela viu uma mulher aparecer atrás do balcão, observando-a. Mercy sentiu o peso do olhar alheio cair sobre si como uma coberta de chumbo. Clientes em lojas deveriam saber o que fazer; clientes em lojas deveriam saber como *estar* em lojas.

Mercy apertou o pão e o pequeno pedaço de queijo e arrastou os pés com uma lentidão proposital ao longo de um corredor. Ela torcia para que o passo lento fizesse seu corpo acreditar que não havia nenhuma ameaça, nenhum motivo para fugir, mas a estratégia não estava funcionando.

Quanto tempo levaria para pagar pelos dois itens e voltar para a van? Trinta segundos, se ela não falasse com a mulher atrás do balcão. Será que Mercy conseguiria aguentar mais trinta segundos? Mas então ela percebeu que, se comprasse apenas pão e queijo, teria passado por todo o estresse de entrar na loja para sair sem o que precisava. Aquilo significaria que, inevitavelmente, teria que voltar a entrar em outra loja — e não poderia ser essa, a mulher a reconheceria e seria constrangedor — e ela teria que fazer tudo aquilo de novo.

Algo se agitou. O pensamento de um medo futuro competiu com o medo atual e, estranhamente, o medo futuro começou a vencer. O medo maior de ter que fazer aquilo de novo em algum momento desconhecido a ajudou a convencer Mercy de acabar logo com aquilo *agora*.

No fim do corredor havia algumas cestas empilhadas. Mercy pegou uma, onde pôs o pão e o queijo. Acrescentou uma lata de feijão cozido e uma lata de sopa. O que mais?

Empilhados em uma pirâmide no chão perto do balcão, estavam galões encaixotados de água mineral, com dez litros cada; Mercy não fazia ideia de quanto precisaria. Ela pôs uma caixa de água no balcão junto com a cesta.

— Vai passar o fim de semana fora? — perguntou a mulher, abrindo um sorrisão para Mercy, sem fazer sinal de começar a passar os itens no caixa.

Mercy fez que não com a cabeça, depois assentiu. Nenhuma das respostas parecia certa. *Por favor, só começa a passar minhas compras.*

— Que bom que não está comprando uma garrafinha de água — disse a funcionária, apontando para o galão. — Tanto plástico, sufocando as tartarugas. Já viu aquelas fotos das gaivotas com a barriga cheia de plástico? — Ela estalou a língua. — Um horror.

Mercy tinha visto as fotos. Agora ela acrescentou imagens de animais marinhos mortos à angústia que sentia.

— Claro — continuou a mulher, ainda refletindo —, o forro dele ainda é de plástico, mas acho que economiza umas dezenas de garrafas. No fim, é difícil evitar todas essas coisas, não é?

Mercy assentiu freneticamente. *Por favor, pelo amor de...*

— Aquela van lá na frente é sua? — A mulher se inclinou para o lado, olhando pela janela. — Parece aconchegante. O que diz? "Lar é onde..."?

— Lar é onde você está.

A mulher fez um biquinho, pensativa.

— Bom, acho que é verdade, não é? — Finalmente ela começou a passar os itens na cesta de Mercy, que soltou um suspiro silencioso de alívio. Já tinha quase acabado. — As laranjas estão boas — disse a mulher, girando o galão de água em busca do código de barras. — Você deveria comprar. Cultivadas na região.

— Claro — respondeu Mercy de imediato.

A mulher sorriu, contente, e apertou mais algumas teclas na caixa registradora.

— É só isso então?

Merda. Escova de dente. E sabonete. Mercy se obrigou a ir de novo ao corredor, pegou as primeiras opções que viu e voltou às pressas para o balcão.

— Mais alguma coisa?

— Não — disse Mercy com rispidez.

A mulher ergueu as sobrancelhas, surpresa. Mercy aproximou o celular para pagar e saiu da loja, esquecendo-se completamente de pegar a sacola de laranjas boas cultivadas na região.

As mãos de Mercy estavam tremendo tanto que mal conseguiam segurar o volante. Ela dirigiu às cegas pela rua, andando apenas alguns quarteirões antes de parar o carro, puxar o freio de mão e cobrir o rosto com as mãos.

— Não consigo fazer isso.

Patas apertaram a perna de Mercy, então Wasabi pulou no colo dela. Ele farejou as mãos da dona, que começou a chorar. O cachorro lambeu com mais entusiasmo, contorcendo o corpinho, apoiando o traseiro no volante. O hálito quente do animal soprou no rosto de Mercy, a língua úmida se enfiando entre os dedos dela.

— Senta. — Ela o empurrou, mas Wasabi voltou a saltar, dando uma lambida úmida bem no olho dela. — Ei — exclamou Mercy, sem conseguir conter o riso. — Que nojo.

O celular de Mercy vibrou. Ela o pegou, piscando entre as lágrimas.

Vc foi ACAMPAR por uns dias? Que porra isso quer dizer? Onde vc está?

Mercy olhou fixamente para a tela. Ela começou a digitar respostas para Eugene — primeiro em um tom indignado, depois animado para tranquilizá-lo e por último humilde, pedindo socorro. Mas no fim não mandou nada e pôs o celular de volta no banco, bloqueando a tela. As lágrimas foram diminuindo, e Mercy esperou até sua respiração se acalmar, para então secar os olhos, voltar a engatar a marcha da van e sair do meio-fio.

Ela dirigiu por mais uma hora, seguindo as placas que indicavam uma cidadezinha chamada Crystal Brook só porque o nome era bonito; trazia à mente imagens de córregos com o barulho de água relaxante. Lá, Mercy conseguiu encher o tanque da Hijet. Quando correu para dentro para pagar, viu fios pendurados e ganchos atrás do balcão e comprou um carregador de carro para seu celular, que estava lhe causando ansiedade com seus treze por cento de bateria.

A tarde estava caindo. Em poucas horas, o sol de outubro mergulharia no horizonte oeste, lançando uma luz laranja incandescente sobre as janelas da van, enchendo-a de um brilho ofuscante. Mercy esfregou os olhos, já cansada.

Além do terror, da sensação de desgraça iminente e do coração desenfreado, uma das coisas que ela achava mais penosas nos ataques de pânico era como eles eram *exaustivos*. Uma descarga de adrenalina, sangue repleto de oxigênio, todos os músculos preparados — um corpo em pânico era um corpo respondendo ao que via como um perigo de uma forma puramente reptiliana e biológica. Viu um tigre atrás de uma rocha? Fuja. Não pense, apenas saia de perto. Um ataque de pânico era seu corpo se preparando para correr e salvar sua vida. Digestão interrompida, todas as funções cognitivas racionais suspensas, e ela se tornava apenas uma passageira impotente em um corpo fugitivo.

Mercy sabia que esse instinto de sobrevivência específico, que remontava a centenas de milhares de anos, não havia mudado nos seres humanos, nem mesmo um pouquinho. Apesar do progresso moderno — apesar da evidente ausência de animais predadores em mercados —, fugir da ameaça era uma reação evolucionária adaptativa. Em outras palavras, era uma boa ideia. Se você fugia, continuava vivo. Por isso, permanecera em nossos genes. Com ou sem tigre, a capacidade de entrar em pânico estava programada dentro de Mercy.

E agora ela estava completa e absolutamente exausta.

Embora fizesse apenas algumas horas que estava na estrada, Mercy não conseguia dirigir nem mais um minuto.

CAPÍTULO CINCO

À frente dela havia uma placa para o CAMPING PARA TRAILERS CRYSTAL BROOK. Mercy seguiu as setas pela estrada principal, passando por uma rotatória e entrando numa rua lateral. Descendo por um leito de córrego seco com eucaliptos esqueléticos — seria esse o riacho que dava nome à cidade? —, a via dava em um pequeno trecho deslumbrante de grama e eucaliptos antigos e enormes. Uma placa de PARE indicava que apenas ocupantes do camping podiam passar daquele ponto, então Mercy estacionou perto da placa e ficou olhando fixamente pelo para-brisa, o motor tremendo sob o assento por um tempo. Wasabi olhou para ela, as orelhas em pé.

Mercy desligou o motor, instaurando um silêncio. Ela pensou naqueles eucaliptos tão velhos e robustos. Troncos largos retorcidos com diâmetro de três homens, galhos pairando no alto; as árvores estavam lá havia séculos. Algo naquele fato era estranhamente reconfortante. Uma rara calma se ergueu, conquistando o medo: pensar que aquelas árvores, aqueles seres vivos, precediam o estresse e a pressão, a autoridade arbitrária do mundo acelerado e competitivo em que vivia. Elas representavam um tempo antes de tudo isso importar. Eram um lembrete de que o tempo poderia ser curto.

Mercy pegou Wasabi nos braços e saiu da van. O escritório era uma cabine embaixo das árvores. Três degraus para a varanda, seus joelhos fracos, os chinelos batendo nas tábuas. A porta se abriu com um rangido e ela entrou, apertando o cachorrinho junto ao peito. Um espaço pequeno, uma parede coberta por panfletos: delivery chinês, uma padaria, o campo de golfe da cidade. Quando um homem de meia-idade com uma cara simpática surgiu e se sentou atrás do balcão, abrindo um sorriso agradável para Mercy, ela percebeu que o observava de cima e resistiu a um ataque de vertigem.

— Bom dia — disse ele.

— Oi — Mercy conseguiu dizer.

— De onde você veio? — O homem usava uma camisa laranja de alta visibilidade, e seu rosto tinha o bronzeado escuro de décadas de trabalho ao ar livre.

Ela apontou para a Hijet.

Ele assentiu.

— Até que não é uma perua ruim. Mas é meio lenta... Você veio de longe?

Mercy não sabia bem como responder, pois sentia que estava dirigindo havia dias. Ela voltou a pensar na SUV que havia vendido, com ela, a cidade de Adelaide ficava a duas horas tranquilas e confortáveis de distância. Na Hijet, era metade de um dia trêmulo de tiritar os dentes e arrepiar o cabelo.

— Só uma noite?

Mercy engoliu em seco e olhou para Wasabi, como se ele pudesse ter a resposta. Por quanto tempo *aquilo* continuaria?

Ela pensou nos eucaliptos antigos lá fora. Para eles, uma noite não era nada, nem mesmo um piscar de olhos.

— Sim — disse ela. — Uma noite.

O lugar que foi dado a Mercy ficava no fim do parque. Os pneus se moveram ruidosamente sobre o cascalho enquanto a van avançava, passando por trailers conectados a postes de energia como pequenos barcos. Mercy acenou, como demandava a educação, para outros campistas, que não tiravam os olhos dela, como se nunca tivessem visto outro ser humano antes. Ela encontrou sua vaga e estacionou.

Uma porção de luz do sol entrava pelo para-brisa. Mercy ficou sentada no banco do motorista por um bom tempo, enquanto lágrimas escorriam silenciosamente pelo rosto. Por fim, respirou fundo, secou as bochechas e saiu.

O ar estava seco e quente. Pássaros cantavam. A última nuvem tinha se desfeito e o céu tinha um tom azul pálido e suave, a luz da tarde entrando em feixes brilhantes através das folhas. Talvez, ela pensou, em outra vida — em uma versão sem o pavor existencial —, isso poderia ser bonito.

Depois de abrir a traseira da van, ela entrou por trás. Wasabi fez algumas tentativas de saltar atrás dela, pulando com as patas curtas, antes de se sentar e ganir. Mercy saiu, o levantou e entrou de novo. Os poucos suprimentos comprados no Mercado Boas-Vindas Spalding haviam rolado pelo pequeno pedaço de chão, e ela recolheu as latas, o pão e o queijo e os acomodou sobre o colchão estreito de espuma. A van não era alta o suficiente para que Mercy pudesse ficar em pé; se ela se sentasse na cama, seu cabelo roçaria no teto. O armário com o fogareiro dava na altura de seu joelho.

Eram quase quatro horas da tarde e a última coisa que ela havia comido eram as bolachas que tinha mordiscado com todo o cuidado na casa do velho, e metade delas Mercy tinha enfiado no bolso e dado para Wasabi. Abrindo o pão, ela pôs uma fatia no colo e pegou o pedaço de queijo. Em seguida, rasgou a embalagem, segurou o pedaço e percebeu que faltava alguma coisa.

Wasabi olhava fixamente para o queijo.

— Tem uma faca? — perguntou Mercy.

Ele lambeu os lábios, depois ficou completamente imóvel. Ela suspirou.

— Vamos ver o que temos aqui.

Inclinando-se para a frente, Mercy virou os joelhos para o lado a fim de abrir uma das portas do armário. Do lado de dentro, havia duas prateleiras e, em uma delas, um pote plástico velho de sorvete, com o rótulo desbotado e descascando. Quando o pegou, ela percebeu o peso do pote, que chacoalhou com um barulho metálico. Ao abrir, Mercy encontrou dois garfos, uma colher, um abridor de lata, uma tesoura pequena e bem enferrujada e duas facas de manteiga.

Não foi fácil fatiar o queijo duro com uma faca cega e arredondada de manteiga, mas Mercy cortou algumas lascas, dobrou a fatia de pão em volta do queijo e mordeu. Wasabi abanou o rabo, avançando com as patas atarracadas. Ela tirou um pedaço da crosta e o entregou para ele; o bichinho pegou o pedaço delicadamente com os dentes da frente e o engoliu de uma vez.

Embora o estômago de Mercy roncasse, a boca dela se rebelou contra a comida, recusando-se a produzir saliva suficiente, de modo que ela teve que mastigar por um bom tempo. O pão era fresco e macio, e o queijo, cremoso e salgado, mas toda mordida tinha gosto de poeira. Mesmo assim, Mercy se obrigou a engolir o sanduíche e, quando acabou, ficou sentada olhando com tristeza pela porta traseira aberta da van, sem prestar atenção nas árvores, na grama ou nos pássaros. Se a casa dela não tivesse pegado fogo, o que Mercy estaria fazendo agora? Estaria sentada no sofá com o notebook no colo, abas do navegador de internet abertas em meia dúzia de grupos. Talvez houvesse uma sopa cozinhando no fogão, ou um frango assando no forno, enchendo a casa com seu aroma.

Depois de um tempo, Mercy bocejou, um bocejo tão intenso que fez seus ouvidos zunirem e todo o corpo estremecer. Uma brisa bateu e trouxe o cheiro de churrasco. Era hora do jantar, e os outros campistas estavam acendendo suas grelhas. Alguém tinha ligado um rádio, e o som nasal de música country atravessava o parque. Mercy ficou sentada em silêncio, Wasabi ao seu lado, deitado e roncando. Ela se lembrou de uma técnica de meditação que havia aprendido: a intenção era notar a transitoriedade de tudo — sons, movimentos de luz, sensações corporais —, mas também perceber os espaços e as lacunas *entre* esses acontecimentos. Então, Mercy ouviu o barulho de alguém tossindo, e depois o silêncio. A batida da porta de um trailer se fechando, e depois o silêncio. O berro indignado de uma cacatua, e depois... nada.

Aquilo continuou por um tempo, mas Mercy ainda estava ansiosa, contorcendo-se de tensão e cansaço. Ela não conseguia parar de se perguntar o que é que estava fazendo ali. Ela deveria apenas dar meia-volta e ir para casa.

Mas não *tinha* casa.

O sanduíche se revirou na barriga dela, e Mercy sentiu sede de novo. Ao dar uma olhada no armário, viu que não havia copo em lugar nenhum. Depois de uma tentativa breve e claramente malsucedida de levantar todo o galão de dez litros sobre a cabeça e entorná-lo na boca, ela o pôs em cima do armário, colocou a mão em concha embaixo da torneirinha e se curvou para tomar alguns goles. Era tedioso, e levou um bom tempo para saciar sua sede, mas Mercy não tinha mesmo muita coisa para fazer.

Depois de dar um pouco de pão com queijo para Wasabi e alguns punhados de água, ela tirou o celular do bolso e criou uma nota. *Copo*, digitou. Pensou por um momento, coçando o queixo, então acrescentou: *Ração para cachorro. Faca afiada.* Ao vasculhar o cérebro, acrescentou: *Uísque*. Ignorando as notificações vermelhas gritantes, ela voltou a enfiar o celular no bolso.

Uma brisa fresca tinha começado a soprar, e Mercy se arrepiou. Esfregando os braços, bocejou de novo, depois apertou os nós dos dedos nos olhos arenosos.

Ela só ouviu o som dos passos quando era tarde demais.

CAPÍTULO SEIS

— Toc, toc!
Mercy congelou. Wasabi ergueu a cabeça, assustado. Um homem no fim da meia-idade com o cabelo grisalho, uma barriga generosa e uma calça cáqui com uma grande gama de bolsos e franjas.

— Posso... posso ajudar? — gaguejou Mercy, encolhendo-se na cama.

— Happy hour! — respondeu o homem, cantarolando. — Na nossa. Vaga doze. — Ele apontou para a direita de Mercy. — Jayco Starcraft e o Cruiser prateado.

Ele tinha apenas pronunciado uma série de palavras que não fizeram nenhum sentido para Mercy, embora evidentemente deveriam fazer. O homem estava acenando, as sobrancelhas erguidas como se não esperasse nada dela além de uma confirmação, uma concordância.

— Desculpa — disse ela. — Aconteceu alguma coisa?
O homem pareceu surpreso, depois riu.

— Você estava planejando fazer o happy hour no seu? Não precisa, pode organizar amanhã se quiser. A menos que vá embora logo cedo? Pete e Jules, da Avan na vaga dez, fizeram o de ontem. Nossa! — Ele deu mais uma gargalhada, balançando a cabeça. — Eles deveriam parar com aqueles drinques, vou te contar! Eu e Jan não estávamos dando conta.

— Entendi — respondeu Mercy, embora definitivamente não entendesse.

— Então — continuou o homem —, você vai dar uma passada, né? Vaga doze. — Ele fez menção de sair, depois parou e voltou atrás. — Sou Bert. Não precisa trazer nada, se não... — Então observou o interior da Hijet, como se a visse pela primeira vez. Bert notou o armário minúsculo, a cama estreita, a cadeira dobrável encostada no botijão de gás. A falta evidente de qualquer tipo de equipamentos ou apetrechos de camping. — Só veio passar o fim de semana?

Mercy ficou olhando para Bert, piscando. Depois de um tempo, como ela não respondeu, ele deu uma batidinha descontraída na lateral da van.

— Certo — disse ele. — Vejo você na nossa, então. — E saiu, os passos fazendo barulho no cascalho ao se afastarem.

Mercy se inclinou para a frente, puxou a porta e a fechou com uma pancada. A van tremeu. Em seguida, deitou-se na espuma dura de cheiro rançoso, puxou Wasabi junto ao peito, enfiou os braços dentro da camiseta e fechou os olhos.

Ela acordou de sobressalto em uma escuridão tão completa que parecia sólida. No curto tempo que demorou para lembrar onde estava — a Hijet, a longa viagem, o parque de trailers —, Mercy mergulhou em um ataque de pânico completo.

Pele nua suada e uma voz aguda: Faça alguma coisa!
Dois policiais, expressões calmas e carregadas.

Ai Deus, ai Senhor, ai Deus ai nãonãonãããão ela estava tão, mas tão, mas *tão* longe de casa. E não havia nada que pudesse fazer, nenhuma forma de chegar lá, sem horas e horas de direção.

Mercy forçou uma respiração, tentando com todas as células de seu corpo não gritar. Embora seus dedos arranhassem o colchão, esforçou-se para manter o corpo imóvel. Se ela se movesse, poderia não parar mais. Poderia começar a correr e então onde iria parar? Mas, do jeito que estava, Mercy não conseguiria respirar, poderia não ter ar suficiente, então ela se lançou em direção à traseira da van, abrindo a porta com tudo. O ar da noite entrou, frio contra suas bochechas em brasa.

Não havia nada que Mercy pudesse fazer para aliviar o pânico. Ela não tinha nenhum sedativo, nenhuma bebida, nenhuma cama onde pudesse se aninhar. Por um momento frenético, pensou em correr até um dos outros trailers e implorar por alguma coisa — diazepam, conhaque; caramba, até um analgésico mais forte —, mas sabia que isso só causaria uma cena. Estranhos de pijamas com rostos espantados e preocupados... não.

Mercy teria que encarar a fera.

Ela se deitou no colchão. Juntou as mãos sobre a base das costelas, sobre o diafragma. Seu corpo berrava e se contorcia, mas Mercy inspirou fundo e devagar, empurrando ar para dentro das mãos, e disse a si mesma: *Isso.*

Então se concentrou nas sensações: coração batendo forte, inchado e cheio de sangue. Uma precipitação no peito, como uma queimadura. Lágrimas escorrendo pelas bochechas, todos os membros tremendo. A mente ficava lhe mandando imagens: o tempo pavoroso que precisaria até chegar em casa; a noite escura eterna; a *estagnação* imutável e horripilante desse momento sem fim. Mas Mercy tentou não prestar atenção nesses pensamentos, tentou deixar que passassem como nuvens, tentou não deixar que as imagens a prendessem.

Esteja aqui agora.

Coração batendo forte. Membros formigantes. Chorando de medo.

Mercy respirou.

Aquele medo era a emoção básica inalterada quando todas as suas defesas, seus guarda-costas — raiva, justificativas, distrações — tinham sido removidas. Pura. Imaculada. Aquele medo era a estrutura por trás de tudo, a face do penhasco escarpado, o fundo do poço. O terror indescritível da própria existência. A sensação em queda livre de que a consciência é súbita e completamente insustentável. E impossível de ser suportada por mais um instante sequer. Mas, ao mesmo tempo, uma consciência inegável de que você *existe*. E, portanto, existir é agonizante.

Mercy respirou. Doeu. E por muito tempo.

Mercy não tinha irmãos. Depois dela, disse sua mãe, não poderia haver mais ninguém. Quando Mercy era pequena, sua mãe gostava de explicar que tinha sido necessário tanto sangue para fazer a filha que não havia sobrado o suficiente para outra pessoa. Uma vez, a menina ralou o joelho na trilha de concreto entre a casa e o varal e, ao olhar o sangue que brotava como joias carmim, sentiu-se egoísta. Todo aquele sangue que havia tirado de um possível irmão ou irmã, alguém que poderia ser todas as coisas que ela tentava ser e não conseguia. Não sozinha. Muito menos depois que seu pai foi embora.

Deitada na escuridão densa da traseira da van, Mercy sentiu o bater líquido de seu coração e seu sangue. O cachorro era um peso quentinho em seu colo. Depois de um tempo, começou a notar uma luz ambiente sendo filtrada pelas janelas encardidas do furgão. A luz de um poste solitário sobre os sanitários lançava uma poça de luz fraca e amarelada. Se mexesse um pouco a cabeça, poderia ver o céu da noite pela porta da traseira aberta. Os eucaliptos formavam frestas escuras como rios através da paisagem de estrelas. Apesar da hora, uma agácia cantava baixo, depois parou, e então Mercy conseguiu ouvir outro som: um ruído cavernoso, baixo e truncado. O que era *aquilo*? Ela prestou atenção. Ronco. Alguém em um dos trailers estava roncando.

Mercy expirou, sentindo os músculos se aliviarem e o coração se acalmar. Ela ouviu o ronco do trailer e percebeu uma bolha de riso se erguer em seu peito. Parecia que alguém estava ligando uma serra elétrica.

Mercy soltou um riso aspirado que foi virando uma gargalhada. Ela levou as mãos à boca, sem querer acordar ninguém, mas se deu conta de que, por mais alto que risse, não teria como fazer mais barulho do que o ronco daquele homem, o que a fez rir ainda mais. Foi uma gargalhada delirante, de deixar os músculos fracos. Era uma gargalhada de quem ri em um velório. Deitada no colchão de espuma dura, ela lacrimejou e riu baixo e lacrimejou de novo até perder o ar.

E então, com o ar frio da noite entrando e o cachorro aconchegado nas coxas, Mercy pegou no sono.

* * *

Quando acordou de novo, Mercy estava congelando. A porta traseira estava escancarada e o interior da van parecia uma geladeira. O sol tinha nascido e os pássaros eram uma confusão de sons; ela conseguia ouvir o baque de portas de trailers, o barulho de passos lentos no cascalho e vozes murmuradas e, mais alto do que tudo isso, o gorjeio das agácias. A luz matinal entrava pelas janelas encardidas, e Mercy se contorceu para entrar sob uma poça de luz. Tudo o que estava vestindo era a camiseta vermelha com estampa de Kombi de Eugene e a calça jeans skinny de José.

Seu celular indicava que eram 7h02. Embora estivesse encolhida e tremendo, Mercy havia conseguido. Tinha sobrevivido à noite.

Ela correu para o banheiro e, durante o trajeto, os outros campistas, agasalhados com coletes puffers e meias grossas, gritaram cumprimentos. Mercy ergueu a mão em resposta, mas foi tudo. Enquanto escovava os dentes, tudo em que pensava era café. Um café quente, forte e cremoso.

Mas, claro, Mercy não tinha café. Não tinha nem um bule, nem leite, nem mesmo uma xícara em que beber. De volta à Hijet, ela pensou no pão, pensando em fazer torradas, mas não tinha nada em que o torrar. Tampouco tinha manteiga, geleia ou pasta Vegemite.

— Meu Deus — murmurou Mercy, enquanto flashes da longa noite repleta de pânico voltavam à sua mente. — Camping não é para os fracos.

Passando os dedos pelo cabelo cheio de nós, ela o prendeu em um grande coque bagunçado que raspava no teto da van quando ela se mexia. Mercy sentiu o cheiro de suas axilas e fez uma careta. Quando pegou o celular, digitou *café*, *desodorante*, *manteiga*, *Vegemite*, *coberta*, *jaqueta*.

— Certo — disse ela para Wasabi. — Sem torrada. Que mais? Mercy pegou uma lata de feijão cozido, franzindo a testa para o rótulo.

— "Molho de presunto"? — Ela balançou a lata para o cachorro, que se sentou com interesse sincero. — Devo ter pegado a lata sem olhar. Bom, molho de presunto é o que tem para hoje. Vamos lá. — Mercy olhou para o botijão de gás; era pesado, e a válvula soltou um *pfft* agudo quando ela a testou. Gás de sobra, pelo menos. Então se voltou para a boca única. — Como acendemos essa coisa, você sabe? — Uma pausa. — Ah, merda... em que vamos esquentar os feijões?

Mercy se lembrou de uma história que tinha ouvido no pronto-socorro, quando um jovem tinha sido admitido com hemorragia por uma laceração de dez centímetros na testa. Uma das narinas dele também tinha sido rasgada e havia muitas queimaduras de segundo grau na parte superior do corpo. O homem tinha decidido "acampar" no quintal de casa. Ele acendeu uma fogueira crepitante, pôs uma lata de sopa nos carvões e, pouco depois, a lata explodiu, resultando em sua viagem para o hospital.

Ajoelhando-se no chão da van, Mercy deu uma olhada no armário, que, com exceção do pote de sorvete com garfos, colheres e facas cegas, estava vazio. Ela procurou no segundo armário, embaixo da boca do fogão, mas tudo o que encontrou foi uma mangueira de gás enrolada e uma caixa de fósforos.

Wasabi esperou, com a cabeça inclinada. Qualquer sensação de conquista que Mercy sentira ao acordar e perceber que havia sobrevivido à noite estava se desfazendo. Quem estava tentando enganar? Não conseguia fazer isso. Estava com frio, fome, dor e o mesmo cansaço do dia anterior. Estava desesperada por uma xícara de café, um banho e um prato de comida.

— Certo, Wasabi — disse Mercy, recostando-se na cama. — Acho que está na hora de admitir...

Ela franziu a testa. Depois de se inclinar para a frente, recostou-se na cama de novo.

Sim, ela definitivamente tinha sentido. A cama fez um *tum* oco.

Mercy se virou, pôs os dedos na beirada do colchão e deu um puxão. O colchão se ergueu, revelando mais um armário.

— Por que não percebi isso antes?

Sentindo uma onda de expectativa, ela encostou o colchão na parede e espiou dentro do baú da cama.

Estava vazio.

Mercy murchou. O que estava esperando? Que alguém venderia para ela um trailer cheio de equipamentos autossuficientes por apenas mil e quinhentos dólares?

Ela estava prestes a descer o colchão de novo quando, lá fora, um veículo deu partida e se moveu, lançando um reflexo de luz do para-brisa para dentro da traseira da Hijet. Iluminado por um momento, um contorno se destacou no escuro. Mercy se arrastou de joelhos e encontrou, escondida nas sombras numa das quinas do armário, uma caixa de papelão.

— O que temos aqui?

Ela a ergueu: papelão marrom simples, um pouco maior do que uma caixa de sapato. As abas superiores estavam dobradas umas nas outras. Ao contrário do pote de sorvete, a caixa não fez barulho quando Mercy a chacoalhou, mas era pesada demais para estar vazia. Rabiscadas com caneta azul na lateral estavam as palavras *Jenny Cleggett*. Mercy pôs a caixa no chão e a abriu. Dentro havia uma bola grossa de plástico transparente amassado, enrolada com um elástico. Ela parou, um mal-estar crescendo dentro dela. Wasabi farejou a caixa.

— Não — disse ela, empurrando o cachorro para o lado com delicadeza.

Com cuidado, Mercy desenrolou o plástico. Ao ver o monte de partículas finas cinza-claro, quis acreditar que eram areia de praia. Gesso seco. Qualquer coisa. Mas os pedaços maiores eram inconfundíveis. Eram pedaços de osso.

Era uma caixa de restos cremados. Mercy tinha no colo o esqueleto queimado e moído de um ser humano.

CAPÍTULO SETE

Quando as pessoas perguntavam para Mercy o que a levou a estudar medicina ou, um pouco depois, por que escolheu sua especialização, ela normalmente dava uma dentre duas respostas: primeiro, para fugir da mãe; ou, segundo, por causa da avó.

Mercy reservava a primeira resposta para aqueles que conhecia havia tempo suficiente e que poderiam mergulhar no lodo confuso de sua história ou, por outro lado, aqueles que acabara de conhecer e que poderiam levar na brincadeira — um comentário descontraído e inocente. Afinal, neste mundo machista, era fácil botar tudo na conta das mães. No entanto, ela usava o segundo motivo — por causa da avó — com muito mais frequência. As duas respostas tinham um fundo de verdade, mas nenhuma era totalmente verdadeira.

A verdade era que Mercy nunca soube muito bem por que havia escolhido estudar medicina. Realmente, foi quase uma década de estudo intenso, longos anos em que acumulou motivos sólidos para conseguir dizer: *Não, eu não consigo*. Mas aquilo não era tudo. Talvez houvesse muitos motivos: será que o prestígio da faculdade de medicina finalmente deixaria sua mãe orgulhosa? Seguir a profissão do pai ajudaria Mercy a entendê-lo melhor? Ou talvez não tenha havido razão nenhuma além do fato de que sua nota no vestibular tinha sido alta o bastante para passar. Mas uma das respostas mais fáceis a se chegar era a seguinte: Mercy tinha escolhido aprender os meandros do corpo humano e suas forças vitais (ou letais) porque, na infância, tinha passado horas a fio examinando em segredo as cinzas de sua avó materna.

Mercy encarou a caixa de restos cremados que estava em seu colo e se maravilhou com o fato de que eram exatamente iguais aos de sua avó. Embora tecnicamente não fossem cinzas — não tinham a aparência sedosa e pulverulenta de cinzas de madeira —, ainda eram os restos carbonizados do esqueleto depois que todo o resto — carne, músculo, gordura e fluidos — tinha sido vaporizado pelas chamas. Depois de resfriar, o esqueleto era colocado em um recipiente, passado por um pulverizador e vertido para um saco. O que era devolvido à família era essa substância áspera e granulosa com pedaços de osso espalhados.

E, enquanto Mercy segurava esses restos em uma caixa de papelão simples e um pouco surrada, sua avó tinha sido abrigada em uma urna alta de latão, guardada atrás de uma porta de vidro esfumaçado no armário da sala. Sua mãe sempre mantivera o armário trancado, mas ela não sabia que a filha sabia onde ficava a chave (na gaveta de meias da mãe, escondida sob todas as peças).

Wasabi avançou para farejar a caixa de novo e Mercy deixou. Afinal, ele também havia passado a noite com essa tal de Jenny Cleggett. Era justo que pudesse conhecê-la um pouco.

Mercy pôs a caixa no chão e esfregou o rosto. Obviamente, aquilo não era para ela. Na van não havia nenhum apetrecho, não seria fácil arranjá-los ou sequer *saber* do que precisava. E agora a porcaria de van que havia comprado na calçada da rua de Eugene tinha se revelado um cemitério móvel. Ela pensou no velho, diminuindo o preço, convencendo-a de que essa van era *dela*. Não dava para sair por aí com uma caixa de restos desconhecidos na traseira. Mercy nem sabia aonde *ela* estava indo, muito menos se deveria levar junto outra pessoa, viva *ou* morta.

Lar é onde você ESTÁ.

Mercy encarou as partículas de osso. Exatamente de *quem* era essa casa?

— Tá — exclamou ela, empurrando a caixa para longe. — *Tá*. Vou voltar.

Mercy não tinha escolha. Precisava voltar para a casa do ex-marido. Precisava enfrentar sua seguradora e o apartamento desalmado, temporário e desconhecido deles. Um grito de fúria se formou em seu peito.

Ela devolveu a caixa para o baú embaixo do colchão, saiu pela traseira da van e bateu a porta.

Então Mercy ouviu um estrondo estranho. Ao erguer os olhos, viu um trailer sendo puxado em alta velocidade do estacionamento, chacoalhando enquanto virava a esquina e subia o morro. Logo atrás, havia um segundo veículo, os motores dos dois 4x4 acelerando. Um terceiro, o último trailer do parque, seguiu na mesma direção momentos depois, bramindo colina acima e desaparecendo em uma nuvem de poeira.

Mercy congelou, olhando ao redor. O parque estava vazio. Será que havia acontecido alguma coisa? Será que os donos daqueles trailers a tinham visto olhar a caixa de restos cremados e fugido com medo? Ou estava rolando algo mais sinistro? Havia algum motivo para dar o fora daquele lugar que ela não soubesse? Um arrastão, uma matilha de cães selvagens, um ônibus iminente cheio de pregadores religiosos?

Ela ouviu risos e se virou para ver o homem do escritório andando pela grama na beira do cascalho, um pulverizador nas costas e a mangueira nas mãos cobertas por luvas. De tempos em tempos, ele borrifava algo em torno da base dos postes.

— Não dê bola para eles — disse o homem. — Precisam chegar lá *primeiro*.

— Lá onde? Para que a pressa?

Ele deu de ombros, fazendo o pulverizador se erguer e se abaixar.

— Onde quer que eles estejam indo a seguir.

— Eles estão em algum tipo de corrida?

— Sim. Se apressam para desacelerar.

O homem saiu andando, ainda rindo sozinho.

Mercy o observou por um momento, confusa, depois balançou a cabeça. Ela não tinha tempo para refletir sobre a pressa dos motoristas. Tinha uma caixa de restos humanos para devolver. Correndo para a porta dianteira da van, ela pegou a maçaneta e puxou.

Nada aconteceu.

Mercy chacoalhou a maçaneta. Depois de pegar as chaves do bolso, tentou a fechadura, que, porém, não cedeu. Wasabi estava na van e a observava do outro lado da janela, a cabeça inclinada e as orelhonas erguidas. Sentindo o pânico se remexer dentro dela, Mercy chacoalhou a maçaneta com toda a força, até se lembrar do velho batendo o quadril na porta. Ela posicionou os pés. Com uma mão, ergueu o trinco e, com a outra, equilibrou-se. Inspirando fundo, Mercy se jogou de lado, batendo o quadril no centro da porta.

— Ai! — gritou ela.

A porta fez um clique e se abriu.

Mercy entrou. Como se impulsionada pela nova dor latejante no quadril, tudo o que o velho havia mencionado lhe voltou à mente. O motor estaria frio, então ela precisaria puxar o afogador. Três pisadas no acelerador. Mercy virou a chave, o motor deu uma engasgada por um momento, depois ganhou vida com um *vrum*. Por um minuto, ela deixou que o carro aquecesse e em seguida puxou o afogador. O motor morreu.

— Porcaria — disse Mercy, então começou de novo.

Na segunda vez, o motor estava afogado e rodou ocioso. Mercy o deixou quieto por um tempo e tentou não pensar na caixa de cinzas, no ronco de sua barriga ou na dor de cabeça de abstinência de cafeína que começava a pressionar atrás dos olhos. Finalmente, conseguiu fazer a van funcionar, engatou a marcha e saiu do parque.

Ela estava quase chegando na rotatória da estrada principal quando seu celular começou a tocar. Mercy espiou a tela.

Sentiu um frio na barriga, o campo de visão se estreitar e as mãos ficarem geladas no volante. Ao piscar para clarear a visão, algo surgiu no canto dos olhos. Um vulto escuro no para-brisa.

Ela ergueu os olhos e berrou.

Puxar o volante foi um instinto, uma tentativa puramente irracional de lançar fora a aranha-caranguejo gigantesca. O bicho estava dentro ou fora do vidro? Ela não queria olhar mais de perto para descobrir. Ele se manteve lá, à espreita, do tamanho de um prato de sobremesa, enquanto Mercy pisava no acelerador, não necessariamente aumentando a velocidade da van, mas fazendo o motor começar a zumbir alto, o que, ao menos, deu a impressão de que o veículo estava andando mais rápido. A Hijet se inclinou perigosamente para o lado quando Mercy rodou pela rotatória uma, duas, três vezes, tentando fazer a aranha sair voando, e então girou o volante de novo e passou pelo acostamento, subindo pelas pedras e pelos sulcos, batendo no meio-fio e, enfim, entrando na estrada principal. Ao voltar para o asfalto, ela pisou novamente no acelerador, torcendo para que, se a aranha tivesse conseguido manter as patas peludas e compridas na janela enquanto virava, a velocidade bastasse para tirá-la dali.

Isto é, se a aranha estivesse do lado de fora. Se estivesse do lado de dentro... Mercy não queria nem pensar onde o bicho poderia estar.

A agulha do velocímetro foi subindo: sessenta, sessenta e cinco, setenta. Ela continuou em frente. O suor escorria pela raiz dos cabelos de Mercy. Setenta e cinco, setenta e nove. O motor sacudia e vibrava sob seu assento. Toda a van chacoalhava, os dentes de Mercy tiritavam e o corpo de Wasabi balançava.

O motor começou a tremer em protesto. Mercy pisou mais leve no pedal até a van se acalmar. Ainda assim, não ergueu os olhos. Tampouco olhou para o celular. Apertando o volante, ela observou as linhas brancas pintadas na estrada brilharem diante da van e tentou não pensar.

Depois de meia hora, finalmente sentiu o coração começar a desacelerar. Inclinando-se o máximo que conseguia para trás, Mercy se permitiu erguer os olhos para o para-brisa.

A aranha não estava mais lá.

O alívio foi imediato. Ela começou a rir baixo, massageando o pescoço para tirar a tensão e diminuindo a velocidade mais um pouco. Depois de outra meia hora, sua respiração estava de volta ao normal e Mercy começou a prestar atenção nos arredores. Era para ela estar chegando a Spalding agora, não? Onde estavam os vinhedos ondulantes de ontem, os campos de trigo?

E então Mercy viu a grande placa verde.

— Quê? Não!

Ela soltou ainda mais o pé do acelerador. Uma 4x4 puxando um trailer a ultrapassou como se Mercy estivesse andando de ré.

— Não — disse ela de novo.

Avistando uma área de descanso à frente, Mercy ligou a seta e saiu da estrada. Ao redor dela havia terra avermelhada, arbustos baixos e mato seco. O sol brilhava forte em um céu azul cristalino. E, à direita, havia a longa extensão verde-escura de uma cadeia montanhosa.

Ela parou a van e pegou o celular. *1 ligação perdida; 1 mensagem de voz.* Ignorando as notificações, abriu o Google Maps. Os olhos de Mercy vasculharam a tela freneticamente. Então, voltando a baixar o celular, ela desafivelou o cinto de segurança e saiu da van, pôs as mãos na cintura e encarou as cadeias montanhosas imóveis ao leste. A cordilheira dos Montes Flinders. Se Mercy estivesse voltando para Adelaide — se estivesse dirigindo para o sul —, os Montes Flinders deveriam estar *atrás* dela. Não *do lado* dela. Porque, na véspera, Mercy estivera ao sul deles — na véspera, não tinha nem os alcançado. Ela olhou de novo e eles definitivamente, sem dúvida, estavam lá. Uma longa cadeia de montanhas que se enrugava ao norte até perder de vista.

A placa de trânsito pela qual havia acabado de passar dizia PORT AUGUSTA 49. Assim como os Montes Flinders, se Mercy estivesse rumando para o sul, Port Augusta — a porta de entrada para o vasto deserto ao norte da Austrália Meridional — deveria estar atrás dela.

Mercy não estava voltando para Adelaide. Ela ainda estava indo para o norte. Tinha viajado quase uma hora na direção errada. Uma série de carros passou em alta velocidade na estrada, um após o outro. A terra seca reluzia de calor. Mercy soltou um palavrão baixo. Depois mais alto. Virando-se para as cadeias montanhosas amotinadas, Mercy abriu a boca e gritou:

— Meeeeeerda!

Então se curvou e berrou dentro das mãos. Ela não aguentava mais. Não conseguia suportar a sensação de seu corpo em um estado constante de ansiedade, tudo tensionado como um coelho à espera de uma raposa. Uma culpa implacável a consumiu, um ácido respingando em suas entranhas. A espera, a espera incessante. Pelo quê? Não havia redenção para ela. Nada nunca poderia resolver aquilo, não havia como voltar atrás. O tempo passou e sempre passaria e, enquanto estivesse *existindo*, Mercy teria que enfrentar o sofrimento inevitável da própria existência, todos os dias. Enquanto isso, as pessoas continuariam a morrer — assim como quem quer que estivesse na caixa de cinzas no fundo da Hijet — e ela continuaria viva.

Na sombra da van, a estrada escondida atrás dela, Mercy gritou até sua garganta ficar em carne viva.

E então um trailer estacionou na parada de descanso.

CAPÍTULO OITO

O veículo era uma motor home alugada: asseada e relativamente nova, limpa e branca com um logotipo laranja vivo na lateral e um teto alto e inclinado. Parou a uma distância curta de Mercy, então o motor se desligou. Ela conseguia distinguir apenas um vulto dentro do carro. Quando a porta do motorista se abriu e o vulto começou a sair, Mercy deu a volta correndo pela Hijet, preparando-se para entrar.

— Me falaram para ir para a Austrália na primavera — disse a voz de um homem. Um forte sotaque escocês; ele parecia estar achando graça. — Me falaram que é quando o clima é mais gostoso. Mas, se ficar mais quente do que isso… — Ele parou e, quando Mercy ergueu os olhos, o homem estava baixando a cabeça para secar o rosto na manga. — Não sei como vocês, australianos, não pegam fogo. — Ele estava na casa dos trinta, usava botas de trilha, uma bermuda e uma camiseta branca justa. Voltando a colocar o boné azul-marinho, abriu um sorriso caloroso para Mercy. — Tudo bem, querida?

— Tudo ótimo, obrigada. — Ela pegou a maçaneta da porta, que se recusou a abrir.

O homem enfiou as mãos nos bolsos, semicerrando os olhos para ver a estrada que dava para os Montes Flinders. Uma faixa rosa de sol tingia seu bíceps direito.

Mercy chacoalhou a maçaneta. Nada. Wasabi latiu no banco de passageiro.

— Dá uma olhada nisso — continuou o homem, apontando para os montes. — Quero dizer, até que são impressionantes, sim, mas devo admitir que estava esperando algo um pouco... mais alto? São só uns montinhos.

Mercy parou. Os montes não eram Alpes magníficos, era verdade. Mas, ao observá-los de novo, achou que eram bonitos. Curvas acidentadas de jade escuro, saliências rochosas e leves ondulações douradas. Em um espaço plano e monótono cheio de salgadeiras e eucaliptos magros descascados, os montes davam a impressão de estarem zelando pela paisagem, oferecendo conforto com suas ravinas úmidas e íngremes, sombra e um lugar sagrado.

— Eles devem ser mais velhos que os dinossauros — disse ela. — Dá um desconto.

O homem riu, chutando o cascalho com a bota.

— Bela van que você tem aí — disse ele, examinando a Hijet. — "Lar é onde você está"... — O homem se inclinou, procurando o resto da frase. — Ah... é isso? Bom, acho que tem um fundo de verdade, né?

Como era fácil para ele estar ali, na frente de uma completa desconhecida à beira da estrada no meio do nada. Os pés apoiados, os cotovelos balançando. Trinta e poucos anos, então;

dificilmente o homem seria mais velho do que ela. E Mercy deduziu que era um turista: o sotaque, a van alugada, o *vocês, australianos*. Ela sentiu uma pontada de inveja seguida por uma fisgada aguda de insegurança diante dele — daquele homem vivendo sua liberdade tão tranquilamente. Ele parecia tão despreocupado e confiante quanto Mercy era insegura e histérica.

— Para onde você está indo?

— Ah, só... sabe... — Mercy gesticulou vagamente para a estrada.

Ele estava sorrindo para ela. Havia uma sombra escura de barba rala no queixo dele.

— Essa van é sua, então?

Mercy olhou para o carro, como se para confirmar.

— Sim.

Ele acenou com a cabeça.

— Um veículo meio cult, esse. Japonês.

Mercy sentiu uma centelha de alarme. Ela estava dirigindo uma van de um culto japonês?

— Se cuidar bem dela, você pode ganhar uma pequena fortuna. O preço desses carros só sobe. É difícil de encontrar às vezes. São meio que um item de colecionador.

Ah, ela pensou, aliviada. *Cult, não culto. No sentido de algo exclusivo.* Ela avaliou a Hijet com outros olhos. Estava surrada, encardida e pintada à mão. Os para-choques estavam cheios de amassados e manchas de ferrugem. Mas era quadrada como um pão e, com seus faróis grandes e arredondados, ela conseguia ver que até que era... bonitinha.

Se tirasse a caixa de restos humanos da traseira.

Merda. Ela realmente tinha que voltar para Adelaide. Mercy pegou a maçaneta e tentou puxá-la discretamente, mas a porta continuou fechada. Wasabi latiu outra vez.

— Bom, então — disse ela, tentando parecer despreocupada. — É melhor continuar — mais gestos vagos — rodando, e tudo mais.

A maldita porta a faria fazer papel de ridícula na frente daquele homem. Aquele homem escocês. Aquele homem escocês cujos bíceps preenchiam de um jeito lindo a manga da camiseta.

Ela estava se preparando, juntando forças para bater o quadril sem cerimônia na porta quando ele disse:

— Quer um café?

Um silvo pavloviano de sinapses em seu cérebro: *cafeína*. Mercy sentiu o ronco vazio de seu estômago, a dor funda apertando sua testa. Sim, ela adoraria uma xícara de café. De repente era a única coisa que queria. Queria isso mais do que tudo naquele momento — mais do que sentir pânico, mais do que sua casa incendiada, mais do que os restos cremados — se sentar, sem se mexer, e tomar uma xícara de café.

— Vou passar um e pode me acompanhar se quiser.

Ele saiu andando, desaparecendo atrás da van, e Mercy ouviu a porta lateral se abrir. A van balançou enquanto o homem subia, depois os sons que saíam eram farfalhantes e tilintantes.

Soltando a maçaneta da porta, Mercy andou discretamente para o lado e se inclinou, espiando.

O homem parecia estar fazendo exatamente o que havia anunciado que faria: uma xícara de café. Ele pôs uma pequena chaleira em um fogão de indução e pegou um pote de café instantâneo. Ele estava de costas, mas Mercy conseguia ver o interior da motor home: um pequeno armário com um tampo de fogão, assim como a van dela — embora o dele fosse muito maior e consideravelmente mais moderno. Mais para o lado, dava para ver o pé de um colchão, a ponta amassada de uma coberta.

Mercy cambaleou. Ela havia se inclinado tanto que perdeu o equilíbrio. Seus pés rasparam o cascalho e o homem ergueu os olhos.

— Vai querer uma, então? — Ele estendeu um copo de plástico.

— Sim, por favor — ela se ouviu responder.

— Leite?

— Você tem leite?

— Sim, tenho. — O homem apontou para uma pequena caixa prateada ao pé do armário. — Tenho uma geladeirinha aqui em que cabe uma caixa de leite e quase nada mais.

Mercy abriu a traseira da Hijet e tirou Wasabi. O cachorro correu imediatamente para a árvore mais próxima e começou a investigar o chão em volta dela.

O homem saiu da van, dois copos fumegantes nas mãos. Ele passou um para Mercy. Ela deu um golão, queimando a boca.

Por um momento, os dois beberam em silêncio, ouvindo os carros passarem na estrada, os pássaros cantarem nos arbustos. Depois de um tempo, o escocês desapareceu na motor home e reapareceu com uma cadeira dobrável. Acomodando-a na sombra, ele disse:

— Pode se sentar, se quiser.

Mercy buscou a cadeira que o velho tinha dado a ela, e eles se sentaram sob a sombra balançante de um eucalipto, tomando as bebidas. Wasabi correu de um lado para o outro em suas patinhas atarracadas, a barriga balançando, farejando folhas secas, pedras e cascas de árvore. Mercy sentiu a dor de cabeça passar. Por um momento, ela se esqueceu da ansiedade até se lembrar de novo com um choque.

— Enfim, meu nome é Andy. — Ele estendeu a mão. — Andrew Macauley.

Mercy hesitou por um breve momento antes de cumprimentá-lo. Ela sentiu o calor da mão dele sob seus dedos.

— Mercy — disse ela.

— É um prazer conhecer você, Mercy. — Andy sorriu para ela sob o boné e ela se sentiu corar. — Então — disse ele, bebendo o café —, está na estrada faz tempo?

Mercy olhou para a Hijet, como se o carro pudesse responder por ela.

— Não muito.

Ele deu mais um gole, esperando mais, mas ela perguntou:

— E você?

— Só alguns dias. Peguei essa daqui no aeroporto — Andy apontou na direção da motor home — e, depois de um cochilo, peguei a estrada. Agora estou aqui. — Ele se recostou na cadeira. — De onde você está vindo?

Mercy engoliu o resto de seu café e se levantou.

— Obrigada pelo café. Mas preciso mesmo ir.

Andy esticou as pernas, sem pressa nenhuma de se mover.

— Para onde está indo, então?

— De volta a Adelaide, tenho que... — Ela perdeu a voz.

— Tem que?

Reconstruir minha casa. Devolver uma caixa de cinzas. Mercy lembrou a ligação perdida, a mensagem de voz no celular.

Tenho que enfrentar as consequências.

— Tenho que ir. Obrigada, de novo, pelo café.

— Então, tchau. — Andy sorriu e relaxou ainda mais na cadeira. — Boa viagem.

Mercy pegou sua cadeira e a fechou com um estalo. Então, jogou-a na traseira da van com tanta fúria que o objeto bateu com um estrondo no armário e caiu no chão. Um grito se formava no fundo da garganta dela.

Mercy não queria voltar para Adelaide. Não queria voltar de jeito nenhum.

Ela queria que isso tudo *acabasse*.

Os Montes Flinders se estendiam ao longe, desaparecendo em uma névoa de luz do sol e céu azul-cobalto. O que estava além dos montes? O deserto. E o que estava no fim dele? Mais deserto. E então, finalmente, mais ao norte, depois de todo esse deserto, estavam os trópicos e, depois, o mar. Mercy pensou no mar do norte, cintilando a milhares de quilômetros do continente.

Ela queria que isso tudo acabasse — ela queria estar *do outro lado* de tudo isso.

Na estrada, passou um caminhão-tanque, seguindo para o norte. Um, dois, três tanques prateados, cintilando sob a luz do sol, dirigindo-se sabe Deus para onde. Mercy observou o longo veículo até ele desaparecer. *Se apressam para desacelerar*, dissera o homem no parque de trailers. *Você vai levá-la para uma boa viagem, não vai, meu bem?*, perguntara o velho que havia vendido a van, depois de tudo acertado.

E então Mercy soube. Ela queria superar aquilo tudo.

Ela chegaria ao outro lado, literalmente. Iria até o outro lado do país, até o oceano azul cintilante na outra ponta. Por dois anos, Mercy não havia saído de casa, mas agora ela tinha uma casa que poderia carregar consigo. Como um caranguejo--eremita. Ou, mais precisamente, dada sua velocidade na estrada, um caracol.

Mercy dirigiria até Darwin.

CAPÍTULO NOVE

Pouco menos de uma hora depois, Mercy entrou em Port Augusta — arbustos cinzas, terra cor-de-rosa, céu deslumbrante —, e a primeira coisa que encontrou foi uma loja de bebidas. Ela correu lá dentro e comprou uma garrafa de uísque.

Em seguida, achou um supermercado.

Curvada diante do volante, olhando com atenção através do para-brisa, Mercy dirigiu para cima e para baixo das fileiras de carros estacionados, sondando o mercado feito uma ladra no banco. Ela se sentiria melhor se parasse bem na frente da porta, para poder fazer uma fuga rápida? Ou deveria estacionar no lado oposto, longe de todos os outros, naquela fileira de vagas vazias? No fim, escolheu a última opção — um lugar tranquilo para se recuperar, traçar um plano. Encaixando-se em um espaço sob a sombra de uma escova-de-garrafa, Mercy olhou para a frente na direção do que parecia ser um rio, mas, ao verificar o mapa, constatou que na verdade era a pontinha, o canto final, do Golfo Spencer. Era ali que acabava o Oceano

Antártico e, daquele ponto em diante, Mercy só voltaria a ver o mar quando chegasse ao outro lado do continente.

Aquele pensamento era impressionante, inexplicável e aterrorizante.

Mas Mercy não se deu tempo para contemplar o fim do oceano. Em vez disso, abriu a tampa do uísque, levou a garrafa à boca e tomou um gole generoso. E depois outro, fazendo careta enquanto o líquido queimava ao descer.

Wasabi arfava no banco de passageiro. Sem o vento soprando, a van tinha ficado abafada. Mercy abriu as duas janelas, deixando entrar a brisa fresca que vinha do mar. Então entrou na traseira, tirou os garfos, as colheres e as facas do pote plástico de sorvete, encheu o fundo com uns cinco centímetros de água, e o deixou no chão para o cachorro. Wasabi farejou, deu algumas lambidas, depois pulou na cama e apoiou o focinho sobre as patas, as sobrancelhas castanhas se contorcendo enquanto a observava.

Mercy tirou o celular do bolso e passou os minutos seguintes fazendo a lista mais detalhada e completa possível. Ela se imaginou andando pela casa e lembrou dos itens necessários para os afazeres do dia a dia: *acordar, fazer café, tomar banho, tomar café da manhã...* Mercy tentou se manter focada na praticidade, concentrando-se em cada passo da tarefa. Do que definitivamente precisaria? O que era dispensável para viver? O que era flexível ou versátil suficiente para servir mais de um propósito? Ela tentou não se perder nas imagens, nos pensamentos e cenários hipotéticos que surgiam, tampando sua mente como nuvens de tempestade, tirando-a do *aqui*, do agora. Tentou não prestar atenção aos círculos vermelhos acusatórios das notificações nem na mensagem de voz que estava à espreita, sem ter sido ouvida.

Quando a lista estava pronta, Mercy tomou mais um gole para se preparar antes de fechar a tampa da garrafa. Em seguida, enfiou o celular no bolso, fechou a janela o bastante para Wasabi não pular para fora, e desceu da van.

Mercy sabia que muitas pessoas que sofrem um ataque de pânico pela primeira vez chegam ao pronto-socorro convencidas de que estão tendo um ataque cardíaco. Apavoradas de que estão prestes a morrer, chegam ao hospital e ofegam sem ar. Mas, quando aconteceu com Mercy pela primeira vez, quatro dias depois que tudo veio abaixo, não foi com seu coração que ela ficou preocupada. Foi com sua mente.

Enquanto subia no elevador para a ala da maternidade, olhando o relógio e repassando as inúmeras tarefas que nunca conseguiria completar naquele turno, o que a atingiu de repente foi uma sensação de inquietação tão intensa que Mercy socou os botões do elevador para fazer com que parasse. Não importava a altura — ela só precisava parar. Qualquer que tenha sido o andar em que as portas do elevador se abriram — Mercy ainda não conseguia se lembrar —, ela havia saído aos tropeços e cambaleado até um banheiro, depois trancou a porta e andou de um lado para o outro dos ladrilhos, puxando o cabelo até o couro cabeludo arder. Tudo em que conseguia pensar era que ela não queria mais estar em seu corpo. Não sabia mais *como* estar em seu corpo. Segurando a beirada da pia, Mercy olhou no fundo dos olhos de seu reflexo no espelho e viu o desespero de uma pessoa encurralada. Uma prisioneira. Foi apenas em retrospecto — apenas quando o episódio do elevador começou a acontecer de novo e de novo, em todos os lugares — que ela percebeu que o que vinha sentindo era medo. Um medo puro, inexplicável, insuperável.

Medo de quê? Mercy não sabia dizer. Sabia apenas que tudo estava abrupta e irrevogavelmente errado.

Mercy se lembrou daquele primeiro ataque de pânico enquanto atravessava o estacionamento do supermercado, sentindo como se estivesse entrando em um campo de batalha. Se dois anos antes, naquele dia no elevador, ela tinha sido pega tão desprevenida que havia chegado a arrancar os próprios cabelos de angústia, Mercy agora tinha uma vantagem: ela se tornara uma profissional experiente naquilo, no medo. Não havia nenhum ar de vítima na maneira como ela enfrentou as portas de vidro automáticas. Movida pela força de vontade e pelo uísque, Mercy encarou o monstro que era o Port Augusta Woolworths.

Ela pegou um carrinho e começou pelo topo da lista: *café*.

As mãos de Mercy tremiam, e os pontos mais difíceis eram os finais dos corredores, porque as prateleiras altas de produtos bloqueavam a vista para a saída. O carrinho tinha uma roda torta e ficava guinando para a esquerda, e, em determinado momento, ela teve que puxá-lo na direção oposta de uma pilha precária de papel higiênico, tomada por uma visão de rolos espalhados pelo chão e centenas de rostos virando-se para encará-la, mas Mercy conseguiu afastar esse pensamento e então se concentrou no item seguinte da lista.

O carrinho foi ficando cheio: sopa enlatada, macarrão instantâneo, mais feijões assados. Maçãs, tomates, um saco de alface. Ração e uma coleira para Wasabi. Mais galões de água e, quando a pilha parou de balançar, uma embalagem de quatro papéis higiênicos. Não havia cobertores propriamente ditos, mas havia um expositor com mantas de chenile felpudas com estampas de gatos, e Mercy pegou uma, bem como uma toalha azul pequena. E também uma jaqueta puffer masculina, grande demais, mas quente. Um par barato de óculos de sol, finos como papelão, mas pelo menos ela poderia parar de ficar apertando os olhos. Calcinhas novas, bege e com a cintura extremamente alta, mas muito mais limpas do que os que Mercy estava usando havia mais tempo do que gostaria de admitir.

Quando se dirigiu ao caixa, ela estava se sentindo vitoriosa. Então viu a fila.

Por que os supermercados se dão ao trabalho de instalar doze caixas se sempre só tem dois funcionando?, Mercy quis gritar. O pânico chacoalhou tudo em seu corpo, como se tivesse passado por uma lombada. Sangue disparou, nervos chiaram, até seu cabelo se arrepiou.

Quantas vezes, no início de tudo, ela não saiu correndo do mercado, deixando um carrinho pela metade a esmo no meio de um corredor? Ou abandonou um carrinho cheio na fila do caixa? *Com licença*, Mercy dizia ofegante para os outros clientes enquanto passava, *só preciso ver uma coisa...* E corria pelas portas para nunca mais voltar.

Carrinhos iam avançando devagar. Itens eram passados com bipes tão lentos e intermitentes que chegavam a enlouquecer. Uma senhora mais velha estava contando cento e dezoito dólares e quarenta e cinco centavos em moedas enquanto conversava com o operador do caixa e falava sobre uma pessoa chamada Gladys e sua geladeira quebrada. Mercy poderia largar o carrinho, não era obrigada a comprar tudo aquilo. As pessoas ficariam olhando, mas ela estaria de volta na van e sairia dirigindo em questão de segundos, para nunca mais ver nenhum deles.

Mas assim Mercy ficaria sem nada. Estaria de volta aonde começou. Seria a mesma coisa que aconteceu no Mercado Boas-Vindas Spalding.

Se ela esticasse o pescoço, conseguiria ver, através das vitrines do mercado, o painel traseiro da Hijet. Então imaginou Wasabi lá dentro, cochilando tranquilamente. As orelhas marrons sedosas sobre as patas dianteiras, a barriga rechonchuda subindo e descendo enquanto ele esperava por ela.

Esteja aqui agora.

A senhora tinha terminado de contar suas moedas e estava empurrando o carrinho para longe. O operador do caixa estava se virando para Mercy, sorrindo, perguntando sobre o dia dela. Mercy estava empilhando os itens na esteira, um após o outro, e também estava sorrindo e dizendo *bem, obrigada, e você?* Droga, ela não tinha nenhuma sacola e estava prestes a dizer *sim, por favor* para a oferta de sacolas plásticas por vinte e cinco centavos quando se lembrou de que o plástico estava sufocando os oceanos, então pegou duas sacolas de juta da prateleira e pediu para o operador cobrá-las, cinco dólares cada.

Mercy pôs as sacolas cheias de compras no carrinho. Pediu para tirar dinheiro e pagou. Acenou, disse *obrigada* de novo e então — Deus do céu! Ela tinha conseguido! — empurrou o carrinho pelas portas e estava do lado de fora, no ar fresco, livre.

CAPÍTULO DEZ

Ao sair de Port Augusta, uma grande interseção surgiu e uma placa de trânsito se despontou, oferecendo a Mercy uma escolha entre dois destinos monumentais, ambos a milhares de quilômetros e um continente de distância: à esquerda, Perth, Austrália Ocidental; à direita, Darwin, Território do Norte. Virar a seta para a direita lhe deu uma sensação extraordinária, carregada. Como se ela não estivesse apenas assinalando sua intenção de virar o veículo, mas admitindo que estava abrindo o futuro de toda a sua vida. Um futuro que nunca havia considerado. O cascalho na faixa central estava disposto em fileiras ordenadas de vermelho escuro e claro, como listras de perigo para o começo do deserto.

Depois de parar no acostamento de cascalho, Mercy pegou o celular.

— Onde é que você está? — perguntou Eugene.

No fundo, ela conseguia ouvir o barulho do trânsito, os sons agudos e estridentes de uma faixa de pedestres. Ele estava num intervalo. Mercy o imaginou parado perto da entrada de serviço na ala leste do hospital, onde a equipe de enfermagem fazia suas pausas para fumar embaixo da placa de PROIBIDO FUMAR.

— A mil duzentos e vinte e um quilômetros de Alice Springs.

Silêncio. Então:

— *Quê?*

— Mil duz...

— Eu escutei. — Eugene ficou em silêncio e então houve um barulho raspado, e a voz dele ficou abafada, como se ele tivesse posto a mão em forma de concha em torno do alto-falante. — Nossa, Mercy, você deve estar...

— Em Port Augusta.

— Port *Augusta?*

— Sim.

— Então... vai voltar a tempo para o jantar?

— Não.

Mais um silêncio.

— Tá. Vou deixar a porta da frente aberta. Você pode...

— Eugene, eu não vou...

Mercy tinha 26 anos quando conheceu Eugene Phelps, de 38. Ela estava no quarto ano de residência, e frustrada, começando a ficar com medo de que nunca seria contratada. Eugene era inteligente, sério, mais velho — trazendo uma certa elegância tranquila de Melbourne para a ala do pronto-socorro. Depois de quatro anos trabalhando no Hospital Royal Melbourne, Mercy se perguntava se ele não achava o Hospital Nortenho de Adelaide um lugar um tanto provinciano. Afinal, era localizado no meio de uma área socioeconômica bem menos atraente, se você considerasse o lugar do ponto de vista puramente imobiliário (o que, claro, Mercy nunca fez, afinal, que tipo de médica cretina isso a tornaria?). Houve um encontro casual em que comeram os últimos sanduíches de coxão duro com lagarto e picles com uma cara razoável na cantina; escapadas rápidas para cafés; sexo, muito, inclusive, sabe-se lá como, já que ambos tinham horários de trabalho ridículos, sem folgas sincronizadas.

Então, *trá-lá-lá*, oito anos depois: tudo aquilo aconteceu. Mercy ficou encarando o para-brisa. À frente, a estrada desaparecia em um monte baixo; os acostamentos de cascalho eram cor de pêssego. A via parecia seguir diretamente para o norte. Para o outro lado.

— Não vou voltar. Por favor, não me liga. Preciso superar isso.

Ela desligou antes que Eugene pudesse responder, baixou o celular, entrou na Rodovia Stuart e rumou para o norte.

Dali em diante, em relação a rotas, Mercy tinha pouquíssimas opções. A Austrália podia ser um país grande, mas, em termos de rodovias transitáveis, só havia uma que atravessava o centro. Depois de Port Augusta, a estrada para o norte em direção a Darwin era a Rodovia Stuart. Era isso. A menos que você tivesse uma 4x4 robusta e equipada e estivesse disposto a passar semanas atravessando trilhas de areia no deserto. O que, não era preciso dizer, não era o caso de Mercy e sua velha Hijet.

A paisagem passava pela janela. A estrada cintilava em um tom sujo de bronze, abrindo caminho através da terra avermelhada plana com arbustos baixos de touceira. Trilhas sulcadas de duas rodas saíam da rodovia para cortar as salgadeiras.

Ao longe, uma linha baixa de nuvens se acumulava sobre os montes diáfanos.

O vento quente batia no cabelo de Mercy, soprando fios em círculos em volta do rosto. Embora ela o puxasse para trás da orelha, ele sempre se soltava e voava de novo. Wasabi estava sentado com olhos atentos no banco de passageiro, o nariz ao vento, as orelhas batendo.

Depois de uma hora, ela passou por uma parada de descanso onde havia três motor homes. Alguém acenou; Mercy acabou hesitando por tempo demais, e a parada de descanso ficou para trás antes que ela decidisse se retribuía o cumprimento ou não.

Os arbustos à margem da estrada foram formando moitas maiores, pontilhadas por árvores mirradas e esparsas; o solo estalava em um vermelho vivo. Mata-burros cortavam a estrada, fazendo a van chacoalhar. Pelo retrovisor, Mercy observou 4x4s diminuírem a velocidade atrás dela, pausarem e então a ultrapassarem puxando trailers enormes decorados com adesivos customizados: "Harry e Bev, canal 18"; "Gastando a herança dos filhos!"; "Aventura antes da demência". Este último fez Mercy dar risada, embora tenha sido um som baixo, ligeiramente falhado, que se perdeu no vento. Os lagos de sal surgiram, cintilando camadas cor-de-rosa e prateadas. As placas alertavam que não havia cercas na estrada e que os motoristas deveriam tomar cuidado com animais errantes. Às vezes, a via parecia não ter curva nenhuma, apenas seguia para o norte, as linhas brancas desaparecendo sob a van junto com as batidas do coração de Mercy.

Muitas horas depois, todas as moitas e árvores acabaram por desaparecer. A estrada abria um caminho pelo deserto ondulado e pedregoso. Mercy ficou sozinha com a brisa, o brilho incandescente da luz do fim de tarde sobre a terra vermelha tão vasta e a amplidão do céu flamejante.

A noite parecia uma coberta de sombra quando Mercy entrou em Glendambo, um assentamento minúsculo do deserto que se assemelhava a uma pele de elefante. De acordo com uma placa à beira da estrada, o reduto tinha uma população de trinta humanos, vinte e duas mil e quinhentas ovelhas e dois milhões de moscas. BEM-VINDO A GLENDAMBO.

Mais de quatro horas haviam se passado desde que Mercy saíra de Port Augusta, que agora parecia uma metrópole vibrante. Ela havia parado algumas vezes para tomar água, se aliviar envergonhada atrás da van, e uma vez para abastecer. Mas agora queria comer, queria caminhar. Queria parar de dirigir e dormir. E, a julgar pelas motor homes que conseguia ver estacionadas no quadrado de terra laranja sinalizado como "parque de trailers", Glendambo, por mais minúscula que fosse, era um oásis à beira da estrada para estas coisas tão necessárias: comida, combustível, uma interrupção do movimento de seguir em frente.

Wasabi se empertigou e ganiu quando os pneus da Hijet passaram ruidosamente sobre o cascalho. A temperatura do ar que entrava pelas janelas havia caído de maneira abrupta, e Mercy sentiu o cheiro de terra seca, fumaça de cozinhar e diesel de um caminhão parado.

Quando desligou o motor, o silêncio e a falta de vibração pareceram absolutos. Por um momento, ela ficou completamente imóvel, prestando atenção na quietude. Então saiu, esticando as pernas e erguendo os braços para o alto.

— Fica — disse para Wasabi.

O interior de um pub tranquilo: o carpete escuro e estampado, o odor rançoso de cerveja e as cores escandalosas e supersaturadas de um jogo numa tela de televisão no canto. As pernas de Mercy estavam fracas, cheias de cãibras.

— Só uma noite — disse Mercy para a mulher mais velha atrás do balcão, que parecia não esperar outra coisa.

De volta à van, ela seguiu uma trilha larga de cascalho atrás do pub até um cercado que também era feito do mesmo material. Árvores finas e semimortas que mais pareciam gravetos estavam espalhadas ao redor. Mercy estacionou no fim da trilha, deixando o maior espaço possível entre ela e o trailer mais próximo.

Ela deixou Wasabi sair da Hijet, e ele usou a cerca mais próxima como sanitário, depois começou a trotar em círculos ziguezagueantes, com o focinho no chão. Mercy andou até o banheiro, onde grilos cricrilavam no topo de paredes de zinco, cuja base começava a meio metro acima do chão. Em seguida, voltou para a van, abriu a traseira e entrou, enquanto Wasabi corria lá fora.

O estômago de Mercy roncou com o cheiro de salsichas grelhando que flutuava na brisa. Ela sentiu uma pontada de inveja do fato de que alguém tinha uma geladeira portátil. Como funcionava? Painéis solares? Gás? A ideia da instalação, da complexidade, a deixou confusa. Como era fácil não dar valor para o que sempre esteve à mão, sempre ali. Se estivesse em casa, Mercy estaria cozinhando filés de frango em molho shoyu, ou talvez escaldando carne moída supertemperada para tacos. Ela pensou em seu sofá, com suas almofadas fundas e macias, a coberta verde felpuda que gostava de colocar sobre os joelhos enquanto comia, revendo *The Good Wife*, *Downtown Abbey* ou *The Crown*. Ela tinha tomado seu conforto e sua segurança como algo banal. Agora aquilo não existia mais.

Mercy escolheu uma lata de porção única de feijões cozidos e deu uma boa olhada em um tomate, agora machucado e com uma cara questionável depois da longa viagem. O saco de alface, antes fresco na loja, estava quente e começando a murchar. Mas ela pôs um monte de folhas em seu prato novo de bambu, bem como as fatias de tomate. Enquanto esperava os feijões aquecerem em sua panelinha nova minúscula, serviu um pouco de ração e água para Wasabi, assobiando para ele voltar à van.

Ela estava colocando os feijões fumegantes no prato quando ouviu uma voz.

— Boa noite, vizinha!

Mercy ficou paralisada, a panela no ar.

Um homem apareceu: barriga generosa, camisa abotoada, bolsos e franjas em excesso. Era o homem do parque de trailers de Crystal Brook da noite anterior. Ela vasculhou a mente em busca do nome dele, mas não se lembrou.

— Você chegou! — disse ele, batendo no pilar da porta da Hijet.

— Sim — respondeu Mercy.

Um feijão solitário escorreu da panela e caiu em cima do pé dela.

— O happy hour é no nosso hoje de novo. — Wasabi atacou, e lá se foi o feijão. — Jayco Starcraft e o Cruiser prateado, lembra?

Mercy não se lembrava porque, apesar de agora entender que "Jayco" era uma marca de trailer (ela tinha sido ultrapassada na estrada por pelo menos uma dezena delas), ainda não sabia o que o resto da frase significava. Mas assentiu como se soubesse. Ela ainda estava com a panela na mão.

— Talvez seja mais tranquilo hoje — continuou ele. — Pete e Jules ainda não apareceram para a bagunça! Acho que eles estão ficando de gracinha mais adiante na trilha.

— Entendi.

— Enfim... não precisa trazer nada, só você e seu... cachorrinho. Qual é a raça dele?

— Um Dachshund.

— Um daqueles salsichinhas!

— Sim.

— Então, somos de Mannum, perto de Riverland — disse o homem, empertigando-se e enfiando os polegares no cós da calça. Ele voltou os olhos semicerrados para o horizonte, com o ar pensativo, como se refletisse sobre alguma coisa. — Estamos na estrada faz umas cinco semanas.

Mercy pôs a panela de volta no fogão. Seu estômago soltou um ronco alto e oco. Será que ela deveria começar a comer? Ele entenderia a deixa? Ou seria grosseria — será que talvez devesse oferecer feijão para o homem?

— Jan gosta de ir a lugares onde consegue ver o horizonte, sabe? Lugares abertos e amplos. Sem muitas árvores... ela diz que árvores dão claustrofobia.

— Então ela deve adorar aqui.

O homem soltou uma gargalhada.

— Ahh, mas é mágico aqui, você não acha? — Ele sorriu para o horizonte, balançando os ombros com alegria. — Pura magia.

Moscas estavam se acumulando em volta do prato; Mercy as espantou, mas elas se ergueram por um breve momento e pousaram de novo. Os feijões estavam esfriando.

— Então vejo você lá?

O homem apontou para o que Mercy supôs ser a direção do trailer dele.

Mercy olhou, desamparada, para o prato, como se ele pudesse ajudá-la. Ela pensou nas cinzas embaixo de seu banco.

— Obrigada, mas eu realmente... hm...

— *Bert* — a voz de uma mulher chamou.

— Tenho um belo barril de vinho Shiraz. Não é de Mannum, de onde somos, mas acho que é de um vinhedo da Austrália Meridional. Aliás! A gente estava na Trilha Oodnadatta uma vez, em outra viagem, e vimos um carro quebrado, e parei para ajudar o cara...

— *Jantar*, Bert.

—... ele tinha arriado todos os pneus, sabe, porque pensou que era isso que se deveria fazer em uma estrada corrugada. Mas eu falei que não era igual a areia, e para pedras você precisa de *mais* pressão dos pneus, não menos, certo? Então lá estava ele com dois pneus furados e só um estepe, e eu disse...

— *Bert!*

— Opa. — Bert deu uma piscadinha conspiratória para Mercy. — Me empolguei. Então vemos você no nosso? Happy hour? — E, dando mais um tapa na van, o homem se foi.

Mercy se inclinou para a frente, fechou a porta e comeu seu jantar em silêncio.

O sol se pôs e a temperatura despencou. Estrelas brilhavam como lascas de gelo. Citronela e o aroma de repelentes em espiral pairavam no ar frio enquanto o parque mergulhava na escuridão, cercado por duas poças amarelas formadas pela luz das lâmpadas de cada lado do estacionamento de cascalho.

Mercy estava cansada, mas, quando se deitou na cama e puxou a manta de chenile com estampa de gato até os ombros, não conseguiu dormir. Seu corpo estava elétrico; era quase quieto demais, um silêncio sufocante tão completo que quase chegava a ser um barulho. Seu rabo de cavalo estava incomodando. Ela se sentou, ajeitando o elástico de cabelo, preso em um emaranhado de nós firmes. Com o auxílio da lanterna do celular, revirou a sacola de juta que agora estava usando como bolsa e encontrou a escova de cabelo nova, depois se ajeitou no escuro e tentou escovar o cabelo.

Fazia dois anos que ela não ia a um cabeleireiro; seu cabelo estava na metade das costas. Era grosso, cacheado e pesado — o cabelo de sua mãe, com a diferença de que sua mãe sempre tivera um corte meticulosamente penteado, curto e revolto. Nunca um fio fora do lugar. Em geral, Mercy também mantinha o próprio cabelo curto, mas então ela havia parado de conseguir sair de casa e isso pôs fim a saídas muito banais, incluindo ao cabeleireiro.

As cerdas se prenderam em um nó particularmente rebelde e Mercy deu um puxão violento com a escova, fazendo seu couro cabeludo arder. Dirigir com a janela aberta o dia todo havia deixado seu cabelo embaraçado como um ninho, e ela o imaginou cheio de gravetos, pedaços de cascalho e cadáveres minúsculos e alados de insetos voadores.

Seu celular vibrou. Mercy espiou a tela: o ponto vermelho no ícone do Facebook dizia *99+*. Na última vez em que ela tinha ficado on-line, sua casa ainda estava em pé, intacta.

O dedo de Mercy pairou sobre a tela. Ela imaginou a quantidade de marcações, menções, respostas. *MB talvez saiba*; *MB, pode me ajudar?*; *MB foi mencionada em...*

Nos últimos dois anos, este tinha sido o dia de Mercy: acordar, fazer uma xícara de café, beber enquanto olhava as notificações da noite anterior, depois fazer uma segunda xícara e beber enquanto respondia a perguntas, contestações, às vezes demonstrações de puro ódio. *Como se atreve a me julgar?* Ela ouvia muito essa. *Está na cara que você nunca passou por...* No começo, Mercy morria de vergonha, o rosto ficando vermelho enquanto ela corria para digitar uma resposta apaziguadora. *Desculpa. Não queria ofender. Só quis sugerir que...* Mas, depois de um tempo, passou a entender que a fúria dos outros era sempre um aspecto da dor deles. Às vezes, independentemente do que você dissesse, se uma pessoa estivesse determinada a se ofender, ela se ofenderia. Ora, Mercy não reagia da mesma forma com a própria dor? Quando colocavam um espelho diante do rosto dela, Mercy não queria quebrar no soco? A maior parte da manhã passava assim, com ela olhando os posts novos de mais de uma dezena de grupos — "Chat Adelaide de Gestação e Parto"; "Mamães do Sul"; "Mães de Primeira Viagem do Sul da Austrália" e muitos outros — conversando até a hora do almoço. Então Mercy deixava o celular de lado e tentava fazer outra coisa por algumas horas. Arrumar a casa, lavar a roupa, fazer compras pela internet. Depois voltava ao Facebook à tarde: bajulando, tranquilizando, compartilhando. *As últimas evidências mostram* e *Esse estudo não é revisado por pares, querida* e *Veja com seu médico, ele deve saber...* Era depois do jantar que as coisas ficavam movimentadas — à noite, depois que as mães punham os bebês para dormir, falavam com os cônjuges e alimentavam a família, era o momento em que a atenção de Mercy era requisitada. Do fim de tarde até de noite, ela dava tudo de si — mas não era *realmente* de si, não de quem ela *realmente* era —, tentando, de alguma forma, se redimir.

Havia ajudado? Todas aquelas horas passadas se solidarizando, aconselhando, compartilhando da indignação de estranhos — haviam compensado?

1 mensagem de voz. Ela ainda não a havia escutado.

Soltando a escova de cabelo, Mercy pegou o uísque e deu um gole. Ela clicou no ícone do Facebook, navegou até "Configurações".

Então apertou "Deletar minha conta".

À noite, Mercy acordou sem fôlego e ficou deitada de olhos arregalados na escuridão. Ainda restavam farpas afiadas do pesadelo, tirando o ar de seus pulmões. O suor gelava sua pele. Aos poucos, o entorno foi voltando ao habitual: a luz fraca das lâmpadas de fora era filtrada pelas janelas; o teto da van era um quadrado escuro impenetrável. Enroladinho na altura da cintura dela, Wasabi dormia profundamente, um montinho de calor. Embaixo da manta de gatinho e usando uma jaqueta puffer masculina, Mercy estava quente, mas seus pés estavam gelados.

Deitada imóvel, tentou controlar a respiração, inspirando até quatro, expirando na mesma contagem. Ela amoleceu os dedos, mantendo as mãos relaxadas e as palmas abertas, mas seu coração batia rápido. A noite estava muito escura, e silenciosa de um jeito inacreditável.

Ao se sentar, Mercy derrubou a garrafa de uísque no chão. Seu celular dizia que era 00h34. Mercy sentia gosto de carpete antigo na boca e, revirando as coisas, encontrou a escova de dente e rasgou a embalagem. Hesitante, abriu a porta e espiou lá fora.

Silêncio. Era um tipo inimaginável de silêncio — nenhum barulho de estrada, nenhum rádio nem eletroeletrônicos zumbindo, nem mesmo um cachorro latindo. As estrelas estendiam uma faixa brilhante infinita. Uma leve brisa soprava, sem fazer barulho; não havia árvores para sentir o vento, para fazê-lo assobiar. Wasabi ergueu a cabeça e Mercy fez um carinho nele, sussurrando:

— Fica.

Ela saiu da van. O cascalho era frio e arenoso sob seus pés descalços. Mercy espiou o parque. Os trailers estavam imóveis e silenciosos, e a última coisa que ela queria era acordar alguém. Logo imaginou Bert vestindo sua camisa de muitos bolsos e a abordando, exigindo uma explicação para sua segunda ausência no happy hour. Será que o homem aceitaria a desculpa de que Mercy teve sua própria versão de happy hour, só que com uma caixa de restos cremados debaixo da cama? Que havia tirado a caixa marcada como *Jenny Cleggett* e a acomodado em cima do armário perto do fogareiro para então brindá-la diversas vezes, sem economizar no uísque? Uma adorável parceira de bebida Jenny Cleggett se revelara — do tipo sereno e silencioso.

Munida de sua escova de dentes e do tubo de pasta, Mercy atravessou o cascalho na ponta dos pés, em direção ao arbusto além da cerca. As mangas da jaqueta puffer faziam sons sibilantes enquanto ela se movia, então Mercy escovou os dentes com os cotovelos para fora, a espuma mentolada pingando sobre os pés. Abrindo bem a boca, esfregou a língua e o céu da boca, escovando com mais e mais força, limpando as imagens de sangue e pele nua, o rosto dos dois policiais na sua porta, o grito agudo ecoado de *Faça alguma coisa*. Mercy esfregou e esfregou até sentir ânsia de vômito, até lágrimas escorrerem pelas bochechas.

CAPÍTULO ONZE

O barulho de uma fungada, alguma coisa úmida e quente lambendo sua orelha.

— Wasabi — resmungou Mercy, tentando empurrar o cachorro.

Mas ele não se dissuadiu; preferiu interpretar o balanço sonolento das mãos dela como um jogo, e começou a mordiscar os punhos dela de brincadeira, antes de repetir o ataque de língua na orelha.

— Não — gemeu ela, apanhando o corpo gordo do bichinho que se contorcia. — Para.

Finalmente conseguindo empurrar o cachorro, Mercy se sentou. A manta de gato escorregou e ela tremeu. Sua cabeça girava. A van estava cheia de luz, o orvalho cintilava nas janelas, e a luz forte da manhã refletida na terra absurdamente laranja cortava o vidro, atravessando os nervos ópticos até o cérebro dela. Como poderia estar tão claro e ao mesmo tempo tão frio?

A garrafa de uísque pela metade estava no chão, e a caixa de Jenny Cleggett, em cima do armário. Murmurando um pedido de licença, Mercy guardou as cinzas, bebeu um copo de água e abriu a traseira da van. Como um vulto marrom, Wasabi disparou para o ar frio da manhã lá fora, e ela se perguntou quanto tempo essa explosão de energia canina duraria.

As moscas vinham aos montes. Coros de "Bom dia!" a seguiram enquanto Mercy caminhava até o banheiro. Ela baixou a cabeça e espantou os insetos em resposta.

Dentro dos sanitários, o ar já estava impregnado de um fedor estonteante. Mais insetos zumbiam ao redor das paredes de ferro. Na pia, Mercy jogou água no rosto e se perguntou de novo o que é que estava fazendo. Ainda não era tarde demais para voltar.

Mas, ao erguer a cabeça, ela viu o batente enquadrando uma faixa luminosa de luz do sol. Pássaros cantavam. Uma brisa leve soprava pela terra, erguendo ondas douradas de poeira, e Mercy se lembrou das chamas douradas que se estenderam até o céu da noite, avançando sobre o telhado desabado de casa. Ela suspirou, depois forçou seu cabelo a ficar em um rabo de cavalo nodoso.

Ao sair, Mercy conseguia ouvir o barulho de motores a diesel. A luz do sol se refletia em espelhos laterais enormes enquanto 4x4s estavam apontadas para os trailers à espera. Toldos estalavam enquanto eram enrolados, e extensões do tipo *pop-top* faziam *vump* ao descerem e serem fechadas. Portas batiam; rádios crepitavam.

Mercy tirou o celular do bolso. 7h12.

— Sim — berrava uma mulher, como se desse instruções para uma aeronave. — Reto... reto... esquerda... *esquerda...* eu disse *ESQUERDA!*

Mercy precisava de café, o que tinha de sobra naquela manhã. Animando-se ao pensar no pote grande de café instantâneo na van, ela voltou correndo — recebendo mais acenos, mais cumprimentos gritados e sendo obrigada a concordar que *sim, era um ótimo dia para isso.*

Ao chegar à Hijet, o som dos motores atrás dela se ergueu com um ronco. Trailers avançaram, pneus rolaram sobre cascalho, ganhando velocidade. Dois veículos seguiram para a saída, criando um engarrafamento tenso porém rápido, antes de um terceiro acelerar atrás deles e o comboio avançar, rangente, rumo à estrada. O ar estava cheio do grunhido de motores enquanto corriam para a autovia, traseiras quadradas de trailers cintilando sob o sol ao desaparecerem.

Instaurou-se um silêncio. Uma agácia solitária cantou; os gravetos secos de uma árvore estalaram um nos outros.

Mercy parou no estacionamento vazio, olhando ao redor. Em questão de quinze minutos, o parque tinha se esvaziado, e agora sua Hijet surrada estava sozinha. Wasabi ergueu o focinho para o rastro invisível deixado pelos que partiram às pressas. Mercy se lembrou do gerente do parque de Crystal Brook na manhã anterior, rindo das vans que saíam correndo do parque. *Precisam chegar lá primeiro. Se apressam para desacelerar.*

Quase vinte minutos se passaram até Mercy finalmente conseguir tomar uma xícara de café. Como se esquecera de lavar a panela na noite anterior, ela teve que esfregar o molho de feijão cozido na torneira enferrujada do lado de fora do bloco dos sanitários, sob uma placa que declarava ESTA ÁGUA NÃO É PARA BEBER. O NÃO sublinhado a deixou tão preocupada que Mercy usou a camiseta para secar todas as gotas, até do cabo, antes de servir uma xícara de água mineral. Na pequena boca a gás, a água demorou quase quinze minutos para levantar fervura. Sem ter equipamento de refrigeração, Mercy não tinha leite, então o café parecia uma piscina preta como piche em sua xícara e queimou sua língua. De todo modo, era café, e, enquanto ficava sentada na traseira da van, as pernas balançando, olhando para o estacionamento deserto e a cobertura azul do céu, Mercy quase sentiu um brevíssimo momento de paz.

Até ela querer uma segunda xícara e perceber que teria que esperar mais quinze minutos para a água ferver.

Mercy deu comida e água para Wasabi, então fez um sanduíche de tomate e queijo para ela. Depois de comer, passou uma camada generosa de desodorante, escovou os dentes, brigou com o cabelo de novo antes de desistir e o amontoou em um coque no alto da cabeça. Ao ligar a câmera frontal do celular, soltou uma gargalhada.

Ela estava ridícula. Uma pele roxa inchada rodeava seus olhos vermelhos. Seu cabelo lembrava um pedregulho escarpado em cima da cabeça; meia dúzia de pontos vermelhos inflamados pipocavam em sua testa. Observando mais de perto, Mercy se maravilhou com sua capacidade paradoxal de produzir espinhas *e* rugas ao mesmo tempo.

Antigamente, a mãe dela passava horas na frente do espelho, as pontas dos dedos lendo a pele como Braille. Na infância, Mercy tinha achado fascinante a capacidade da mãe de passar tanto tempo contemplando o próprio reflexo e, um dia, havia decidido tentar fazer o mesmo. Puxando o tamborete de banho para perto do armário sob a pia, Mercy subira e se sentara de pernas cruzadas em cima do balcão, depois começara um estudo prolongado de si mesma no espelho. Passados alguns minutos, tinha se entediado, sua atenção vagando para a fileira de cestas cheias de tubos metálicos lustrosos, quadrados com pós coloridos, potes de loções primorosamente perfumadas. Em determinado momento, sua mãe tinha aparecido no espelho, o rosto cheio de fúria, e Mercy tinha sido puxada do balcão pelo braço, levado um tapa no bumbum e ficado de castigo no quarto pelo resto do dia. Sua mãe gostava de contar o episódio a quem desse ouvidos, dizendo que havia levado *horas* para tirar todo o batom e hidratante do espelho. Mas o que Mercy lembrava, mas nunca ousava mencionar, era que não foi a bagunça que provocou a ira da mãe, mas o que Mercy havia desperdiçado. Fora a vaidade que fez sua mãe berrar "Sua pirralha, esse batom era Guerlain!".

Mercy jogou o celular no banco.

A placa no posto de gasolina de Glendambo dizia próximo posto a 253 km.

Enquanto colocava a mangueira no tanque da Hijet, Mercy estava considerando as implicações do aviso quando ouviu o som de um veículo parando na bomba atrás dela.

— Mercy, oi!

Ao ouvir o sotaque escocês, o aperto de Mercy na mangueira vacilou. A bomba engasgou e parou.

— Como vai?

A motor home de aluguel estava estacionada tão perto da traseira da van que os para-choques estavam quase se tocando. Andrew Macauley estava com as mãos na cintura, com um sorriso largo no rosto.

Mercy de repente se deu conta de que fazia três dias que não tomava banho.

— Oi — disse ela, mexendo a mangueira e retomando o fluxo de gasolina.

Andy colocou os óculos escuros no alto da cabeça.

— Passou a noite aqui?

— Passei — respondeu Mercy, pensando na garrafa de uísque pela metade.

— Acho que entendi errado, mas pensei que você tinha dito que estava voltando para Adelaide.

— Mudei de ideia.

Ele ficou esperando que Mercy falasse mais, mas ela olhou fixamente para o tanque de combustível.

— Faz sentido — disse Andy alegremente. Ele encaixou a mangueira de combustível no carro dele e olhou para os entornos desolados de Glendambo com um ar irônico. — Minimalista — brincou ele.

— Exceto pelas moscas.

Próximo posto a 253 km. Viajando a setenta quilômetros por hora, isso dava três horas e meia. Por quanto tempo a Hijet aguentaria sem abastecer? Mercy voltou a pensar na SUV, que chegava tranquilamente a cento e quinze — essa distância mal arranharia a superfície de um tanque com gasolina aditivada. Mas essa coisinha?

Lar é onde você ESTÁ. Flocos de tinta descamavam de uma das flores, lascas de pedra marcavam o painel verde. Mercy notou que o para-choque traseiro parecia estar cedendo e, com o pé, mexeu nele, que chacoalhou. Wasabi estava no banco do motorista, as patas da frente na moldura da janela, o rabo abanando.

— Levei um sustinho ontem, aliás — disse o turista escocês. — Já viu aquelas placas na estrada dizendo "cuidado com os animais"? — Ele ergueu as sobrancelhas. — Bom conselho, hein? Para mim e para a vaca.

Mercy espiou a frente da motor home dele, mas parecia não haver amassados nem manchas de vaca.

— Foi por pouco — explicou ele. — Essa daqui tem bons freios, graças a Deus. Mas dei um belo de um susto nos velhotes do trailer atrás de mim. — Ele riu. — O tempo de reação de todos foi impressionante, devo dizer.

— E a coitada da vaca?

— Acho que nem ligou, para falar a verdade. Só olhou feio para mim e saiu andando. Fiquei com a impressão de que *eu* era quem estava no caminho *dela*.

A gasolina gorgolejou na tampa e a bomba se fechou. Mercy pôs o bico de volta no suporte com um estalo e voltou a analisar a placa. Depois que saísse de Glendambo, seriam apenas ela, a Hijet ruidosa e a estrada (e a ameaça de animais errantes) por quase metade de um dia.

— Até onde você vai hoje? — perguntou Andy, recolocando a tampa de seu tanque.

Mercy tocou na bagunça empilhada no alto da cabeça, tentando ajeitar o cabelo de alguma forma. Ao erguer o braço, percebeu que o desodorante não estava surtindo efeito. Não era à toa que tinha a própria nuvem de moscas. Mercy secou a palma das mãos na calça jeans, torcendo para que o cheiro de gasolina disfarçasse qualquer outro odor e pensando que aquele frasco de Ralph Lauren Romance que ela havia atirado na parede de Eugene até que seria útil naquele momento.

— Se tudo der certo, mais 253 quilômetros.

— Coober Pedy? — Andy deu um passo para perto, olhando na direção da estrada. Um rodotrem passou, crepitante e estrondoso. — Cidade de mineração de opala, pelo que fiquei sabendo.

Bom, *ele* tinha tomado banho, aquilo estava claro. Sabonete, pasta de dente e um toque de alguma outra coisa, alpina e definitivamente máscula. Mercy pressionou os cotovelos junto ao corpo.

E foi então que ela sentiu a primeira pontada de desconforto. Talvez tenham sido os feijões cozidos; talvez o uísque. Ou talvez fossem os seiscentos quilômetros de ansiedade. Independentemente da resposta, ela sentiu um grunhido baixo de pressão gasosa roncar em suas entranhas. Andy se apoiou de um jeito todo confortável na lateral da van, o braço direito parecendo mais bronzeado do que no dia anterior, e ela pensou: *Ai, Deus.*

Andy estava olhando para ela, esperando, e Mercy se deu conta, enquanto suas tripas claramente gorgolejavam, de que ele tinha feito uma pergunta.

— Desculpa? — disse ela, com a voz tensa.

— Acha que vamos encontrar opalas na beira da estrada?

— Opalas? — Os pelos nos braços de Mercy estavam se arrepiando.

— Sim, sabe, 253 quilômetros nessa direção. — Andy apontou. — Cidade mineradora de opalas?

— Ah — disse Mercy.

Ela estava tão tensa que sua voz tinha se transformado num grunhido. Mas não havia mais gasolina para bombear, eles só estavam ali parados, e não havia mais nada a fazer além de começar a andar até a loja para pagar pela gasolina. Será que Mercy conseguiria se mover sem deixar nada escapar?

Ela tentou andar normalmente enquanto rumavam para a entrada da loja, e foi só ao entrar no estabelecimento que percebeu que deveria ter ficado ao ar livre. Mercy tinha apenas alguns segundos. Um calor brotou em seu peito e um arrepio subiu por sua espinha. Na parede oposta, avistou uma área de café self-service. Estava vazia. Em meio a frases balbuciadas sobre cafeína, ela caminhou em linha reta até o lugar. Apertou os botões e esperou. Virou as costas para a máquina e fingiu uma pose tranquila e, quando a máquina de café soltou uma erupção de vapor, Mercy fez o mesmo.

Então ela pegou o café, pagou e voltou correndo para o lado de fora.

Próximo posto a 253 km.

A Hijet parecia tão *pequena*. Enquanto Mercy estava dentro da loja, um semirreboque tinha estacionado, e sua vanzinha minúscula ficara ao lado do veículo como uma mosca em uma melancia. O carro dela parecia pequeno até em comparação com a motor home do escocês estacionada ali perto.

No meio do pátio de concreto, Mercy deu meia-volta.

— Eita! — Andy deu um pulo para o lado quando o café de Mercy entornou pela beirada do copo. — Está tudo bem…?

Mas Mercy não podia parar; ela tinha que seguir em frente, não poderia dar tempo para que sua mente a alcançasse. Voltando para dentro da loja, ela andou até a parede dos fundos. Pilhas, cordas, lanternas… ali. Galão de combustível de plástico. Mercy pegou um, saiu até a bomba, encheu o recipiente, voltou para dentro e pagou.

Então voltou para a van, entrou e seguiu em direção à estrada. Por alguns minutos, Andy dirigiu a uma distância educada atrás dela, mas, quando ficou claro que a Hijet estava no limite e já tinha atingido sua velocidade máxima trepidante, Andy apertou a buzina e acenou enquanto dava seta e a ultrapassava, antes de acelerar à frente e, por fim, desaparecer ao longe.

* * *

Com as duas janelas abertas e o vento soprando pela van, pelo menos os vapores da gasolina que saíam do galão reserva guardado na traseira eram dispersados para longe. Assim como quaisquer outros cheiros.

À medida que Mercy avançava, o sol se erguia mais alto sobre a paisagem árida, uma bola de fogo incandescente brilhando através do para-brisa. Wasabi arfava, recostando-se no banco, e, depois de um tempo, pulou para a traseira, fugindo para a sombra.

— Você deveria usar o cinto de segurança — Mercy repreendeu o cachorro, olhando pelo retrovisor.

Foi então que ela avistou o caminhão.

Não viu bem o caminhão, mas sim o quebra-mato de aço colossal que preenchia toda a sua janela traseira, com a palavra MACK estampada em cromo grosso na grelha.

Involuntariamente, os pés de Mercy pisaram no acelerador, impingindo velocidade como se fosse fugir de um perseguidor, mas, em poucos momentos, ficou evidente que andar mais rápido não era uma boa ideia. O motor gemeu, e a van começou a vibrar como uma lancha em águas agitadas. Mercy deu uma leve relaxada, mas o quebra-mato continuou pressionando sem dó nem piedade através da janela traseira.

— Me ultrapassa — suplicou ela.

Embora eles estivessem percorrendo um longo trecho sinuoso na estrada, as linhas brancas no meio eram tracejadas, e era seguro ultrapassar. Mercy não conseguia ver nenhum carro vindo na outra direção. Por que o caminhão não a ultrapassava?

A grelha imensa foi se aproximando. Todos os instintos diziam para Mercy fugir, andar mais rápido, mas ela tirou ainda mais o pé do pedal, e o ponteiro do velocímetro começou a diminuir. Setenta, sessenta e cinco, sessenta. Eles estavam viajando agora no limite de velocidade do centro de uma cidade, mas o caminhão continuou colado na traseira dela.

— Por que não me *passa* de uma vez? — Mas então percebeu. — Ah.

Pelo retrovisor, o quebra-mato passou para a faixa ao seu lado e, nesse momento, Mercy viu o que se estendia atrás dele. Uma fileira longa — tão longa que parecia de mentira — de tanques de combustível reluzentes.

O corpo todo de Mercy começou a tremer. Ela apertou o volante, que, porém, pareceu repentinamente frágil em suas mãos, como se pudesse dar uma guinada sem querer. Ao seu lado, uma sombra se impôs, bloqueando o sol enquanto o cavalo-mecânico do rodotrem passava pela janela aberta. Se Mercy estendesse o braço, poderia quase tocar nele.

O primeiro tanque passou devagar. Depois veio um segundo.

Um pedaço imenso do rodotrem se assomava à frente dela agora, no lado errado da estrada e, no entanto, ainda havia mais tanques atrás dela. Do seu outro lado, o acostamento de cascalho passava em alta velocidade, mortalmente escorregadio e seco. Tudo o que ela conseguia ouvir era o estrondo do vento e o uivo de dezenas de rodas imensas atravessando o asfalto a um braço de distância da cabeça dela.

— Aaargh! — gritou Mercy.

Um terceiro tanque passou. Um quarto. A pequena van chacoalhou e estremeceu.

— Meeeeerda!

Depois de um bom tempo, a luz do sol apareceu. À frente, o caminhão começou a voltar para a pista de Mercy, um movimento lento e lânguido como uma baleia azul vagando no oceano, e a velocidade de Mercy tinha despencado para cinquenta, e continuou caindo até que o rodotrem finalmente seguiu em frente. Quando ela ergueu os olhos, viu as setas do caminhão piscarem: esquerda, direita, esquerda.

O que isso queria dizer? Uma ameaça? Uma repreensão? Um alerta de que, se o motorista a visse com sua van de merda na estrada de novo, a esmagaria no asfalto maltratado pelo calor — e seu cachorrinho também?

Uma parada de descanso surgiu. Mercy diminuiu a velocidade, entrou no local e saiu da van com as pernas trêmulas. A princípio, pensou que precisava fazer xixi, mas, quando se agachou sobre a vegetação cinza do deserto, ficou claro que outro tipo de excreção estava a caminho.

— Merda — disse Mercy, desamparada.

Ela não tinha uma pá, então puxou a terra dura com as mãos, o que não a fez conseguir nada além de arranhar as pontas dos dedos e cimentar montinhos vermelhos sob as unhas. Com suor escorrendo na testa, Mercy pegou uma pedra e raspou a terra, o que era exatamente como tentar cavar os ladrilhos do banheiro com uma embalagem de xampu. Então jogou a pedra no chão com desespero.

Mercy sacrificaria uma calcinha, pensou, encostando o corpo trêmulo na lateral da van. Mas então se lembrou de que tinha apenas uma calça, e ai Deus estava para sair, não havia mais como negar, e Mercy empurrou um monte de seixos e foi lá que ela fez, bem ali na terra vermelha.

Foi então que um caminhão passou, a buzina estridente em sinal de aprovação ou reprovação, o que Mercy jamais saberia. Mesmo com a bunda apontada para a estrada, ela acenou, porque aquela pareceu a coisa educada a fazer, e, quando terminou, tentou lavar a terra com água do galão até se dar conta de que morrer de sede provavelmente seria pior do que deixar um pouco de excremento na terra. Em seguida, empilhou as pedras, como um gato numa caixa de areia, voltou para a van, entrou no banco de motorista e continuou rumo ao norte.

CAPÍTULO DOZE

Enquanto se aproximava de Coober Pedy, cones pálidos estranhos começavam a despontar na paisagem desarborizada. Montes triangulares de terra branca estavam espalhados ao acaso, alguns imensos, agrupados em escavações que lembravam pedreiras, outros solitários e pequenos, pouco maiores que formigueiros, aglomerados à beira da estrada.

Placas começaram a surgir, fincadas no solo árido: HOTEL SUBTERRÂNEO; POUSADA SUBTERRÂNEA; IGREJA SUBTERRÂNEA. Um aviso em negrito exclamava em vermelho vivo: PERIGO. BURACOS NÃO IDENTIFICADOS, e era acompanhado por uma série de desenhos tracejados de poços fundos e bonequinhos caindo perigosamente.

E então, no horizonte, Mercy avistou algo que havia mais de quatro horas que não via.

— Olha, Wasabi! — disse ela. — Árvores!

Mercy diminuiu a velocidade, deu seta para a direita e seguiu na nova direção.

No começo, ela não tinha um plano. As árvores que avistara da estrada se limitavam a meia dúzia de eucaliptos esqueléticos agarrados ao solo árido. Nenhuma folha de grama aparecia no chão ressecado — tudo era amarelo ou cinza áridos. Atravessando a cidade empoeirada, Mercy passou por postos de gasolina, lojas de opala, cercas de arame em volta de pátios de cascalho vazios, mais lojas de opala. Telhados planos, terrenos banhados pelo sol e veículos utilitários estrondosos com rodas grandes. Muitos edifícios só eram visíveis por suas entradas acima da superfície, o resto da estrutura sob a terra para escapar do calor escaldante: restaurante subterrâneo, livraria subterrânea, galeria subterrânea.

O simples ato de dirigir pela cidade a estava deixando com sede e calor. O sol apontava direto para a calça skinny preta de José através do para-brisa.

E ali Mercy se deu conta de que as compras dela não estavam completas. Em Port Augusta, tudo o que havia comprado para vestir se resumia a uma calcinha reserva e uma jaqueta puffer. A única camiseta que tinha era aquela vermelha com estampa de Kombi de Eugene, e sua única calça era a de José. *E quase que ela não sobrevive*, Mercy pensou, lembrando-se de sua parada angustiante à beira da estrada pouco tempo antes. Seguindo para o norte, só ficaria mais e mais quente. Sua única camiseta só ficaria cada vez mais suja, e a calça jeans, mais impossível de usar. Chinelos de dois dólares também não eram exatamente a roupa mais adequada para o deserto.

Uma placa familiar chamou a atenção de Mercy: vinnies, uma franquia de brechós beneficentes. Ela seguiu uma seta até uma rua lateral, onde uma abertura em uma cerca de ferro corrugada a guiou para uma entrada inclinada.

Mercy se viu em um oásis repentino. Sob um aglomerado de eucaliptos havia uma casa de barro, as paredes cor de caramelo.

Um jardim de arbustos ficava encostado na residência, rodeado por um passeio de pedras e sombras esparsas.

Depois de estacionar embaixo de uma árvore, Mercy desligou o motor e saiu da van. Esticou os braços para o alto, os músculos de sua coluna estremecendo. Tirou Wasabi e o pôs no chão, onde ele correu para se aliviar embaixo de um arbusto. Quando o cachorrinho terminou, Mercy amarrou a nova coleira dele a um pilar do alpendre sob a sombra, perto de um pote de plástico cheio de água limpa.

Uma brisa seca estalou pelas árvores, refrescando a pele de Mercy. A parte de trás de sua camiseta estava úmida por ficar encostada no banco por tantas horas. Escondida ali, em um trecho sombreado sobre uma colina longe da estrada, ela sentiu uma sensação peculiar e levou um longo minuto para se dar conta do que era: simplesmente, uma ausência de nervosismo. Mercy estava esperando a ansiedade atacar, nublando sua mente, trazendo a sensação de urgência e fixação obstinada. Mas, enquanto avaliava seu corpo com cautela, notou que não estava lá. Não ainda, pelo menos. Em vez disso, ela sentia algo como uma espera desconfiada, silenciosa. Uma pausa — mas não havia nada nela. Nenhuma expectativa.

— Estranho — murmurou baixinho.

Wasabi virou a orelha, depois acomodou a barriga no concreto fresco.

Mercy entrou.

Embora um aparelho de ar-condicionado soprasse corajosamente na parede, o interior da lojinha minúscula era apenas alguns graus mais fresco do que o exterior. O ar estava pesado pelo aroma de tecido mofado, sabão em pó e carpete velho.

Araras cheias de roupas entupiam o chão, e as paredes eram cobertas por pinturas emolduradas, bordados em ponto-cruz de casas de campo, espelhos, relógios.

Mercy entrou no mar de roupas, cabides roçando em seus ombros e rangendo nas araras.

— Bom dia, querida. De onde você é? — Mercy olhou ao redor. A voz tinha vindo de algum lugar do outro lado do salão. — Procurando alguma coisa em particular?

Hesitante, Mercy ficou na ponta dos pés, mas viu apenas faixas de tecido: cores, estampas, cinzas que já devem ter sido brancos. Ela disse:

— Shorts?
— Por aqui.
— Desculpa, aqui onde?
— Vira à esquerda, meu bem, naquele ursão de pelúcia.

Mercy chegou ao fim de uma arara e, apoiado nela, estava um urso de pelúcia gigante. Pelo amarelo opaco, olhos castanhos vítreos, patas dianteiras costuradas a uma cesta em seu colo. A cesta estava vazia, e Mercy foi rapidamente tomada por uma tristeza enorme com a ideia desse urso condenado a segurar um recipiente vazio para sempre. Observando ao redor, avistou um maço de flores de seda desbotadas em um vaso.

Mercy olhou de um lado para o outro. Ainda não conseguia ver a dona da voz. Tirando as flores do vaso, ela as acomodou na cesta do urso.

— Ele vai gostar disso.

Mercy levou um susto. Bem atrás dela, uma vendedora, ao que tudo indicava. Tinha um tipo de aniagem floral jogada sobre um ombro e amarrado sob o outro. Grisalha, corpulenta e sorrindo como se Mercy fosse uma amiga que ela não via havia vinte anos.

A mulher segurou o pelo no topo da cabeça do urso e o puxou para cima. O urso aquiesceu, empertigando-se.

— Ah, sim, muito melhor.

— Desculpa — disse Mercy. — Só pensei que...

— De onde você é, então?

— Da van?

Mercy apontou para fora, mas a vista era obstruída pelas montanhas de roupas.

A mulher deu uma grande gargalhada.

— Essa foi boa, meu bem. Você é de Adelaide, então?

Ela fez que sim. A mulher a observava com uma simpatia tão franca e sem julgamentos que Mercy quase confessou tudo ali mesmo no brechó de Coober Pedy; o incêndio; o não-tecnicamente-ex-marido; a mensagem de voz à espreita que ainda não tinha escutado e todas as merdas terríveis que aquilo traria à tona. O fato de não ter conseguido sair de casa por dois anos.

— Shorts — falou Mercy sem pensar de novo.

— Pode deixar. — A vendedora guiou a cliente para uma arara ali perto. — Pode escolher, meu bem. Você é... o quê, quarenta e dois, quarenta e quatro? Prontinho. Agora, estão todos limpos, claro, e em bom estado. Algumas pessoas, por Deus, deixam cada *lixo* na caixa de doação, roupas rasgadas e manchadas. Fico arrasada, mas tudo o que posso fazer é jogar fora. Não posso ter nada que não está à altura para vender, não seria certo, não é?

— Não, acho que não.

— Ah, olha só isso! — A mulher puxou um cabide da arara com um bufo. — Já viu tantos brilhos? — Ela riu, depois pareceu subitamente perplexa. — Vai saber de onde isso veio... Ninguém aqui em sã consciência usaria esse negócio. Deve ter sido algum turista da cidade que deixou. — Ela enfiou o shortinho prateado cintilante de volta na arara. — Agora, este *sim* é um de que você vai gostar.

A vendedora ergueu um jeans com rasgos, azul pálido desbotado, com uma franja desfiada na barra. Era tão curto que o interior dos bolsos saía para fora das pernas, mas o tecido era suave e elástico, e Mercy imaginou o ar rodando pela van enquanto ela dirigia, refrescando sua pele exposta.

— Vou levar.

A mulher revirou a arara, entregando vários outros shorts para Mercy: um cáqui com vários bolsos, que faziam Mercy pensar em uma arqueóloga ajoelhada em fossas de ossos de dinossauro; um de corrida cinza simples; e um de linho marrom-escuro com um laço grande na frente. Empurrando a cliente na direção de uma cortina nos fundos, a vendedora insistiu que Mercy "experimentasse antes de comprar".

— E, se você gostar, meu bem — continuou a mulher, a cabeça escondida entre os cabides —, vou fazer dois por um para você.

Mercy olhou para a etiqueta no jeans com rasgos, um pedaço de cartolina rasgada com um alfinete: $2.

O provador era um cabo de vassoura com uma cortina pendurada. Um caco de espelho estava recostado na parede. Mercy sentiu o nervosismo tremular na barriga enquanto ela fechava a cortina, mas então imaginou Wasabi lá fora, sentado pacientemente, à espera dela. Imaginou a sombra rajada e o jardim bonito encostado nas paredes. E, quando tirou a calça jeans quente, suspirou, aliviada.

— Vai ficar na cidade? — perguntou a mulher.

— Estou só de passagem — respondeu Mercy, pulando em uma perna só.

— Que pena. Tem um filme no drive-in hoje.
— Sinto muito.
— Tudo bem. São só os mineiros locais que vão mesmo, não devem ser seu tipo.

Mercy não sabia mais se tinha um tipo.

— Vai tentar garimpar antes de ir?

Vestindo o short de linho marrom, Mercy bateu o joelho na parede.

— Tentar o quê?
— Garimpo, meu bem. Pode garimpar os montes de refugo quando quiser. Muita gente encontra opalas nos restos que os mineradores deixam para trás. Só toma cuidado com os fossos abertos. Independentemente do que for fazer, não ande para trás se for tirar fotos.
— É isso que são todas aquelas pilhas de areia branca? Montes de refugo?
— Sim, meu bem. É aquilo que sai quando os fossos são escavados. Muitas lascas boas de opala... tem um pessoal da cidade que ganha a vida só de revirar os refugos do chão.
— Uau — disse Mercy.

O short de linho marrom estava afundando ferozmente a calcinha dela. Ela o tirou.

— Claro, não são só opalas nos fossos, infelizmente.
— Ah?
— Muitos corpos também, uma tristeza.

Mercy paralisou, um pé no ar.

— Corpos?
— Lamentável, né?
— As pessoas caem com frequência?
— Sim e não. Alguns caem, outros são jogados.

Os pelos da nuca de Mercy se arrepiaram.

— Jogados?

— Desculpa, meu bem. Não deveria estar falando dessas coisas mórbidas. Não deixe uma velha como eu assustar você. Somos bonzinhos por aqui, juro. São só alguns sujeitos sem caráter que pensam que o deserto é um bom lugar para despejar seu… lixo.

A mulher fungou, e Mercy conseguiu ouvir o que parecia ser um choro de verdade na voz dela.

Mercy se viu no caco de espelho. Olhos vermelhos, cabelo desgrenhado: ela parecia uma criatura enjaulada.

— Acho que todo mundo tem seus segredos.

A mulher suspirou.

— Tem razão, meu bem.

Mercy saiu às pressas de trás da cortina. Tinha escolhido dois shorts: o jeans com rasgos, que sairia usando depois de ter enrolado a calça skinny preta de José em uma bola, e o cinza de corrida.

Uma lata grande estava cheia de sapatos mantidos em pares por elásticos. Mercy revirou a lata, pegando sandálias de tiras amassadas, scarpins velhos e tristes (quem usava scarpins numa cidade mineradora de opalas?) e mais chinelos até encontrar um par de botas de couro mole, as línguas para fora como cachorros sob o sol. Elas eram um número maior que o de Mercy, mas a protegeriam melhor contra picadas de cobra ou espinhos de abrolhos do que os chinelos de supermercado. Também pegou outra camiseta, rosa-clara com I ♥ SYDNEY sobre uma serigrafia da Ponte da Baía de Sydney.

— Boa — disse a vendedora, apontando para a camiseta e batendo na lateral do nariz. — Aja como uma turista, assim as pessoas talvez deem um pouco de espaço para você. — Ela riu, contando o troco.

Mercy ficou olhando para a vendedora. Como ela sabia? Será que a mulher podia dizer, só de bater o olho, que Mercy se sentia sobrecarregada por tudo? Que tudo — o mundo inteiro — a soterrara e que ela não conseguia respirar mais? Mercy imaginou corpos empilhados no fundo dos poços de mineração; a julgar pela quantidade de montes de refugo que tinha visto, havia milhares de poços abertos por lá. A centenas de quilômetros de qualquer lugar, no fundo de um vasto deserto antigo. Cada vida humana era minúscula, tão efêmera, comparada à marcha inescapável do tempo, da terra, do espaço infinito.

— Prontinho, querida.

A vendedora estendeu a mão envelhecida, com o troco para uma nota de vinte na palma da mão.

— Pode ficar — disse Mercy. — Uma doação.

A mulher piscou, limpou a garganta.

— Que coisa boa da sua parte, meu bem. — Ela fechou a mão. — É tudo para o hospital.

Um segundo se passou. Resistindo ao impulso de dar um abraço apertado na vendedora, Mercy se virou e saiu.

CAPÍTULO TREZE

A paisagem sem árvores parecia infinita.
Mercy dirigia, parando para tomar água, comer uma maçã ou jogar gasolina no tanque com nervosismo. Em todas as direções até onde a vista alcançava, a terra se estendia, rochosa e descampada sob o céu sem fim. O que significava, portanto, que, sempre que ela precisava fazer xixi, não havia privacidade. Nenhuma árvore atrás da qual se esconder, nenhum mato ou moita de arbustos onde fugir dos olhos da estrada. Apenas a grama pontuda e salgadeiras rasteiras por todo o horizonte. Quando Mercy parava às margens, tudo o que podia fazer era dar uma longa espiada nas duas direções, prestando atenção se ouvia algum movimento e, então, agachada ao lado da van, ir o mais rápido possível.

A terra exibia uma paleta gloriosa de cores mutáveis. Às vezes, o solo era laranja vivo, às vezes um escarlate escuro cor de sangue, às vezes um amarelo arenoso pálido. Mas sempre plano, aberto. Uma paisagem lunar. Quando parou, Mercy ouviu a brisa sussurrando pelo terreno vazio e a imaginou livre por centenas de quilômetros, finalmente a alcançando para se enrolar por suas pernas e soprar o suor de sua testa.

Cerca de duas horas depois de Coober Pedy, a paisagem mudou de novo, e arbustos finos começaram a aparecer. O solo escureceu, assumindo a cor de ferrugem. No alto, pairava um cobertor baixo de nuvens prateadas.

Ela continuou dirigindo. A Rodovia Stuart poderia estar atravessando o interior mais remoto do deserto da Austrália, mas nunca era tranquila. Em ambas as direções, Mercy cruzou com um fluxo constante de trailers e caminhonetes, motor homes e sedãs que corriam em alta velocidade em um instante e desapareciam, quase tão rapidamente quanto haviam surgido.

O sol cortou uma trilha no céu, até mergulhar no oeste, brilhando quente através da janela do passageiro. Depois de um trecho reto muito longo, a estrada começou uma leve curva para o oeste. Uma placa surgiu, exibindo ícones de cama, combustível, comida — até uma delegacia. MARLA, O DESCANSO DOS VIAJANTES. POPULAÇÃO: 72.

— O que acha, garoto? — disse ela para Wasabi. O cachorro se sentou, erguendo o focinho para inspecionar o ar. — Descanso parece uma boa?

Wasabi piscou para ela, depois bocejou.

Mercy olhou pelo retrovisor.

— O que acha, Jenny Cleggett?

Mercy tomou o silêncio como um sim.

Ela relaxou o pé no acelerador, deu seta e seguiu as placas para a cidade.

* * *

"Cidade" provavelmente era um nome generoso, Mercy pensou enquanto entrava trepidante na região central. Estava seguindo um trailer com "Nômades grisalhos: idade é uma atitude, não uma condição" estampado na traseira.

No caminho, passou por um pátio de uma estalagem que era tão gigantesco que comportaria rodotrens, logo depois de um bar com uma fileira de motocicletas com alforjes laterais estacionadas na frente. Placas vermelhas desbotadas de Coca-Cola, uma fileira de orelhões. E por toda parte — trailers. Trailers grandes, trailers pequenos. Vans compridas com a suspensão arriada e chapas de alumínio xadrez, vans baixas com cortinas finas e adesivos floreados; 4x4 rebaixadas, 4x4 empoeiradas, 4x4 monstruosas, caras e reluzentes.

Uma faixa de gramado pontilhada por árvores cercava o pátio, e Mercy estacionou sob a sombra perto de uma mesa de piquenique. A Hijet parou com uma engasgada. Cabeças se viraram. Ela tentou não notar.

Eram quase cinco e meia da tarde, e Mercy estava na estrada fazia mais de oito horas. Ela lembrou daquela manhã em Glendambo, fazendo café em sua panelinha, e sentiu como se tivesse se passado um mês.

Quando Mercy abriu a porta para sair, o ninho que era seu cabelo roçou no teto, movendo-se como uma entidade sólida. Ela tocou nele — parecia uma pilha de carpete — e coçou a sujeira na raiz dos cabelos. Suas unhas voltaram encrustadas com terra vermelha.

Por alguns minutos, Mercy ficou parada na frente da estalagem, em parte observando Wasabi correr de um lado para o outro, em parte observando a fachada e o movimento preguiçoso de viajantes. Parecia que o lugar era na verdade um mercado, um posto de gasolina, um café, um bar, um hotel à beira da estrada e um parque de trailers, tudo ao mesmo tempo. Vários outros veículos entravam, ficavam alguns minutos e saíam de novo, desaparecendo no parque dos fundos.

— Hora do rush — murmurou ela.

Não havia como evitar; Mercy tinha que entrar. Preparando-se com algumas respirações profundas, ela avançou pelo asfalto, as botas de trilha do brechó batendo nos tornozelos, amarrou Wasabi perto da porta e entrou.

Mercy escolheu as compras: um pão fresco, um pacote de arroz liofilizado com sabor de frango, bolachas. Na van, ela ainda tinha algumas maçãs e um único tomate do qual poderia cortar as partes machucadas, mas a alface precisaria ir para o lixo. Embora Mercy sentisse falta de comida fresca, a seleção se limitava a algumas bananas amarronzadas, tomates duros e pálidos, e sacos de batata que ela não tinha como cozinhar se não quisesse passar horas fervendo-as em sua panelinha minúscula. O que não queria. Por isso, na seção de refrigerados, Mercy escolheu uma sobremesa que comeria imediatamente: um pote de iogurte de morango.

Ao chegar perto do balcão, pegou uma brochura da prateleira. Segundo o mapa estilizado, ela estava a leste do território Anangu Pitjantjatjara Yankunytjatjara, mais de mil quilômetros ao norte de Adelaide e menos de cento e sessenta quilômetros ao sul da fronteira do Território do Norte.

Estava quase no centro do continente. Mercy sentiu um certo enjoo.

Um tremor agitou suas mãos enquanto pagava pelas compras e por uma noite de acampamento.

* * *

Era o que Mercy havia temido: o parque de trailers estava se enchendo. Ao contrário do estacionamento de cascalho poeirento de Glendambo, o local ali era um quadrado de gramado com árvores de sombra, cercado por estacas, que dava para o matagal infinito. Um terreno de primeira qualidade.

Quando chegou a vinte e um trailers, ela parou de contar. Mercy estacionou na vaga que lhe foi atribuída, tentando não pensar na multidão reunida de nômades grisalhos com quem passaria uma noite longa e escura no deserto. Em vez disso, concentrou-se no ronco faminto de seu estômago.

Ela abriu a porta traseira, deixando o ar quente do fim de tarde entrar. Embora ouvisse portas batendo, passos no cascalho e vozes murmuradas, Mercy não conseguia ver outros veículos. A traseira da van dava para uma faixa de gramado, a cerca dos fundos e a vegetação desértica depois dela. O sol poente lustrava o solo vermelho e deixava a vegetação em um tom prateado.

Descalçando as botas velhas de couro mole, Mercy se sentou no chão da van e ficou com as pernas penduradas para fora da traseira, roçando os dedos dos pés na grama. Então deslizou até sentir a terra sólida e firme sob os pés. No fim do estacionamento, um grupo de crianças aborígenes da região brincava em uma piscina. Corpos esguios saltavam e jogavam água, gritos agudos ecoando para o céu. Ela esperou seu pulso se acalmar.

— Você chegou!

Camisa de bolsos, barriga de cerveja: Bert. Ele apareceu do nada, rodeando a van, segurando um caneco de estanho numa mão, a outra dentro do cós.

— A perua está andando bem? — perguntou Bert, erguendo um pé para apoiar no pneu traseiro da Hijet.

— Muito bem, obrigada — disse Mercy.

Uma poeira laranja cobria as rodas, formando uma película fina sobre os painéis laterais. O painel verde agora mais parecia marrom-escuro, mas ainda dava para ler o *Lar é onde você ESTÁ* pintado à mão.

Ela fez uma tentativa:

— Como está sua... hm...

— Cruiser? Ahhh. — A menos que estivesse enganada, Mercy achou que os olhos dele lacrimejavam. — É uma perua mágica. Simplesmente mágica.

— Isso é...

Mercy não sabia o que isso era. Presumiu que ele dissera "mágica" como metáfora para algo maravilhoso... O veículo era fenomenal, talvez. De outro mundo. Parecia uma forma bastante hiperbólica de descrever um veículo de reboque, mas Mercy precisava admitir que reboque e caravanismo em geral eram assuntos sobre os quais ela se revelara bastante desinformada. Afinal, estava dirigindo uma van de quase quarenta anos com uma velocidade máxima de oitenta e cinco por hora de um lado do continente para o outro.

Wasabi saltou da van para cheirar os sapatos de Bert, depois passou a dançar ao redor dele todo animado, o corpo comprido curvado em um semicírculo fechado.

— Os cachorros são boa companhia numa viagem como essa — disse Bert, abaixando-se para dar uma série de tapinhas que mais pareceram pancadas retumbantes no bicho. Wasabi fungou de felicidade. — Mas não podem entrar nos parques nacionais — continuou ele, com o ar severo, e Mercy se sentiu repreendida. — É por isso que eu e Jan não temos um cachorro desde, ah... — ele parou para refletir, coçando a barriga —... vinte e cinco anos mais ou menos. A gente tinha um cachorrão, um labrador preto, chamado Charlie. Que sem-vergonha ele era! Invadiu o quintal do vizinho e matou todas as galinhas dele. Um dia, cheguei em casa do trabalho e tinha pena para tudo quanto é lado...

Mercy olhou ansiosa para o interior da van. Seu iogurte estaria ficando quente. Será que ela poderia entrar e começar a comer? Qual era a etiqueta de aparecer sem ser convidado no acampamento de outra pessoa? Era igual a quando alguém bate na sua porta quando se está prestes a começar a jantar em casa e você pode simplesmente... não atender?

—... galinhas de raça pura, ele dizia...

O cheiro de cebolas grelhando soprou na brisa e a barriga de Mercy soltou um ronco alto. O suor grudava atrás de seus joelhos. Ela imaginou o creme delicado e fresco do iogurte.

—... cinco pilas cada! Um verdadeiro roubo...

Mercy continuou parada em seu pedaço de grama, vacilando entre esperar até que Bert concluísse a história e fosse embora ou simplesmente pegar seu iogurte de morango e comer, por mais que o homem continuasse falando. Depois de um tempo, até Wasabi ficou entediado, abandonando-os para fazer suas necessidades em uma estaca da cerca.

—... e então eu disse: "Pode estofar seu próprio travesseiro, amigão", e ele... ah, boa tarde!

Mercy se assustou, depois ficou vermelha.

— Oi.

Um Andrew Macauley de banho recém-tomado apareceu. Cabelo molhado, chinelos nos pés.

E, sim, Mercy estava no seu terceiro dia sem banho e quase conseguia *ver* as ondas de fedor emanando de seu corpo. As moscas circulavam ao redor dos olhos dela, mas erguer os braços para espantá-las poderia expor todos a um perigo biológico.

Horrorizada, Mercy se lembrou do carpete desgrenhado que era o seu cabelo.

— Como vai sua perua? — perguntou Bert. — Você é o da motor home alugada, a Toyota, certo?

— Sim, sou eu. E você é o da Land Cruiser prateada?

Bert sorriu e estufou o peito.

Andy se virou para Mercy e sorriu.

— Como é que você conseguiu chegar aqui antes de mim?

— Mágica — respondeu Mercy.

Bert soltou uma gargalhada estrondosa, num gesto que o fez derramar vinho tinto de sua caneca de estanho.

— Então o happy hour é com Pete e Jules hoje, da Avan... — Bert apontou na direção de um trailer na fileira seguinte, onde dava para ver um grupo de senhores grisalhos em cadeiras dobráveis em torno de uma mesa de carteado segurando três, não, *quatro* barris de vinho... —... então deve ser um *estouro*. Aqueles dois sabem fazer um happy hour, vou te contar. Vemos vocês lá?

— Parece divertido — disse Andy. Mercy entrou em pânico. — Mas eu estava prestes a convidar Mercy para dar uma volta, se não for um problema?

— Claro, claro. — Bert ergueu a mão, andando para trás. — Longe dos velhotes aqui atrapalharem os jovenzinhos. — Ele riu de novo, virando-se para ir embora, depois gritou: — Não precisam trazer nada... tenho uma caixa ótima de Shiraz.

— Excelente — disse Andy.

— Uma volta? — perguntou Mercy.

— Se você quiser? Pensei em explorar a cidade. Afinal, é sexta à noite.

Mercy engoliu em seco. Wasabi tinha voltado e estava rolando de costas no chão para mostrar a pança para o escocês, as patinhas penduradas no ar. Andy obedeceu, coçando a barriga do cachorro, que fechou os olhinhos de êxtase.

A mente de Mercy ficou a mil, mas três coisas gritaram mais alto: primeiro, a questão de estar sem banho. Segundo, o iogurte de morango que ela queria desesperadamente experimentar enquanto ainda estivesse fresco. Terceiro, o estado repulsivo de seu cabelo.

O banho venceu, seguido de perto pelo iogurte.

O coração de Mercy batia forte, mas as palavras saíram por conta própria.

— Uma volta parece uma ótima ideia. Que tal você voltar daqui a uns vinte minutos? Só tenho que, hm... — Ela agitou a camiseta para demonstrar, arrependendo-se logo em seguida.

— Claro — disse Andy. — Parece que vai ser um pôr do sol espetacular.

Ele sorriu, e toda a saliva desapareceu da boca de Mercy.

Mercy atravessou o parque com Wasabi até os sanitários e ergueu a mão para responder os cumprimentos, concordando que *sim, é uma ótima tarde para isso* e até admitindo em determinado momento que *sim, que vida boa*. Espalhadas pelo gramado, havia linhas de fios elétricos, esteiras verdes enroladas, cadeiras e mesas. Toldos abertos e coberturas *pop-top* estendidas; por toda parte, havia pernas e braços relaxados, bebidas na mão, risadas.

A média de idade era por volta dos 70.

O bloco de chuveiros era uma estrutura de madeira com paredes e teto de zinco. Mercy pôs a bolsa em um banco ripado, pegou a escova e se olhou no espelho. O que ela viu teria sido cômico se não fosse vergonhoso. Ela andava falando com as pessoas com *aquela* cara? Humanos de verdade, com *olhos*?

O topo de sua cabeça não era visível e se erguia para além dos limites do espelho. Mas o que Mercy conseguia ver era um caroço empapado de suor, coberto por uma camada de poeira vermelha. A mesma poeira vermelha que cobria a van, e a mesma poeira vermelha que cobria seu rosto, tirando o pedaço pálido em forma de óculos de sol ao redor dos olhos. Havia poeira até na sua clavícula e endurecida na concavidade da sua garganta.

Ao encontrar seu elástico de cabelo, ela o puxou, mas o acessório não saiu do lugar.

— Deus do céu — exclamou ela, o couro cabeludo ardendo.

Fios sibilaram e se partiram. Depois de um tempo, com um som de alguma coisa rasgando, o elástico se soltou, puxando consigo fios longos de cabelo. Mas, mesmo sem o acessório, o coque se manteve praticamente imóvel. Mercy tentou desembaraçá-lo com os dedos, o que só fez o coque cheio de nós se transformar em uma auréola oleosa e volumosa de fios. Depois de tentar passar a escova, desistiu. Ela tinha um frasco grande o bastante de condicionador.

Grãos de poeira vermelha voaram enquanto Mercy se despia. Nacos de terra grudavam no piso. Ela deixou as roupas sujas caírem ao pé da baia do chuveiro, ligou a água e entrou. A água era deliciosamente morna; gotas acertaram a pele empoeirada surrada pelo vento e os músculos doloridos. Filetes marrons escorreram pelas pernas de Mercy e rodopiaram pelo ralo. Wasabi se encostou no canto da baia, de costas para a água.

— Sabonete! — disse ela sob o jato, fechando os olhos enquanto a água corria pelo rosto. — Como sabonete é bom!

O xampu fazia espuma e caía nos ladrilhos molhados; punhados de condicionador desapareciam, mas seu cabelo continuava para cima, desafiando a gravidade. Ela atacou suas roupas com o sabonete, abaixando-se para as esfregar com as mãos. Em seguida, enxaguou a poeira de Wasabi, deixando-o lustroso como uma lontra.

A água começou a parecer quente demais, então Mercy ajustou as válvulas. Depois de um momento, diminuiu a água quente de novo e aumentou a fria. Mas a sensação ardente continuava cada vez mais incômoda. Depois de enxaguar o condicionador da melhor maneira possível, ela desligou a água e saiu.

Quando encostou a toalha nas pernas, Mercy conteve um grito de dor. Suas coxas estavam em um tom vermelho quente e acentuado. Ela passara o dia todo sentada com o sol atravessando o para-brisa em seu shortinho novo (usado) e tostando a pele exposta.

Mercy tocou a parte superior da coxa, crispando-se como se as pontas dos seus dedos fossem navalhas. Com cuidado, ela se secou e vestiu a muda de roupas: a camiseta I ♥ SYDNEY cor-de-rosa e o short de corrida cinza.

Nunca tinha usado uma roupa tão confortável.

Correndo de volta pelo estacionamento em uma nuvem de aroma de xampu, com as roupas molhadas enroladas em uma bolinha e as coxas latejando de calor, Mercy acenou e cumprimentou e concordou de novo, antes de voltar para o silêncio abençoado da van.

Depois de estender as roupas molhadas para secar na grama, ela deu um punhado de ração para Wasabi, abriu o armário e tirou o iogurte de morango. Os lados plásticos do pote ainda retinham um ar fresco da geladeira, embora estivesse se perdendo rapidamente. Mercy tirou a tampa, a levou à boca e a lambeu. O creme doce aveludado derreteu em sua língua. Ela mergulhou a colher e pegou um pedaço de polpa de morango macia. Sua pele se arrepiou. Nunca experimentara algo tão delicioso.

Mercy estava sentada na cama saboreando a última colherada doce quando ouviu a voz de Andy.

— Alguém em casa? — Dedos bateram de leve no pilar da porta e a cabeça dele surgiu. — Tirou a poeira do corpo, então, pelo visto.

Mercy corou mais do que suas coxas queimadas de sol.

— Acho que eu estava com metade do deserto no corpo — disse ela, secando a colher com a toalha. — A outra metade está dentro da van.

Quando Mercy saiu, Andy notou as pernas dela.

— Eita.

— Não é tão ruim assim — mentiu ela, prendendo Wasabi na coleira. O cachorrinho girou em círculos eufóricos. — Mas acho que vou passar na loja e ver se tem loção de aloe vera. Ou uma pele nova.

Mercy conseguia sentir o coração se acelerando enquanto eles atravessavam o parque. Cada passo para longe da segurança e da privacidade da van lhe dava a sensação de sair de casa. Ela sabia que a perua velha e trepidante não era *realmente* segura, tampouco reservada, mas até então a havia mantido encasulada. Mercy pensou no rodotrem a ultrapassando na rodovia, a pequena Hijet sendo o valente guia dela e de Wasabi — e dos restos cremados de Jenny Cleggett — rumo à segurança.

Andy se ofereceu para cuidar do cachorro enquanto Mercy entrava na loja, mas pensar na ideia fez os dedos dela apertarem mais a coleira.

— Tudo bem, só vou... entrar com ele.

— Tem certeza? Por mim tudo bem.

Andy se agachou para acariciar embaixo da coleira de Wasabi.

— Ele é... um cão de assistência.

— Legal. — Andy enfiou as mãos nos bolsos.

— Assistência emocional. Eu tenho... emoções.

— Tudo bem. Vou esperar aqui.

Ele sorriu, e as coxas de Mercy arderam de calor.

Na loja, as patas de Wasabi fizeram barulho no linóleo. Ela engoliu em seco com nervosismo, porém disse a si mesma que sem dúvida uma estalagem-loja-bar no meio do deserto tinha visto coisas muito mais ameaçadoras do que um salsichinha na coleira.

Mercy deu uma observada rápida nas prateleiras. Tinha protetor solar (ela já tinha um que havia esquecido de passar, mas pegou outro mesmo assim), pasta de dente, desodorante, hidratante de uma marca genérica, mas nenhuma loção de aloe vera. Encontrou um frasco de "gel pós-sol", uma mistura gelatinosa e azul viva em um tubo transparente. Os ingredientes eram uma lista de equações químicas enormes com um prazo de validade de dez anos. Provavelmente não deveria ser aplicado em partes saudáveis do corpo, muito menos em uma pele tão fortemente queimada e já com sinais de pequenas bolhas. Mas Mercy não tinha outra escolha. O rótulo na frente prometia um "efeito refrescante", e ela não podia negar que se refrescar era exatamente do que suas pobres pernas precisavam.

Espiando pela janela, viu Andy sentado em um banco de piquenique, recostado nos cotovelos, as pernas estendidas. O tubo de loção pós-sol fez barulho ao ser esmagado. Ela correu até o balcão.

— É um cachorro de assistência — disse Mercy às pressas, quando teve que puxar Wasabi para longe da prateleira de batatinhas.

Mas o caixa só deu de ombros e disse:

— Vinte e nove e cinquenta.

O que era um aumento de pelo menos duzentos por cento sobre o que o gel valeria mil quilômetros antes.

Ao sair da loja, Mercy pôs um punhado de gel na palma da mão.

— Parece aquelas coisas que têm dentro das bolsas térmicas — comentou Andy. — Sabe, aquelas que você coloca no tornozelo quando torce. Que dizem: "Veneno, não coma".

Com cuidado, mal fazendo contato com a pele, Mercy passou o gel nas coxas queimadas. Era uma sensação gosmenta e gélida, e o efeito foi imediato.

— É melhor do que o chuveiro. — Ela soltou um riso aliviado.

Com as coxas cintilando e o turista escocês rindo ao lado dela, Mercy partiu para o passeio em Marla.

CAPÍTULO CATORZE

Seis minutos depois, Mercy disse:
— Acho que é isso.
A faixa estreita de asfalto se esfarelava no final. Terra vermelha se estendia até o horizonte.
A cidade se revelou uma área estreita de quatro ruas cercando as casinhas de madeira, terrenos empoeirados e cachorros latindo. Uma delegacia franzina, um campo de futebol ressequido. Mercy imaginou como seria a visão de cima, essa cidadezinha minúscula no deserto: um trecho de areia em um manto vermelho.
— É bem incrível — disse Andy, contemplando a vegetação. O poente lançava sombras compridas e estrelas começavam a brotar em um céu cor-de-rosa. — Não fazia ideia de que seria assim. Estamos no meio do nada e é esse... *nada* que dá essa impressão de enormidade. Mais do que seria no meio da cidade.
Por um momento, Mercy não conseguia falar. Ela sabia exatamente o que ele queria dizer. No fim daquela rua, em que

a terra escarlate rochosa se estendia plana como uma tábua até onde a vista alcançava, era como se eles estivessem no centro de um vasto espaço para respirar. Um coração na calmaria entre um batimento e outro. Um pulmão entre respirações. Ali, na ausência de *coisas*, havia uma *presença* imensa, profundamente silenciosa e muito real.

O suor escorreu pelas costas de Mercy, arrancando-a de seu devaneio.

— Acho melhor voltarmos — disse ela, puxando Wasabi junto a si.

Eles se viraram para voltar, e, agora que cada passo a levava para mais perto da van, Mercy começou a relaxar. Seu andar fazia barulho e Wasabi arfava, a coleira chacoalhando.

— Então você é de Adelaide? — perguntou Andy.

Mercy hesitou.

— Não nasci lá, mas sim. É onde... moro. — *Morava*, pensou. Sua casa era uma ruína carbonizada. Ela o olhou de soslaio. — E você?

— Glasgow. — Andy se agachou para pegar uma pedrinha. — Ou perto de lá, uma vilinha rural. — Ele a atirou em uma linha reta, pelo centro da estrada deserta. — Então onde você nasceu, se não em Adelaide?

Andy estava olhando para Mercy com um ar franco, gentil. Não era nada mais do que a conversa educada que as pessoas tinham todos os dias para se conhecer; ela não precisava responder à pergunta se não quisesse.

Mas algo nela queria responder.

Mercy pigarreou.

— Sul de Adelaide. Uma cidadezinha à margem do rio chamada Murray Bridge.

Andy pegou outra pedrinha, a qual entregou para Mercy, então escolheu outra para ele.

— Eu me mudei para Adelaide para fazer faculdade — ela se pegou dizendo. — Logo depois do ensino médio. Não tinha nem 19 anos.

— O que você estudou?

Mercy virou a pedra quente na mão. Mesmo antes de tudo vir abaixo, ela raramente respondia àquela questão — fora do trabalho, para estranhos — com sinceridade. Quase sempre cortava a conversa, o que sempre acabava introduzindo uma divisão entre ela e a outra pessoa. Falar para os outros que havia estudado medicina fazia com que Mercy se tornasse uma figura de autoridade, uma confidente imediata. Ela seria submetida a perguntas sobre unhas encravadas, ou uma coceira na nádega esquerda, ou o tratamento do câncer de próstata do primo — independentemente de ela ser ou não especializada naquelas coisas. Assim que alguém tomava conhecimento de sua profissão, ela deixava de ser uma pessoa normal com falhas para ser alguém infalível. Alguém superior. Alguém com as respostas para os males da vida. Quando a verdade era que ela era tão confusa e frágil quanto qualquer pessoa.

— Medicina.

— Você é médica?

— Sim.

— Então era para saber que não pode ficar sem protetor solar.

Mercy riu e tentou atirar a pedra como Andy tinha feito, em linha reta pela rua, mas a dela tombou para a esquerda, caindo imediatamente na poeira.

— Que porcaria de lançamento foi esse?

Ele deu outra pedra para Mercy.

— A gente deveria mesmo vagar pelas ruas ao pôr do sol atirando pedras?

Andy pegou a mão de Mercy, olhando para a pedra na palma dela.

— Não sei vocês, australianos, mas lá na minha terra a gente não chama isso de pedra. É um seixinho de nada.

Os dedos de Andy deixaram um calor nos dedos dela. Mercy tentou outra vez. A rocha voou por alguns metros e caiu.

— Então por que uma médica está dirigindo um velho carro importado japonês pelo país?

— O que um escocês está fazendo dirigindo um sei-lá-o-quê alugado por um país estrangeiro?

— Certo. — Andy atirou o seixo, baixo e rápido, que saltitou sobre o asfalto. — Vamos contar até três e responder ao mesmo tempo?

Andy contou até três, mas, quando nenhum deles respondeu, ambos olhando com expectativa para o outro, eles voltaram a rir.

Enquanto o sol mergulhava atrás do horizonte, a temperatura do ar despencou, mas o calor continuava a emanar da terra calcinada. O ofegar de Wasabi e o som dos passos de Andy e Mercy eram levados pelo ar da noite. Eles voltaram ao parque de trailers para o chiar de carnes grelhando, a fumaça de repelentes aerossóis de mosquito, gargalhadas. Taças de vinho e cabelos grisalhos penteados.

— É isso que chamam de "camping com glamour"? — perguntou Mercy.

— Acho que é o que chamam de "gastar a herança dos filhos" — disse Andy. — Escuta. — Ele se virou para ela. — Tenho uma lata de ensopado de carne que estou disposto a compartilhar. Quer comer comigo?

Mercy parou e pensou no arroz liofilizado, guardado junto com a caixa de Jenny Cleggett. Formou as palavras para recusar. Mas, quando abriu a boca para dizer não, percebeu que ensopado de carne parecia uma boa ideia. E, apesar da pulsação ansiosa e das coxas queimadas, ela tinha gostado da caminhada com o escocês. Algo na companhia de Andy era leve, sem pressão. Havia quanto tempo que ela não ria com outra pessoa?

— Na sua ou na minha?

— Você que sabe — disse Andy. — Mas, se ajudar, a minha tem mais espaço para nossas cabeças. E duas bocas no fogão.

— Está bem — ela se ouviu aceitar. — Levo o arroz.

— "Ensopado de Carne Bovina e Carne com Pedaços"? — perguntou Mercy. — Que tipo de carne se não a bovina, exatamente?

— Não sei bem — disse Andy, examinando a lata de ensopado.

Era o dobro de uma lata normal, e o rótulo continha uma profusão de cores agressivas e letras garrafais: COM PEDAÇOS, CARNUDO E DO TAMANHO DA SUA FOME.

Andy tinha razão, e havia espaço suficiente para ficar em pé dentro da motor home. A pequena cozinha tinha uma pia, um fogão com duas bocas, uma geladeira e armários cheios de utensílios necessários de cozinha. Havia uma cama de casal arrumada no fundo e, na frente, os assentos eram macios como poltronas.

A van de Andy também tinha ar-condicionado; o interior estava sem poeira, carcaças de insetos ou outros detritos. E, segundo ele, o veículo chegava a cento e dez quilômetros por hora na estrada sem nenhum problema. Quando Mercy perguntara como então ela tinha conseguido chegar a Marla antes dele, Andy pegara um pequeno pote de lascas de pedras.

"Fiquei garimpando em Coober Pedy", dissera, virando o pote para que o conteúdo refletisse a luz: lascas de pedras untuosas cintilando em dourado, azul e verde. Pensando em todos os corpos desaparecidos, Mercy falou que esperava que ele tivesse ficado de olho nas valas abertas.

— Ah, espera — exclamou Andy —, parece que também pode conter frango, porco ou presunto. — Ele baixou a lata. — Acha que os fabricantes de… — ele virou o produto para ler o rótulo da frente — "Ensopado Os Cara É Forte & Tal" sabem que porco e presunto vêm do mesmo bicho?

— Bom — respondeu Mercy, pegando a lata das mãos dele para examiná-la com os próprios olhos —, eles parecem achar que carne bovina e carne são coisas diferentes.

Andy aqueceu o ensopado enquanto Mercy acrescentava a água fervida no arroz. Quando a comida ficou pronta, eles se sentaram ao ar livre, potes fumegantes na mão, e olharam para o deserto coberto pelo crepúsculo.

— Seja lá o que for isso — disse Mercy de boca cheia —, estou nem aí. É uma delícia.

— É a carne que faz ficar bom — concordou Andy.

Mercy comeu mais uma colherada. Salgado, aromático, com molho — ela quase conseguia sentir seus músculos famintos e agredidos pelo vento pulsando de prazer. Eles comeram em um silêncio agradável, ouvindo os pássaros se aquietarem, escutando a conversa e o zum-zum baixo dos outros campistas. As crianças na piscina tinham saído; iluminada por uma lâmpada alta circundada de mariposas, a água reverberava azul.

Andy devorou a comida dele, foi pegar uma garrafa de vinho tinto e, depois de revirar a motor home, ressurgiu com duas taças de plástico.

— É bem chique essa perua, parece.

Mercy não contou que a perua dela poderia não ter taças de plástico, mas continha uma caixa de restos cremados.

— Pode me contar um pouco sobre você, dra. Mercy? — perguntou Andy, servindo vinho nas taças. — Tem algum marido ou filhos em casa?

Mercy apanhou um grão de arroz com a colher.

— Não — respondeu ela depois de um tempo. — Nem um, nem outro. — Aceitou a taça e deu um gole. — Você?

— Se está me perguntando se tenho marido, a resposta é não — disse ele com um sorriso largo. — Mas já tive uma esposa.

— Ah.

— Não tenho mais.

— Ah?

— E tenho dois filhotes, um menino e uma menina. Onze e cinco anos.

Andy tirou o celular do bolso e mexeu nele por um momento antes de se inclinar para mostrar a tela. Um menino e uma menina estavam agachados na neve branca cintilante, bochechas rosadas e sorridentes com cachecóis macios em volta do pescoço e jaquetas tão acolchoadas que a menininha não conseguia abaixar os braços. Os dois tinham olhos cor de mel, mais claros que os do pai, mas dava para ver Andy na forma como os sorrisos se erguiam mais em um canto da boca.

— Lindos — murmurou Mercy. — Você deve sentir saudade deles.

— Sinto.

Depois de sorrir de novo para a foto, Andy voltou a guardar o celular no bolso.

— Então. — Mercy examinou seus últimos grãos de arroz. — O que aconteceu com a esposa?

Andy olhou para o copo e Mercy pensou de repente: *Ai, Deus. Ele não era viúvo, era?*

— Nós nos casamos muito cedo. Acabamos... — Ele espalmou as mãos. — Seguindo em direções diferentes. Talvez eu tenha mudado, ou ela tenha mudado, mas no fim não importa, não é?

— Acho que não. — Mercy expirou em silêncio.

— Um dia percebemos que, tirando as crianças, não tínhamos nada em comum. Nos jantares e nas viagens, a gente nunca nem conversava. Não porque tivéssemos raiva um do outro nem nada assim, mas só porque a gente não tinha nada a dizer. — Andy parecia triste. — Quando ela disse que estava saindo de casa, acho que fiquei aliviado, mais do que qualquer coisa. — Ele parou para beber um gole de vinho. — Qual é aquela palavra que usam quando você tem sorte pelo seu divórcio não ter sido um inferno? Amigável, é, é isso. Mas é só que ela...

Andy pausou, contemplando a vegetação.

Mercy esperou.

— Ela vai se casar de novo.

— Entendi.

— Estou feliz por ela. Sei que é clichê e não deve parecer... ainda mais comigo viajando para o outro lado do mundo para dirigir pelo deserto... mas estou realmente feliz por ela, porque não a vejo tão feliz há... hm, anos. Sabe? E, quando ela está sorrindo, as crianças sorriem. Mas é só que... ah. — Andy se interrompeu. — É meio que uma merda, só isso.

— Entendo — disse Mercy, porque ela entendia mesmo. — Fazia tempo que vocês estavam juntos?

— Desde que éramos adolescentes.

— Que difícil.

Mais um silêncio dominou a situação. Mercy pôs o prato vazio no chão e repousou a cabeça na cadeira de lona bolorenta.

Andy estava esparramado com braços e pernas abertos, a cabeça jogada para trás, e admirava as estrelas. Por fim, ele perguntou:

— É sua vez agora?

Mercy inspirou o ar da noite. Ela engoliu o vinho. Depois de um tempo, disse:

— Minha casa pegou fogo. — Andy não disse nada, e ela se perguntou se ele estava mudo de espanto. — Antes disso, fazia dois anos que eu não saía de casa.

Ele ergueu a cabeça.

— Espera... nenhuma vez?

— Basicamente.

— É muito tempo para não sair de casa.

Mercy apertou a taça de plástico nos dedos, fazendo a haste ranger.

— Não era como nos filmes. Não fiquei cobrindo as janelas com jornal nem tateava o caminho até a caixa de correio de olhos fechados. Saía até o jardim e, às vezes, até subia a rua, mas... — Ela ficou em silêncio.

O corpo de Andy estava relaxado, esparramado na cadeira, mas o rosto dele estava alerta, uma expressão de choque contido.

— Quer conversar sobre o porquê?

Mercy virou o resto da bebida.

— Ataques de pânico — respondeu ela, e parou aí.

— Você... — começou ele. — Sempre foi...?

— Confinada?

Andy abriu um sorrisinho.

— Isso.

— Não — respondeu ela. — Só nesses dois últimos anos.

— Então Mercy se ouviu dizer: — Aconteceu uma coisa. No trabalho. Teve… — Ela sentiu um nó na garganta, sufocando as palavras, recusando-se a torná-las reais. — Muitas coisas aconteceram de uma vez. E, na época, meu marido tinha acabado de me deixar porque conheceu outra pessoa. — Mercy girou a taça de vinho vazia. — Ele se apaixonou por um homem. Esse *sim* é um clichê.

Andy pegou a garrafa do chão e a estendeu, e ela o deixou encher a taça até a borda.

— Nossa — disse ele. — Não sei bem o que dizer. — Mercy deu de ombros. — Assim, não conseguir sair de casa deve ser bem difícil, mas daí ela pegou fogo?

— Pois é.

— Que merda. Meu Deus… — Andy encheu as bochechas de ar. — Sinto muito, Mercy.

— Obrigada.

Outro longo silêncio.

Então Andy disse:

— O que aconteceu no trabalho?

Mercy apertou bem os lábios, balançou a cabeça.

— Então agora você está vendo o país — tentou ele de novo.

— Eu não estava indo a lugar nenhum. Estava cansada de estar tão estagnada. Queria ver o outro lado de tudo. Então foi o que decidi fazer.

— Devo dizer que é um jeito e tanto de acabar com dois anos de confinamento.

— Vendo a casa pegar fogo, depois comprando uma van velha caindo aos pedaços e dirigindo pelo deserto?
— Sim.
Estrelas se moviam pelo céu. Grilos cantavam. A lua lustrosa erguia o rosto pálido sobre as salgadeiras. Ao redor deles, o anoitecer caiu sobre o parque; pratos tilintavam ao serem guardados, portas de motor homes se abriam e fechavam, bombas d'água rangiam.
— Parece pesado, dra. Mercy. E acho que isso explica o cachorro de assistência.
Por muito tempo, ela ficou em silêncio, tomando o vinho como se fosse água, a queimadura latejando nas pernas.
Isso não é tudo, ela quis dizer. Mas se manteve calada. Em vez disso, eles ficaram sentados no silêncio, olhando para o veludo preto da noite do deserto.

CAPÍTULO QUINZE

A aurora era uma mancha rosa-clara no horizonte e o interior da van estava frio quando Mercy foi acordada por um coro cada vez mais ruidoso de motores.

Bocejando, ergueu a cabeça e começou a se arrastar pelo colchão até o roçar de sua pele queimada no veludo a fazer gritar de dor. Contorcendo-se e mantendo a manta em volta do pescoço, Mercy se apoiou nos cotovelos para olhar lá fora, observando enquanto homens de coletes puffer e shorts entravam no banco do motorista e mulheres verificavam as setas e as luzes de freio antes de se acomodarem no banco do passageiro. Mercy tinha notado que nunca era o contrário.

Motores roncaram, e trailers balançaram e saíram do parque aos rangidos, um depois do outro, perseguindo-se em direção à estrada.

Mercy gemeu, estremeceu e pôs a coberta quente de gatinho sobre a cabeça.

Eram nove e pouco da manhã quando ela acordou de novo. Seu celular estava vibrando em cima do armário.

Mercy o ignorou, e ele ficou quieto. Quase imediatamente começou de novo. Depois de novo.

Eugene.

Foi como se a realidade voltasse com força. Como se uma multidão de câmeras de diferentes jornais aparecesse dentro da Hijet, os olhos pretos perscrutadores das lentes apontados para ela. Manchetes sensacionalistas ressoaram, colunistas espumaram editoriais indignados, grupos de Facebook implodiram. O tamborilar tranquilo do deserto, a poeira vermelha, a vegetação prateada crepitante — tudo desapareceu. O mundo e suas opiniões alarmadas bateram no peito de Mercy, deixando-a sem ar.

— Mercy, onde você está?

Ela teve que respirar fundo.

— Marla.

— Onde?

— Não muito ao sul da fronteira.

— Fronteira? Que fronteira?

— Pelo amor de Deus, Eugene — disse ela. — O Círculo Ártico, porra.

Ele ficou em silêncio. Nenhum barulho de conversa ao fundo; Eugene devia estar em casa, Mercy concluiu. Estava ligando no seu dia de folga. Ela o visualizou sentado sozinho na cozinha tranquila, de camiseta e calça de corrida, o café fumegando ao lado enquanto fazia um telefonema por obrigação. Ela o imaginou apertando a ponte do nariz.

Mercy suspirou.

— A fronteira do Território do Norte. De acordo com o mapa, só tenho mais duas horas na Austrália Meridional. —

Ela deu uma risada irônica. — Ou noventa minutos em um carro normal.

Eugene expirou bem próximo ao alto-falante.

— Recebi uma ligação do Departamento Jurídico.

Um choque percorreu o corpo dela.

— Por que ligaram para você?

— Porque não conseguem entrar em contato com você. Sou seu... — Ele fez outra pausa. — Ainda sou seu familiar mais próximo. Houve um movimento no caso dela.

Mercy hesitou.

— Eu sei — admitiu. — Entraram em contato de novo, na semana passada. Logo antes...

Antes do incêndio.

Imagens dispararam pela mente de Mercy contra a sua vontade: ela no quarto, observando a fumaça subir em fios por baixo da porta. O silêncio gritante do alarme de incêndio. O vizinho sem camisa, Mike, aparecendo de repente com os olhos arregalados.

Pele nua e pálida. *Faça alguma coisa.*

— Merce, está aí?

Esteja aqui agora. Mercy ouviu o canto de uma agácia. Pela janela, viu o pássaro pousado na cerca, logo atrás da van. Se abrisse a porta traseira, poderia estender a mão e tocar nele. Preto-azeviche e branco como a neve, o pássaro ergueu o bico afiado, abriu a garganta e entoou uma canção bonita e melodiosa.

Mercy olhou por sobre o armário onde tinha colocado a caixa de cinzas. Ela não gostava de mantê-la embaixo da cama durante a noite; não gostava da ideia de dormir em cima de quem quer que fosse aquela pessoa.

— Ainda estou viajando — disse ela.

— Eu sei. Mas você precisa ficar de olho no seu e-mail... Pode ser? — Eugene fez uma pausa e o silêncio se estendeu, pesado. — E precisa atender as ligações deles. É... é a lei, Merce. Você não tem escolha.

Mercy desligou. A agácia abriu as asas e voou.

Mercy continuou rumo ao norte. Ao sair do parque, viu a vaga de Andy vazia e se questionou se ele tinha saído no êxodo em massa ao raiar do dia, entrando na corrida para se apressar para desacelerar.

Viu só? Andy também estava fugindo de algo, Mercy lembrou a si mesma enquanto entrava na estrada. A felicidade de sua ex-mulher o havia mandado para o outro lado do planeta para tentar se conformar ou escapar.

Talvez eles estivessem todos fugindo de algo. Nômades grisalhos com os slogans nos trailers — "Realizando o sonho" ou "Ainda não morremos" —, para quem eles estavam tentando provar algo? Para si mesmos? Para todos os outros? Será que não estamos todos, pensou Mercy, buscando uma forma de validação? Buscando saber que somos *aceitáveis*, independentemente do que tivermos feito?

A terra vermelha e a vegetação rasteira continuavam. Ao longe, picos de topo plano surgiram, aproximaram-se e então desapareceram atrás dela. Caminhões e vans a ultrapassaram, arrotando ar quente e empoeirado. Um trecho de meia hora se passou sem uma única curva na estrada, a faixa de asfalto se estendendo infinita em ambas as direções.

Depois de um tempo, Mercy notou que a vegetação começou a mudar. Em vez do prateado esparso que era no dia anterior, a paisagem estava tingida de verde, ficando mais densa. O solo assumiu um tom mais claro de damasco. As árvores continuaram raquíticas e da largura de varetas, mas folhagens as tornavam verde-limão.

Uma ponte se aproximou e Mercy esticou o pescoço na esperança de ver água, mas o riacho Tarcoonyinna se revelou uma extensão larga e plana de areia com marcas de pneu e eucaliptos.

Mercy continuou dirigindo.

Estava quente demais para usar a calça jeans de José, ainda mais com a queimadura nas coxas, mas Mercy tinha enrolado a toalha sobre o colo para se proteger do sol. Mesmo assim, o calor dos raios solares atravessava o tecido, deixando sua pele ardendo. Mais pontes apareceram, assim como outros leitos secos de riachos largos. Embora a terra estivesse ressequida, a presença desses cursos d'água animou Mercy, pois ela pensou que pudessem ser escoamentos das monções tropicais típicas do Território do Norte. Ela os imaginou repletos da água da enchente restante, largos, rasos e cheios de vida. Artérias de nutrientes, oxigênio e umidade para o deserto sedento.

Mercy passou por uma única árvore alta e exclamou:

— Olha, Wasabi!

A única árvore se tornou outra, depois mais outra.

Enquanto ela dirigia ao longo de uma planície verde-clara, sua barriga roncou e sua bexiga se apertou de maneira desconfortável. Mercy estava considerando parar quando surgiu uma placa: FRONTEIRA DO ESTADO, 1 KM.

O coração de Mercy bateu mais forte. Faltava um quilômetro.

Ela apertou o volante. Um minuto se passou.

A estrada se abriu quando uma faixa nova apareceu. Lá, à frente. Uma saída para um estacionamento, uma cerca baixa de estacas rodeando um trecho largo de areia. E, ao longo da estrada, um pedaço imenso de concreto laranja com uma placa marrom triangular enorme apontada para cima:

BEM-VINDO AO TERRITÓRIO DO NORTE.

1.791 km pela frente

CAPÍTULO DEZESSEIS

Mercy parou na frente da marcação da fronteira e olhou fixamente para o celular. Passou pela sua cabeça que ela não tinha ninguém para quem enviar a selfie. Nenhum amigo com quem compartilhar, nenhum familiar ansioso para saber de seu progresso, nem mesmo um monte de conhecidos nas redes sociais para quem fazer ares de *vivendo a vida na estrada* e *gratidão*.

No chão, havia uma faixa reta de concreto denotando a divisa entre os dois estados, e Mercy estava parada com um pé de cada lado, imaginando que estava com um pé no sul e o outro no norte. Será que estava equilibrada no ponto decisivo, deixando o *antes* e pronta para mergulhar no *depois*? Na estrada, um carro passou sem se importar em parar para a cerimônia do concreto na fronteira; em um momento no sul, no outro no norte. O sol estava forte demais para Mercy ver a tela do celular direito, mas ela conseguia distinguir o contorno de sua cabeça, seu cabelo bufante, o focinho de Wasabi enquanto o bicho lambia seu queixo, e, atrás dele, a sombra monstruosa da placa de concreto que dizia: BEM-VINDO AO TERRITÓRIO DO NORTE.

Dois outros veículos estavam estacionados na área de descanso: um carro puxando um trailer e uma motor home imensa modernosa que havia estacionado alguns minutos depois de Mercy e da qual saíram duas adolescentes seguidas por um homem, uma mulher e uma criança pequena — de chapéus e botas de trilha e espantando moscas.

Enquanto o polegar de Mercy pairava sobre o celular, pensando se poderia mandar a foto para Eugene como uma espécie de oferta de paz por ter desligado na cara dele, a mulher da motor home se aproximou, a criancinha encaixada em sua cintura.

— Com licença — disse a mulher. — Você poderia tirar uma foto nossa?

O chapéu de palha da mulher caiu sobre o rosto. Embora ela tenha empurrado o acessório para cima com o punho, a criança o puxava sem parar, de modo que aquela era uma batalha perdida. Tudo o que Mercy conseguia ver do rosto da mulher eram manchas de luz do sol que atravessava a palha em suas bochechas e seu queixo.

— Claro — respondeu Mercy, guardando o celular, sem enviar a selfie para ninguém.

Ao olhar ao redor em busca de Wasabi e ver que ele tinha vagado por um caminho curto para examinar um pedaço de sombra, ela sentiu a corda invisível em seu peito se apertar.

A mulher entregou um iPhone novo para Mercy, afastando a mãozinha rechonchuda que o tentava pegar.

— Desculpa, mas são três, tudo bem? — disse ela. Com a mão livre, a mulher tirou outros dois celulares do bolso. — Das meninas mais velhas, sabe. Para os Snapchats delas. — Pela voz, Mercy conseguia ouvir o revirar de olhos. — Ou sei lá o quê.

— Claro.

Mercy equilibrou os celulares, torcendo para não derrubar nenhum no chão escaldante e partir o coração de uma adolescente. Talvez arruinar a vida dela para sempre.

Wasabi tinha detectado algum cheiro e estava ziguezagueando para mais longe, com o focinho encostado ao chão. Mercy quis chamá-lo, mas a Chapelão, o homem e as duas adolescentes estavam à sombra da placa da fronteira, esperando pela foto. Uma menina estava roendo a unha, a outra estava com os braços cruzados e olhava feio na direção da estrada, como se fossem inimigas de longa data.

— Quer que a gente diga "xis"? — exclamou a mulher.

O corpo marrom de Wasabi desapareceu dentro de uma moita.

— Hm... claro.

Mercy apontou o primeiro celular na direção deles.

Wasabi ressurgiu. Pelo canto dos lábios, Mercy tentou assobiar para que o cachorrinho voltasse, mas tudo o que conseguiu foi soprar uma mosca que se levantou de sua bochecha e pousou em sua orelha.

Os adultos gritaram "Xis!". Uma menina cuspiu um pedaço de unha e a outra continuou a odiar a estrada. Depois que começou a exclamar "Cis! Cis!", a criancinha não parou mais, e Mercy equilibrou os celulares e tirou o maior número possível de fotos do grupo até que a cena se dissolveu por conta própria. Quando o pai disse alguma coisa sobre linguiças e refrigerantes, as adolescentes demonstraram um leve interesse e todos voltaram para a motor home.

Mercy assobiou para Wasabi, chamando-o com firmeza quando ele tentou correr atrás do homem que havia prometido linguiças. O cachorro voltou trotando, acanhado, e ela se agachou para passar a mão no pelo dele.

A mãe, puxando a criancinha, voltou correndo até Mercy.

— Obrigada! — A mulher pegou os celulares, enchendo os bolsos enquanto Mercy pedia desculpas se alguma tivesse ficado borrada ou com enquadramento ruim. — Tenho certeza de que estão ótimas — disse ela, com um gesto de que não tinha importância. — É tão raro hoje em dia tirar as meninas do quarto por tempo suficiente para ter uma foto com todos juntos.

Mercy riu por educação. A criancinha a encarou. Uma brisa soprou naquele momento, uma rajada súbita e rodopiante, e soprou o chapéu para fora da cabeça da mãe. Ela tentou avançar para recuperá-lo, mas o bebê a deixou mais lenta. Por um segundo, Mercy observou o chapéu saltar e rolar pelo cascalho, antes de correr na direção dele e o apanhar. A aba ficou suja de poeira, e ela deu uma limpadinha, devolvendo-o para a mulher.

— Obrigada.

— Por nada — disse Mercy.

— Sou Ann, aliás.

Quarenta e poucos anos, cachos loiros curtos, olhos acinzentados marcantes e maçãs do rosto pronunciadas. Ela estendeu a mão e Mercy a apertou, sentindo um tremular de ansiedade.

— Mer... — começou Mercy. Aqueles olhos, aquelas maçãs do rosto. Será que ela não os havia visto antes? A mulher tinha três filhos, um dos quais tinha dois anos. Será que Mercy não a conhecia do hospital? E se ela participasse de um daqueles grupos virtuais? Afinal, *Mercy* não era exatamente um nome comum. —... becca — completou.

— Merbecca?

— Sim. Sou eu. — Ann pareceu estar esperando alguma coisa, então Mercy acrescentou: — Minha mãe era excêntrica.

Ann soltou um riso baixo.

— E não são todas?

Mercy não sabia como responder.

— Obrigada por brincar de fotógrafa. Espero que não tenhamos te atrasado muito.

— Imagina. — Mercy apontou para a Hijet. — Eu não teria como ter pressa nem se tentasse.

Logo em seguida, ela se arrependeu de ter identificado seu veículo.

— Uau, que vanzinha fantástica! — disse Ann. Mercy percebeu que elas estavam voltando juntas pelo estacionamento. — Temos linguiças de sobra, e refrigerantes — continuou a mulher. — Você e seu cachorrinho querem comer alguma coisa?

Mercy sentiu o aperto no peito de sempre, a sensação de se esconder dentro dela. O desespero crescente para ficar sozinha, escondida, segura.

— Hm, obrigada — respondeu ela. — Mas preciso ir. Tenho que... — Mercy balançou a mão na direção da van.

— Sem problemas — disse Ann com um dar de ombros e um sorriso.

Acenando em despedida, ela voltou a passos rápidos para perto da família, o som de linguiças grelhando e latas de refrigerante sendo abertas sob o sol. Então a ficha de Mercy caiu.

Aqueles olhos cinza. Maçãs do rosto aquilinas. Cachos loiros. Aquela era Ann Barker.

A porra da Ann Barker.

CAPÍTULO DEZESSETE

Eugene falava para Mercy que o problema de ler os textos era que eles davam a impressão de que tudo era muito pior do que a realidade. O que era verdade — entre outras coisas, ler as manchetes e os posts de blog fazia Mercy se sentir invadida, pessoalmente violada. Como se articulistas e colunistas tivessem enfiado uma sonda na narina de Mercy até o cérebro dela. Virado a câmera de um lado para o outro lá dentro. "Não dá bola", Eugene tentava dizer a ela. "É tudo bobagem, vai passar." Se eles não estivessem dividindo as coisas e vendendo a casa na época — *caixas de roupas, uma cômoda de nogueira e o sofá de dois lugares no meio da garagem* —, Mercy talvez tivesse conseguido digerir as palavras tranquilizadoras e tão despreocupadas dele.

Além disso, como Mercy havia tentado argumentar para Eugene, *Oh, Annie!* tinha mais de um milhão de seguidores. Mais ou menos o equivalente a toda a população de Adelaide. Não dava para fazer isso passar.

Quatro longas horas se passaram entre sair da fronteira e chegar a Alice Springs. E, naquelas longas horas de asfalto barulhento e faixas brancas que passavam lentamente, Mercy não conseguiu se deixar distrair nem pela terra vermelha nem pelo céu imenso, nem pelos cadáveres inchados de cangurus atropelados, nem pelos corvos saltitantes, nem mesmo pelo formigamento enlouquecedor de suas coxas queimadas. Não, naquelas quatro horas, tudo em que Mercy conseguia pensar eram as estatísticas populacionais de novo e de novo. Tudo em que conseguia pensar era como, em um país de vinte e cinco milhões de habitantes — a maioria dos quais morava a milhares de quilômetros de distância de onde ela estava naquele momento (no meio do deserto, pelo amor!) —, Mercy poderia dar de cara com *ela*.

— Faz dois dias que não vejo um semáforo — gritou Mercy para o vento —, mas *ela* eu vejo. Logo ela!

Quais eram as chances? Mercy não era uma matemática, mas as probabilidades, com certeza, estavam a favor dela. Uma em um milhão? Uma em *vinte e cinco* milhões?

Mas, por menores que fossem as chances, coisas terríveis aconteciam. Mercy sabia disso. Dava para usar estatísticas contra todo tipo de improbabilidade, mas, contra todas as previsões, tragédias aconteciam. Ser atingido por um raio, ou acertado por um coco ou esmagado por um meteorito poderia fazer de você uma porcentagem minúscula da população, porém não tornava aquele fato menos real. Menos doloroso.

Mercy diminuiu a velocidade nos arredores de Alice Springs. O trânsito estava ficando mais pesado, mais veículos do que ela via desde Port Augusta. A cordilheira dos Montes MacDonnell se erguia como uma muralha a perder de vista tanto para leste como para oeste. A estrada continuava por uma abertura estreita na cordilheira e Mercy se sentiu empurrada rumo à morte certa. Do outro lado daquela cadeia montanhosa ficava o município de Alice Springs: o único grande centro metropolitano nos próximos mil e quinhentos quilômetros. E se Ann Barker estivesse na cidade, do outro lado da cordilheira iminente? Uma hora depois de passar da divisa, a motor home de Ann havia aparecido pelo retrovisor de Mercy. Quando o veículo fez sinal para ultrapassar a Hijet, houve uma troca de acenos simpáticos e buzinadas, e Mercy havia tentado dizer a si mesma que, na divisa, a jornalista não a reconhecera. Caso contrário, ela com certeza teria dito alguma coisa, certo?

A trepidação cresceu enquanto a Hijet chacoalhava ao longo da estrada, carros passando perto por todos os lados, até atravessarem o espaço exíguo entre os montes e desembocarem nas ruas pacatas de Alice Springs do outro lado. Mercy se sentiu mastigada e cuspida. De repente aquela exaustão tremenda e familiar tomou conta dela.

Independentemente se a jornalista que a chamou de *assassina* estava ou não na cidade, Mercy precisava parar.

O primeiro parque de trailers a que ela chegou parecia estar lotado. As traseiras brancas e quadradas dos veículos estavam agrupadas junto às cercas, mas, quando Mercy deu uma volta lenta ao redor do quarteirão, espreitando o local, não conseguiu ver nenhuma que parecesse com a motor home de Ann Barker. A placa na entrada do parque dizia HÁ VAGAS e QUIOSQUE, então, apesar de tudo, ela se convenceu. Eram cinco e pouco da tarde; eucaliptos projetavam sombras compridas na estrada e a luz da tarde tinha um tom amarelo-vivo. Mercy estava faminta, cansada e ansiosa.

Ela estacionou a van na frente do escritório e saiu. Suas pernas estavam fracas, mal pareciam conectadas ao corpo. Do lado de dentro, um ar-condicionado soprava ar frio em um espacinho pequeno. Folhetos farfalhavam em um estande rangente; um vaso de planta deixava um rastro de folhas verdes cerosas caindo por uma mesa. Quando Mercy pediu uma vaga de uma noite para a moça atrás do balcão, a mulher perguntou "Só você?" e Mercy respondeu: "Eu e meu cachorro". A funcionária pareceu indignada.

— Proibido animais — disse ela, no mesmo tom que usaria se Mercy tivesse perguntado se poderia desmembrar um cadáver nas mesas compartilhadas de churrasco.

Com as bochechas coradas, Mercy saiu do escritório.

Seguindo placas por uma rua lateral até um outro parque de trailers, ela encontrou uma placa que dizia SEU ANIMAL DE ESTIMAÇÃO É BEM-VINDO e sentiu o coração se alegrar até ver o pequeno SEM colado na frente de VAGAS. O lugar tinha até uma barreira de acesso e cercas de ferro altas e onduladas, então Mercy não conseguia ver lá dentro, e imaginou que a receptividade a animais de estimação, a segurança e a 1 HORA DE WI-FI GRATUITO deveriam fazer sucesso entre os nômades grisalhos. Enquanto se afastava, ela estava começando a entender por que todos saíam de manhã de seus acampamentos com tanta pressa.

O terceiro e último parque, escondido no fim de um beco sem saída atrás de um pub, não tinha portão, mas tinha telas alambradas e uma placa com uma nota de três estrelas e meia pendurada no canto. Quando Mercy entrou, falaram que não aceitavam nem animais de estimação nem pagamentos pelo celular e que, de todo modo, estavam lotados. Segurando a língua para não retrucar que deveriam pôr essas coisas na placa em vez de LAVANDERIA OPERADA POR MOEDAS, Mercy saiu cabisbaixa.

As sombras se estenderam mais; o sol mergulhou atrás dos montes. O som de um baixo e o cheiro de fumaça de cigarro emanavam do pub na estrada. Sentada na van, Mercy entrelaçou as mãos. Wasabi ergueu os olhos para ela do banco de passageiro.

— Para onde é que a gente vai?

Sempre havia paradas de descanso à beira da estrada — Mercy não poderia sair um pouco da cidade e acampar em uma delas? Afinal, tinha uma cama, uma boca de fogão a gás e uma lata de sopa, então não precisava tanto assim de um parque de trailers. Mas então outras manchetes começaram a pipocar em sua mente: mochileiros esfaqueados até a morte; turistas sequestrados sob a mira de uma arma; viajantes desaparecidos no deserto, sem nunca mais serem vistos. Mercy pensou nos corpos despejados nas valas da mina e imaginou o que escreveriam sobre ela: *Mulheres não deveriam acampar sozinhas. Mulheres sempre deveriam ficar em áreas bem iluminadas. Um salsichinha não serve de proteção nenhuma.*

Ou, Mercy pensou com um sobressalto, talvez não. Talvez escrevessem: *Médica teve o que mereceu.* Talvez o anônimo aleatório AngelJax2917 se gabaria de que seu e-mail para Mercy sugerindo *morra sua vaca* tinha se tornado realidade.

Eram quase seis da tarde e restava menos de uma hora de sol. Mercy até tinha uma lata de sopa, mas era isso de comida e nada mais, e sua água estava quase acabando. Esfregando as mãos no rosto, sentiu a areia e a poeira da estrada entrando sob as unhas. Ela estava fedendo, estava com medo, e sabe Deus como estava seu cabelo.

Voltando para a estrada, Mercy dirigiu até o Supermercado Coles pelo qual havia passado pelo menos umas oito vezes enquanto procurava um parque de trailers. Deixando as janelas entreabertas para Wasabi, ela correu para dentro do mercado e começou a empilhar caixas, latas e embalagens no carrinho. O medo a deixava com um gosto metálico na boca, mas pelo menos a ansiedade sobre onde dormiria à noite sem ser assassinada superava a ansiedade de estar no supermercado.

Enquanto Mercy punha galões de água mineral na esteira do caixa, o operador, um jovem cheio de espinhas que não parecia ter mais do que 12 anos, perguntou:

— Está de passagem ou vai ficar?

— Ficar — disse Mercy. — Quer dizer, ficaria. Se conseguisse encontrar um lugar.

— Está procurando um lugar para ficar?

Mercy tirou os olhos do pacote de macarrão instantâneo com espanto. O menino não estava oferecendo, estava?

— É que sei que eles ainda aceitam campistas no terreno da feira agrícola. — O caixa olhou de um lado para o outro, depois se inclinou para perto de Mercy e cochichou: — É só que eles não querem que as pessoas saibam.

— Eles quem?

— Os donos dos parques de trailers da cidade.

— Entendi. — Mercy não entendia. Depois de um segundo de confusão, perguntou: — Então... posso acampar lá ou não?

— Ah, pode — disse o caixa, confiante, gesticulando como se não fosse nada demais. — Superpode. Todo mundo pode. Só entrar. É por ordem de chegada. Teoricamente, só podem receber trinta campistas, e é para ser *só* para depois de os parques de trailers lotarem. Mas... — O menino hesitou com a mão numa lata de sopa de legumes primaveris com croutons de verdade. — Acho que não tem ninguém policiando, sabe? Tipo... — ele deu uma risada que pareceu um ronco —, não tem ninguém rodeando o lugar, fazendo chamada.

— Entendi — repetiu Mercy, mas pelo menos agora realmente estava começando a entender. — Então... é só ir para o terreno da feira?

— Isso.

— E posso acampar lá durante a noite?

— Sim.

— Com meu cachorro?

— Claro.

— E, se já estiver cheio, tem algum outro lugar?

O menino hesitou antes de lançar um olhar furtivo ao redor.

— Não vai estar cheio. Nunca está, sacou? — Com o ar de quem sabe das coisas, ele bateu com o dedo na têmpora e voltou a passar as compras.

Mercy pensou em mulheres depois de dezesseis horas de parto, na maneira como olhavam para o anestesista quando recebiam a primeira gota de epidural na espinha. Alívio e gratidão se misturavam com um assombro profundo, como se tivessem acabado de vivenciar algo inexplicável, algo sagrado.

Enquanto punha as sacolas cheias no carrinho, Mercy olhou para o menino do caixa e soube que sua expressão devia ser a mesma.

CAPÍTULO DEZOITO

O terreno da feira agrícola ficava no extremo sul da cidade, voltando por onde Mercy tinha vindo, atravessando o espaço entre os montes. Ela entrou no terreno devagar, apertando o volante e achando que um enfurecido dono de parque de trailers da cidade saltaria de trás de um arbusto gritando: *Te peguei!*, e se tranquilizou ao ver que, na fileira de motor homes estacionadas embaixo das árvores, nenhuma parecia a de Ann Barker. E, pelo menos, Mercy pensou, se era para ser flagrada em um lugar onde não deveria estar, ela não seria a única.

Ficou surpresa com a sensação de solidariedade pelos outros campistas, porque percebeu que fazia muito tempo que não sentia solidariedade por ninguém — muito menos desconhecidos.

Dirigindo pela fileira de campistas, ela avistou uma estrutura conhecida e reconheceu que era de Bert, da camisa de muitos bolsos. Não havia ninguém no trailer, então Mercy não acenou, mas perceber que essa teria sido sua reação foi um choque. De novo havia cadeiras e mesas arrumadas sobre tapetinhos, senhores de idade em roupas de linho bem passadas, todos parecendo organizados e frescos enquanto Mercy chegava atrasada, coberta de poeira, suada e fustigada pelo vento. Ela se sentiu como um tio bêbado no batismo de uma manhã de domingo.

E lá, no fim da fileira, estava a motor home alugada de Andrew Macauley.

Ele estava sentado em uma cadeira dobrável, uma cerveja no colo, e, quando viu Mercy entrar, seu rosto se iluminou de tal modo que ela sentiu como se o corpo todo estivesse queimado de sol. Depois de estacionar a uma distância educada da motor home dele, Mercy desligou o motor e saiu.

— Oi — disse Andy, acenando. — Está me seguindo, hein?

— Acho que estamos todos seguindo uns os outros.

Ela apontou para os outros trailers. A possibilidade de que Ann Barker ainda poderia chegar a qualquer momento lhe veio à mente. Nervosa, Mercy observou a estrada, um murmúrio de tráfego no fim do parque.

— Então, agora acho que tenho que perguntar como seu veículo está indo — continuou Andy, levantando-se e chegando mais perto. — E depois tenho que ficar com um pé apoiado na sua roda traseira e contar por onde andei enquanto você tenta se instalar.

— Acho que não tenho muita coisa para instalar, na verdade. — Depois de pegar Wasabi, Mercy o colocou na grama. — Pronto. Acabei.

O cachorro correu na direção de Andy, o traseiro balançando de um lado para o outro de alegria. Andy se abaixou para fazer carinho, e Wasabi se virou com a barriga para cima e a língua para fora.

— Mas fique à vontade — acrescentou Mercy, apontando para as rodas da Hijet, cobertas de poeira laranja. — E o veículo está bem, obrigada. Ainda que um pouco devagar.

— Como foi seu encontro com os rodotrens?

— Ventoso.

Andy riu.

— Aliás — disse Mercy, olhando ao redor —, preciso muito encontrar um banheiro...

Ela queria erguer a mão e tentar ajeitar o cabelo, mas isso só chamaria atenção para sua cabeleira, se é que seu coque já não estivesse assobiando e rebolando os quadris feito uma vedete.

Andy apontou, e Mercy pegou sua sacola de juta e avançou às pressas pela grama na direção de um pequeno edifício de pedra. Nenhum chuveiro — o que se poderia esperar de um acampamento clandestino? —, apenas um banheiro com um despejo de água preta nos fundos. Mas havia uma pia com água corrente cristalina, sobre a qual uma chapa de aço martelado servia como espelho. O reflexo de Mercy era vago e turvo, mas era o suficiente para ver que o cabelo dela tinha atingido a proporção de algo extraplanetário.

Ela tirou a camiseta e se lavou da melhor forma possível, então passou uma camada de desodorante, escovou os dentes e passou a tentar fazer algo com o cabelo. Enquanto o revirava, Mercy encontrou o elástico que havia se prendido com a firmeza de uma cerca de arame. Não havia como recuperá-lo, por mais força que usasse ou dor que sentisse. Depois de um tempo, usando as mãos como pás de escavadeira, Mercy o forçou de volta até algo que se assemelhava a um coque e amarrou um novo elástico em cima para segurá-lo. Por fim, ela se inclinou sobre a pia, jogou água no rosto e no couro cabeludo. Ao acabar, enxaguou a mancha de lama cor de sangue da superfície.

— Pode me dar um pedacinho do seu? — Andy estava olhando para o colo de Mercy.

Ela baixou o garfo.

— Meu o quê?

Andy apontou para o colo dela.

— Nunca experimentei. — Ele riu ao ver a cara que ela fez. — Desculpa. Um pedaço. Sabe... do seu sanduíche.

Mercy olhou para o prato: salada de macarrão de pacote e um sanduíche de pão integral cortado em quartos.

— Claro — disse ela, estendendo a comida. — Mas você nunca experimentou um sanduíche?

— Nunca experimentei Vegemite. — Andy pegou um triângulo e deu uma cheirada no pão. — Me falaram que é salgado. — Ele deu uma mordida hesitante e mastigou, o rosto inexpressivo. Depois de um momento, suas bochechas se encovaram e seus olhos se arregalaram. — Credo! — exclamou ele, tossindo e engolindo com dificuldade. — Isso aqui é horroroso.

— Ouvi dizer que também funciona como desengraxante de motor — disse Mercy com o tom brando, dando uma mordidona.

— Sim, percebi — respondeu Andy, secando os olhos.

Os dois estavam sentados na grama entre suas vans. O sol se punha e o céu era espetacular. As faces dos montes ondulavam como uma tela de cinema de cor e sombra. A aplicação generosa de mais gel pós-sol tinha aliviado o ardor nas coxas de Mercy, e delas agora emanava mais uma sensação surda e estridente do que um calor doloroso. Rindo de Andy, com Wasabi deitado tranquilamente próximo a eles e a grama ficando dourada sob o poente, Mercy sentiu um calorzinho se espalhar devagar pelos ombros e pela espinha.

Não durou muito. Como se notasse o momento de paz, sua mente ricocheteou com um lembrete rápido de Ann Barker à espreita em algum lugar lá fora e daquela mensagem de voz no seu celular. Mercy espetou o garfo na salada de macarrão. Ela deveria simplesmente ouvir o recado. Um aviso de um assistente jurídico, uma formalidade ou burocracia — não seria nenhum motivo para pânico. Sem dúvida.

Mas, enquanto não a escutasse, enquanto toda e qualquer informação contida naquela mensagem continuasse sendo ignorada, Mercy poderia se manter no *aqui e agora*: onde não havia nenhuma obrigação, onde havia apenas um escocês rindo sobre Vegemite, o pôr do sol dourando os montes e o ar quente e delicado do cair da noite. Ouvir o que o Departamento Jurídico tinha a dizer seria não apenas admitir o futuro, mas voltar a confrontar o passado.

Mercy colocou o prato na grama. Wasabi comeu o resto do seu sanduíche.

— Então, escuta — disse Andy depois de um tempo. — Tem um laguinho não muito longe daqui, e estava pensando em dar uma nadada amanhã. Você toparia?

Mercy baixou os olhos para as manchas de maionese no prato. No alto das árvores, cacatuas discutiam sobre onde pousar durante a noite.

— A menos que você queira sair às pressas. — Andy inclinou a cabeça, apontando para a fileira de trailers. — Como esse povo aí.

Os pensamentos de Mercy estavam frenéticos, e ela tentou se lembrar da última vez em que tinha feito *qualquer coisa* com um amigo. No passado, havia colegas — drinques no pub depois do trabalho, folgas sincronizadas em que podiam se encontrar para almoçar. Em determinado momento, entrara até para um clube do livro organizado por uma das enfermeiras, mas, depois de seis livros seguidos que não conseguiu ler, havia parado de ir. Somando o trabalho, Eugene e sua mãe, Mercy simplesmente não tinha nadado muito com amigos. E então, dois anos antes, essas poucas pessoas que ela podia ter chamado de amigos haviam se afastado. Ou sido afastadas: quando Mercy começou a dar desculpas, parou de retornar ligações e, depois de um tempo, mudou de número.

Será que ela conseguiria? A ideia fez sua barriga se apertar. Afivelada ao banco de passageiro, com outra pessoa no controle. E se ela mesma dirigisse, oferecendo-se para encontrá-lo lá? Mas seria um desperdício de gasolina (e nesse momento Mercy voltou a pensar na vida marinha, sofrendo com emissões de carbono e aquecimento global), e considerou sugerir que fossem com a Hijet, até se lembrar de como o interior dela deveria estar cheirando: poeira de estrada, suor, gasolina e notas de restos cremados.

Mercy não conseguiria. Além disso, o que faria com Wasabi?
— Não sei...
— Não é um parque nacional, então esse rapazinho também pode dar um mergulho. — Andy estendeu o braço para fazer carinho no cachorro. — Não podemos deixar um cão de assistência para trás.

Ou será que conseguiria?

Mercy pensou em um dia sem dirigir, um dia de céu aberto, luz do sol e água fresca; o barulho de folhas secas de eucalipto sob seus pés, o escorrer de um riacho. Pensou em conversas e risadas. Pensou nos olhos escuros, no sorriso caloroso e na voz grave de Andrew Macauley.

— Certo — disse ela, finalmente olhando nos olhos dele.
— Sim? — perguntou ele.
— Sim.

CAPÍTULO DEZENOVE

O baque da porta da van se fechando ecoou pelos rochedos vermelhos.

— Tem *certeza* de que aqui não é parte do parque nacional? — perguntou Mercy de novo, nervosa, ao tirar Wasabi da van.

— Tenho noventa e nove por cento de certeza — respondeu Andy, balançando o mapa. — Essa pista que a gente pegou definitivamente não está na área verde. O moço do centro de informações turísticas ontem me jurou que o terreno era uma propriedade privada, disse que já foi um rancho de ovelhas num passado distante, mas que não tem mais ovelhas, o dono está velho e mora a mais ou menos uns cem quilômetros naquela direção. — Ele apontou vagamente para o oeste.

Mercy continuou segurando o cachorro, relutante em se afastar da van.

No fim, eles haviam ido com a Hijet. Quando acordou naquela manhã, Mercy soube que não conseguiria se sentar em um veículo estranho e dirigir para um destino desconhecido com um homem que mal conhecia. Simplesmente não conseguiria. Mesmo que aquele homem fosse charmoso, inexplicavelmente confiável e tivesse lindos olhos castanhos. Depois de juntar forças com algumas respirações profundas, ela tinha ido até a motor home de Andy pela manhã enquanto ele mastigava uma torrada com manteiga e dito: "Tudo bem se a gente for na minha van?". Depois ela tinha apertado uma mão na outra para impedir que tremessem. "Claro", Andy respondera sem hesitar. "Adoraria uma carona nesse bichinho aí."

E assim, depois de mais de uma hora trepidante, batendo os dentes por uma estrada de terra, arbustos riscando as laterais da van como unhas, Andy e Mercy haviam chegado ao laguinho. Empoeirados, suados e sem fôlego, mas ali estavam eles. Depois de finalmente parar, Mercy se mantivera agarrada à segurança do volante por quatro minutos até criar coragem para abrir a porta e sair.

Ela contemplou a depressão cercada por árvores. Escarpas rochosas se erguiam, uma fissura de luz do dia atravessando o centro onde um riacho raso escorria entre os rochedos e terminava em uma piscina funda. Uma praia arenosa cercava um lado da lagoa. Insetos zumbiam e estalavam; um pássaro soltou um longo pio que lembrava o som de um chicote, ecoando pelas rochas antes de se desfazer no calor.

— Certo — admitiu Mercy. — É bacana.

Enquanto Andy tirava o cooler do carro, Mercy pôs Wasabi no chão e seguiu para a água. Seus pés faziam barulho ao pisar em folhas secas; o suor escorria pelos lábios e ela o secou com o dorso da mão. O cachorro saiu correndo para os arbustos, o focinho colado no chão, e Mercy torceu para que ele não tivesse farejado nenhum marsupial nativo em risco de extinção nem estivesse prestes a desenterrá-lo de sua toca e o devorar.

À beira da água, ela descalçou as botas. A areia era quente e pedregosa sob seus pés. Algas lambiam os baixios. Ao mergulhar os dedos na água cor de chá, Mercy deixou escapar um gritinho involuntário. O som ecoou pela superfície do rochedo.

— Está tudo bem aí? — perguntou Andy.

— Está gelada!

Ele desceu pela areia e se agachou, colocando a mão na água.

— Ah, o que você está dizendo? Está uma delícia.

— Entra você primeiro, então — disse ela, estendendo o braço para a piscina.

— Está bem.

Depois de tirar a camiseta, Andy descalçou as botas e tirou as meias. Jogou as roupas na areia, sorriu para ela e mergulhou na água. Gotículas geladas voaram nos braços e nas pernas de Mercy, que levou um susto e deu um passo para trás. Houve um segundo respingo, menor, quando Wasabi correu atrás de Andy.

Mercy observou os braços de Andy se levantarem e cortarem a água, Wasabi o seguindo feito uma foca. Ondulações se espalhavam na esteira deles, balançando gravetos e pedaços de folhas caídas. Sob a superfície, o tronco e os ombros de Andy pareciam marrom-esverdeados.

Uma lembrança começou a se agitar, arrancada do fundo do poço da mente de Mercy. Ela resistiu, tentando pressionar a memória para baixo, mas a imagem subiu à superfície mesmo assim, erguendo-se mais e mais até que, gostasse ou não, lá estivesse, apertando suas entranhas.

Dois policiais apareceram na porta da casa de Mercy e disseram que haviam encontrado a mãe dela na banheira. Ela tinha ficado lá por dois dias. Ao que tudo indicava, sua mãe havia tentado sair, mas não conseguira passar da borda, voltando a cair na água. Mercy sempre pensava que, se o coração da mãe tivesse continuado a bater por mais alguns segundos, a vizinha que encontrava sua mãe toda quinta-feira de manhã para tomar café poderia tê-la encontrado no chão do banheiro, não na banheira, e Mercy não sabia ao certo se teria sido melhor, para ser sincera. O corpo de Loretta Blain ainda estava em *rigor mortis* quando a encontraram; não havia água nos pulmões. Ela havia morrido de um ataque cardíaco fulminante. A informação tinha sido passada com delicadeza, mas de forma assertiva, sem deixar espaço para mal-entendidos, e Mercy conhecia muito bem aquele tom, porque quantas vezes ela mesma não dera a mesma notícia irreversível e transformadora?

Não há batimento e seu bebê morreu.

Ao assistir à TV, Mercy sempre zombava da forma como médicos ou policiais davam a notícia da morte a entes queridos. Havia sempre *Fizemos o possível* ou *Infelizmente, tenho más notícias*, ou às vezes nada mais do um contato visual trágico e suplicante. Não, não era assim que se fazia, pelo menos não na vida real. Dar a má notícia exigia uma clareza muito firme e o uso das palavras corretas e inconfundíveis.

Morreu. Morto. Faleceu.

Andy estava falando alguma coisa, a voz atravessando a água e ecoando pelas rochas. Ele estava rindo de Wasabi.

Quando Mercy dera a notícia ao marido da mulher, ele tinha olhado ao redor como se de repente não soubesse aonde sua esposa tinha ido. Como se estivesse esperando que ela aparecesse. Quando Mercy anunciara *Sua mulher faleceu*, foi como se o homem tivesse ouvido *Sua mulher foi fazer umas comprinhas, mas daqui a pouco volta*. Como se a esposa dele não estivesse deitada na UTI, ainda presa a todos os tubos e todas as mangueiras que não a salvaram.

— Vai entrar?

Mercy piscou. A luz do sol se refletia na água. O cheiro de protetor solar emanava de sua pele morna. *Esteja aqui agora.*

Ela estava chorando, as lágrimas escorrendo por suas bochechas quentes, o tipo silencioso de choro que acontece por conta própria, sem nenhum calafrio, soluço ou grito, apenas lágrimas jorrando feito pus de um abscesso tão inchado que o fluido e a gosma não podiam mais ser contidos.

— Ei... você está bem?

Mercy ergueu os olhos. Andy estava nadando na direção dela. O cabelo dele estava lambido para trás, água reluzindo nos ombros, uma expressão preocupada no rosto.

Ela se levantou com dificuldade. Seu corpo todo estava quente demais, como se estivesse queimando por dentro. A dor ardia como um maçarico em seu peito.

Mercy não parou para pensar. Arrancou a camiseta de I ♥ SYDNEY. Tirou o short, o chutou pela areia e, de calcinha e sutiã, correu para a frente, a água gelada se agitando em suas pernas, até o fundo limoso do lago desaparecer debaixo de seus pés e ela mergulhar.

O frio atingiu sua pele. Bolhas rugiam em seus ouvidos. A água tinha gosto de terra e metal. Mercy não sabia se ria ou gritava e, quando voltou à superfície, estava sem fôlego e soltando gritinhos agudos.

— Ai, Deus! — exclamou ela, sem saber se era por causa do frio, da dor ou do fato de que tinha acabado de pular na água com o seu único sutiã.

Andy estava atravessando a água a alguns metros de distância, Wasabi nadando em círculos ao redor dele, o focinho molhado erguido para o ar.

— Melhor? — perguntou Andy depois de alguns minutos.

Mercy bateu as pernas. Embaixo da superfície, a água era ainda mais fria. Ela imaginou a água entrando por sulcos fundos na terra. O cabelo grudou em suas bochechas e seu couro cabeludo; o sol aquecia o topo de sua cabeça. Em cima e embaixo. Calor e frio. Luz e trevas. A vida tinha dois extremos — toda experiência humana existia em um espectro. Às vezes você sentia um lado, às vezes o outro. Era um fato físico, tão real e imutável quanto a necessidade de ar.

Vida e morte.

Mercy estava ali agora, naquele momento. No fundo, aquilo era tudo o que ela tinha ou poderia conhecer.

Então, expirou e disse:

— Melhor.

Mercy tinha conhecido muitos homens no auge da virilidade. Homens grandes, homens pequenos, homens com a constituição física de um cabo de vassoura e homens capazes de levantar um ônibus com um único braço. Tinha visto homens bombados de cabeça raspada, designers gráficos com o ar sensível e touca na cabeça, seguranças de shopping cheirando a cigarro e banqueiros de cidade grande fedendo a perfume e infidelidade. Mas Mercy nunca tinha conhecido um homem que ficasse bem de coque samurai. Até então.

Depois do mergulho, Mercy e Andy saíram da lagoa e cambalearam, tremendo, pela areia. Antes de se deixarem cair nas toalhas sob a sombra, Andy tinha levantado os braços, passado os dedos pelo cabelo e o amarrado em um coque com um elástico que havia tirado do punho. E estendera a camisa na areia.

Assim estava ele, completamente relaxado, os olhos fechados e o rosto voltado para o sol com um coque samurai glorioso, enquanto Mercy, tornando a vestir a camiseta no corpo molhado, estava tentando olhar para qualquer lugar menos diretamente para Andy. Afinal, de onde tinha vindo toda aquela definição nos ombros e no peitoral dele? Será que já estava lá antes? Quando Andy ergueu os braços de novo para coçar entre as escápulas, será que... ela estava *salivando*?

Mercy baixou os olhos. Era incrível como algo que presumira ter morrido tanto tempo antes pudesse voltar à vida e se anunciar com uma pontada inconfundível. Sim, fazia muito tempo. Muito tempo mesmo. Para muitas pessoas, seria um tempo longo de doer, mas, para Mercy, apenas não tinha lhe ocorrido por dois anos (sem mencionar o longo casamento com um homem que nutrira discretamente um desejo ardente por outra pessoa). Sua mente ficara ocupada demais surtando sobre como pegaria a encomenda que o carteiro havia deixado na agência de correio e não na casa dela, ou o que poderia acontecer se um vendedor de teto solar aparecesse e se recusasse a ser dispensado. A vida tinha sido reduzida a momentos de medo pendurados como miçangas em um colar de ansiedade.

Até finalmente o colar ficar velho, se soltar, estourar — as miçangas caírem no chão e se espalharem para tudo quanto era lado. Labaredas lambendo o céu da noite.

Andy se aproximou para puxar o cooler, os músculos das costas fazendo mil maravilhas.

— Quer comer?

Mercy abriu a boca. Seu estômago roncou. Sim, ela queria comer. Eles haviam comprado sanduíches pré-embalados de manhã em uma lanchonete — presunto, queijo, tomate e pimenta branca no pão multigrãos. Mordendo o pão macio, Mercy comeu vorazmente. A pimenta dilatava suas narinas de um jeito agradável, o frescor dos eucaliptos enchia seus pulmões, e Andy não parecia ter pressa em voltar a vestir a camisa.

Ela nem estava ligando para os mosquitos.

Eles conversaram sobre coisas agradáveis, coisas pessoais: Andy tinha duas irmãs caçulas e sempre se sentira como o protetor, embora uma delas fosse lutadora profissional e a outra, mecânica de motor a diesel.

— E as duas têm quase um metro e noventa — acrescentou ele, erguendo a mão alguns centímetros acima da cabeça. — Sério, não precisam de mim.

Eles conversaram sobre coisas normais, coisas do dia a dia: Mercy tinha gostado mais de *Armageddon* quando o filme saiu — "Eu tinha 15 anos", declarou —, mas agora precisava admitir que *Impacto profundo* era, enfim, mais profundo.

Eles conversaram sobre coisas da família, coisas do passado: o casamento da ex-mulher de Andy tinha sido no dia anterior, no sábado, e o pai de Mercy, embora tivesse cortado relações quase completamente quando foi embora, ainda mandava um cartão de aniversário para a filha todo ano.

— Recebi o último um dia antes de a minha casa pegar fogo.

— Você tem raiva dele? — perguntou Andy. — Já *teve* raiva dele?

— Talvez — admitiu Mercy. — Sim. Claro. Mas acho que, de certo modo, meio que vi o lado dele. Entendi.

Ela deu a última crosta do sanduíche para Wasabi e limpou os farelos dos dedos.

— Quantos anos você tinha quando ele foi embora?

— Acho que oito. Nove.

— É bem jovem para entender algo assim.

Mercy deu de ombros.

— Tudo parece fazer mais sentido em retrospecto, não é? Acaba que vemos nossas memórias de quando éramos crianças com olhos de adulto. Isso muda as coisas. Por mais que não fizesse sentido para mim na época, agora faz. Em casa, quando eu era pequena, as coisas eram... insuportáveis. — Ela deixou o resto por dizer.

— Então você não sente raiva, de nenhum deles?

Mercy olhou para ele.

— Está com medo de que seus filhos fiquem com raiva de você?

Andy pegou um graveto e começou a quebrá-lo em pedaços menores.

— Não sei — disse ele. — Talvez. Sim. Claro.

— Sabe — continuou Mercy —, não acho que seja possível *não* ter problemas com os pais. Acho que até os filhos mais felizes e amados do mundo crescem desejando que algo pudesse ter sido diferente. — Ela abriu um sorriso para Andy. — Só esteja presente quando eles precisarem e os deixe ser quem eles são. Faça isso e você vai ser um pai melhor do que aqueles pais de merda, garanto para você.

— Que padrão para superar, hein? Não ser um pai de merda.

— Cada um tem os seus critérios.

Uma brisa quente atravessou a água, soprou a areia e arrepiou os pelos da nuca de Mercy. Sua pele estava seca, mas seu sutiã ainda estava molhado, criando círculos escuros na camiseta.

Andy se voltou para ela, e eles se encararam por um tempo.

— E agora? — perguntou Mercy.

Um segundo de silêncio se passou. Os eucaliptos inclinaram os galhos e farfalharam as folhas. Então, em um som trazido pela brisa, os dois ouviram ao mesmo tempo o ruído de um motor. Um carro estava descendo a trilha. Um minuto depois, uma 4x4 empoeirada chegou à clareira, vozes saindo das janelas abertas, e Mercy e Andy não estavam mais a sós.

Eles estavam no meio da trilha sulcada e rochosa de volta para a rodovia quando um estrépito alto soou embaixo da van.

— Merda — disse Mercy, crispando-se. — O que foi...

A voz dela foi abafada por um estrondo tremendo e ensurdecedor. Parecia que uma manada de motos Harleys tinha acabado de abrir a porta traseira e começado a dirigir através da Hijet.

Se conseguisse ouvir Andy, Mercy o teria ouvido murmurar: "Caramba". Mas não conseguiu, por isso não escutou; em vez disso, pisou nos freios e a van parou de repente. O estrondo continuou. Quando o motor ficou ocioso, Mercy percebeu que o barulho era o som da própria Hijet. Ela tinha parado de fazer seu gorgolejo alegre para soltar um ruído ensurdecedor.

Andy estava falando, mas Mercy não conseguia escutar. Ele fez sinal de virar a chave.

Ela desligou o motor e tudo ficou em silêncio.

— Que merda foi essa? — perguntou ela.

— Parece que foi o silenciador.

— Foi o quê?

— Vou dar uma olhada. — Andy abriu a porta.

— Você entende de... silenciadores?

— O suficiente para saber se caíram.

Quando Mercy fez menção de abrir a porta, Wasabi pulou no colo dela. De orelha baixa, o cachorrinho estava tremendo e com os olhos arregalados.

— Foi barulhento e assustador, né? — disse ela, acariciando o pelo dele. — Sinto muito, garoto. Está tudo bem.

Mercy continuou passando as mãos no corpinho de Wasabi e, antes de sair, esperou o cachorro se acomodar. Ele ganiu e pôs as patinhas na janela.

— Fica — pediu ela, ainda receosa em relação aos limites do parque nacional.

Apertando os olhos contra o sol forte da tarde, Mercy deu a volta correndo pela lateral da van a tempo de ver a cabeça e os ombros de Andy desaparecerem embaixo dela.

— Certo — disse ele, ainda embaixo do veículo. — O silenciador caiu mesmo. — Andy reapareceu com um gemido. A terra vermelha manchava seus ombros e um lado da cabeça. — E, meu Deus, como essa areia é quente.

— É grave? — perguntou Mercy. — Dá para dirigir?

Ele se levantou, limpando as mãos no short.

— Dá para dirigir, mas nós dois vamos estar surdos que nem uma porta quando voltarmos para a cidade.

— Ah.

— Quer dizer, isso se a gente não tiver morrido de intoxicação por monóxido de carbono.

— Ah — repetiu Mercy.

Franzindo a testa, ela se agachou e espiou embaixo da van, mas, à primeira vista, tudo o que conseguiu enxergar foi areia, pedras e sombras, com a luz do sol forte do outro lado. Ao olhar mais de perto, no entanto, identificou um pedaço de cano pendurado.

— É aquilo? — perguntou ela, apontando. — O silenciador?

— Sim.

— É para estar se arrastando na terra desse jeito?

— Não.

— Então, como a gente... coloca esse negócio... de volta? Andy estava rodeando a Hijet, como se procurasse alguma coisa. Ele pôs a mão na porta traseira.

— Posso dar uma olhada para ver se tem alguma coisa que dê para usar?

— Claro.

A porta se abriu com um rangido. Wasabi latiu de novo, saltando da frente para a traseira a fim de lamber o rosto de Andy quando ele entrou.

— O que você está procurando? — perguntou Mercy.

— Alguma coisa com que dê para amarrar o negócio.

Até que parece simples, ela pensou, esperançosa, enquanto examinava o pedaço de cano caído outra vez. Claro. Era só prender o negócio em cima de novo.

— É por isso que ficou tão barulhento de repente? — indagou Mercy. — Porque não estava mais *silenciando*?

— Exato — veio o som da voz de Andy. — Ei, se importa se eu olhar nesse baú? Embaixo da cama?

— Imagina, fica à von... Espera!

A cabeça de Andy apareceu.

— Desculpa — ela se apressou em dizer. — É só que embaixo da cama tem, hm... — *Jenny Cleggett. Restos cremados. Uma caixa contendo o esqueleto moído de uma humana desconhecida.* Nenhuma dessas afirmações era pronunciável, provavelmente nem mesmo em circunstâncias normais, mas sobretudo não quando eles estavam parados em uma estrada de terra no deserto com um silenciador se arrastando na terra, a uma hora da rodovia principal. — É, hm... minhas calcinhas. — O rosto de Mercy já estava quente pelo sol, mas ela corou mesmo assim. — Talvez seja melhor eu mesma olhar.

Mercy entrou na van, e Andy deu um passo para o lado para abrir espaço. Ele abriu um sorriso para ela. Ela abriu um para ele.

— Vou deixar você cuidar disso — disse Andy, então saiu.

— Então, tem alguma coisa específica ideal para amarrar o cano? — perguntou Mercy, erguendo o colchão e dando uma olhada na caixa de cinzas.

A estrada acidentada tinha afrouxado as abas da tampa da caixa, e ela voltou a prendê-las com firmeza, mentalizando um pedido de desculpas a Jenny. *Mas ele falou para levar você em uma grande viagem.*

— A gente precisa de um pedaço de arame — respondeu Andy, a voz vindo de algum lugar lá fora. — Ou talvez uma corda de nylon, embora não vá aguentar muito.

Mercy estava refletindo se uma lata vazia de sopa de tomate condensada poderia ser adaptada como algum tipo de abraçadeira de silenciador quando Andy ressurgiu.

— Você gosta muito de ouvir rádio?

— Nem sabia que tinha um — respondeu ela com sinceridade.

— Ótimo. — Andy ergueu a mão e, nela, estava um cabide improvisado. — Porque agora não tem mais antena. Foi mal.

Depois de convencer Mercy de que ela não se asfixiaria por ligar o motor por mais alguns segundos, Andy a orientou sobre como posicionar a van de maneira inclinada na estrada de terra, subindo um dos pneus em um morrinho no meio da estrada para ampliar o espaço embaixo. O motor não silenciado rosnou como um deus furioso. Quando o silêncio voltou a reinar, Mercy saiu e caminhou até onde Andy estava deitado na areia.

— Como está indo?

Uma série de palavrões saiu de debaixo da van, pontuados por palavras que Mercy não reconhecia — ela escutou o que parecia ser *escroto* e *doideira* e algo sobre estar com um *nojo de merda*.

— Precisa de ajuda?

— Está tudo bem — respondeu Andy, com a voz tensa. — O cano só está um pouco quente pra caralho.

— Por favor, não se queime. Isso não dá para resolver com um cabide.

Mercy se agachou no chão perto das pernas dele e, durante quase dez minutos, ficou em silêncio, ouvindo os *tinques* e *tunques* de sabe-se lá o que Andy estava fazendo para amarrar o cano de volta no lugar. Vez ou outra, quando o ouvia respirar com dificuldade ou ele soltava palavrões com um sotaque mais forte, ela perguntava: "Tudo bem?", ao que Andy respondia: "Tudo bem". Mercy sentia a areia quente, enquanto o sol da tarde ficava forte e amarelo. Andy estava com uma perna estendida, a outra flexionada na altura do joelho e com o calcanhar no chão. Terra vermelha riscava a pele exposta dele e se acumulava na parte de cima das botas.

Mercy fez sem pensar. Com a parte de trás dos dedos, passou a mão na coxa de Andy, limpando a terra.

Andy pulou. Alguma coisa fez *tum*.

— Desculpa — disse ela, rindo. — Não quis assustar você...

Contorcendo-se para trás, ele saiu de debaixo da van. A terra vermelha cobria todo o corpo de Andy, os braços manchados de óleo escuro. Escorrendo da testa e pingando da ponta de seu nariz estava um rastro de sangue.

E então Mercy percebeu que Wasabi tinha sumido.

CAPÍTULO VINTE

Tudo o que Mercy conseguiu encontrar para tratar da ferida na cabeça de Andy foram lenços de papel e, enquanto revirava os materiais na esperança de que, em algum momento, tivesse comprado álcool em gel, ela percebeu que Wasabi não estava latindo ou balançando o corpo gordo, tampouco lambendo a cara dela.

— Wasabi?

Esticando o pescoço para olhar por sobre o banco, Mercy examinou a traseira, mas estava vazia. Wasabi não estava em nenhum lugar da van.

Ela bateu a porta, correu ao redor da van e assobiou, chamando:

— Vem cá, garoto!

Nada. Só a estrada de terra desaparecendo na curva, uma brisa soprando nos arbustos, luz do sol e sombra.

Andy estava agachado na silhueta escura projetada pela van, a palma da mão na testa. Moscas zumbiam em volta do sangue que escorria por seu antebraço e pingava de seu cotovelo, caindo na terra.

— Não estou achando o Wasabi — disse Mercy, assustada.

— Quê? — Andy ergueu os olhos. O rosto dele estava pálido.

Puxando-o com delicadeza, Mercy o sentou na areia e tirou a mão dele da testa, o que fez sangue fresco brotar. O cabelo empapado grudou na laceração no couro cabeludo de Andy, mas Mercy não conseguia ver nenhum osso, então, tranquilizada, ela pegou um punhado grande de lenços e os apertou na ferida.

— Ai! — gritou Andy.

— Desculpa. Toma, segura isto. — Mercy pegou a mão dele e a pressionou sobre os lenços. — Coloque um pouco de pressão. Você vai sobreviver.

Depois de dar um copo d'água para Andy, ela voltou a subir a trilha, chamando o cachorro. Posicionando os dedos entre os dentes, deu um longo assobio agudo, um barulho estridente que ecoou pela vegetação e fez os pássaros voarem e piarem.

— Wasabi!

Dando meia-volta, Mercy viu Andy cambaleando na direção dela, a mão na cabeça.

— O que está rolando?

— Não estou achando o cachorro. Ele fugiu. E é melhor você ficar sentado.

— Ai, merda. Tem certeza?

— Wasabi! — berrou ela.

Andy se encolheu.

— Vou dar outra olhada na van. Vai ver ele se escondeu em algum lugar.

— O barulho do motor o assustou. Não deveria tê-lo deixado.

— A porta estava aberta?

— As janelas estavam. Ele deve ter pulado para fora. Ai, Deus — disse Mercy, pondo as mãos na testa. — É um pulo muito grande para as patinhas dele. E se ele tiver se machucado? *Wasabi!*

Os dois olharam embaixo dos bancos, dentro dos armários, e Mercy até olhou embaixo do colchão, mas não havia nada além de latas de feijão, galões de água e restos humanos. Quando precisou se sentar de novo, Andy se apoiou na van e verificou embaixo dela, vasculhando atrás de todas as rodas, enquanto Mercy entrava e saía da vegetação ao longo da beira da trilha, gritando, a voz cada vez mais panicada.

— Wasabi, vem cá!

Mas Wasabi não veio.

Ela pegou uma lata de feijão e bateu nela com uma colher, gritando:

— Vem papar!

Nada.

— Merda!

Mercy chegou a sair da trilha, entrando mais e mais na vegetação, mas as melaleucas densas a arranharam. Quando ela se virou para voltar, perdeu a van de vista por um momento e não conseguiu respirar.

Wasabi tinha sido um filhotinho como qualquer outro. Mordia o que não devia: livros nas prateleiras mais baixas da estante; o fio do aspirador de pó; sapatos (ele adorava sobretudo os tênis de trabalho de Mercy, impregnados por sangue, urina e vômito). Fazia cocô onde não podia (por semanas, ela encontrou cocozinhos circulares no tapete da sala de estar) e uivava às três da madrugada. Um filhotinho como qualquer outro se comportando como se esperava que um filhotinho se comportasse, redobrado pelo fato de que Mercy nunca estava em casa. Como poderia dar bronca em um filhote de três meses por virar a lixeira da cozinha e espalhar os detritos fedorentos por toda casa se o bicho tinha sido deixado sozinho por doze horas? Como poderia esperar que um filhote de seis meses *não* pulasse no sofá todo nem despedaçasse as almofadas se fazia três dias que ele não era levado para passear?

Mercy o adotara pouco antes de começar a residência, pensando ingenuamente que o fim da faculdade de medicina marcaria o começo do controle sobre a própria vida. Talvez um gato tivesse sido uma escolha melhor, ela pensara consigo mesma nos primeiros dias ao chegar em casa na escuridão turva depois de um turno da noite e encontrar uma avalanche de papel higiênico estraçalhado por todo o corredor. Quem sabe até um peixinho dourado, ela pensara ao levar para passear um Dachshund empolgado que latia e rodava pelas ruas escuras às duas da madrugada antes do trabalho.

Mas Mercy tinha pegado Wasabi pelo mesmo motivo que qualquer pessoa pegava filhotes de cachorro: porque são a encarnação da felicidade. Seus rostinhos peludos são lindos e irresistíveis. O amor deles é incondicional. E, por mais tempo que ela ficasse longe, por mais acabada que estivesse quando voltava para casa, por mais que Mercy o repreendesse ou até o ignorasse, Wasabi estava sempre lá. Ele nunca a culpava, nunca a criticava, nunca esperava que *ela* o validasse. Sempre abanando o rabo. Sempre feliz em se deitar no colo dela e receber carinho, pelo tempo que Mercy precisasse.

Simples. E tudo.

Mercy saiu da vegetação com dificuldade e voltou para a trilha. O rosto de Andy ainda não tinha recuperado a cor, mas o sangue parara de pingar.

— Não estou conseguindo encontrá-lo — disse Mercy. Ela conseguia sentir que estava derrapando, escapando do chão como se fosse sair flutuando no ar. — Ele sumiu.

— Não se preocupa — respondeu Andy, que até tentou se levantar, mas precisou se recostar quando seu rosto assumiu um tom verde nauseado.

Ele tirou a mão da cabeça e a ferida voltou a sangrar. Nos cantos recônditos de sua mente, Mercy pensou vagamente que deveria se preocupar com o machucado de Andy, mas o pânico explodia dentro dela feito fogos de artifício. Ela jogou mais lencinhos na mão dele e, balbuciando, o instruiu para manter a pressão.

— O que vou fazer? — perguntou ela, observando a vegetação. — Ele pode estar em qualquer lugar.

— Ele não deve ter ido longe.

— Wasabi!

— Espera — disse Andy, pegando o braço dela com a mão livre. — Está ouvindo?

— Quê? — Mercy prendeu a respiração, mas tudo o que conseguia escutar era a batida do próprio coração.

— É um motor. Tem alguém vindo.

Andy mal terminara de pronunciar a frase quando o veículo surgiu no campo de visão. Subindo a trilha ruidosamente estava um jipe, coberto de terra e lotado de corpos. Era o monte de gente que havia chegado ao lago mais cedo.

O veículo parou logo atrás da Hijet, o motor ocioso. Três rostos se amontoaram na janela.

— Vocês estão bem?

Mercy correu até eles.

— Vocês viram um cachorro? Um salsichinha marrom? Ele pode ter fugido pela trilha.

Houve uma breve conferência dentro do jipe.

— Não vimos nenhum cachorro. Vocês perderam um?

Mercy torceu as mãos e olhou para Andy. Ele estava tentando se levantar de novo; uma crosta de sangue nas sobrancelhas.

— Sim — disse ela, numa resposta que saiu como um soluço.

O motor se desligou. Uma multidão de jovens aborígenes saiu do veículo. Dez pessoas ao todo, que aparentavam ter entre 14 e 20 e poucos anos.

Uma menina mais velha de camiseta amarela brilhante perguntou:

— Como ele é?

— Ele é marrom-escuro — explicou Mercy com um nó na garganta. — Com patas e sobrancelhas marrom-claras. E ele tem duas manchas mais escuras no peito, aqui — acrescentou ela, apontando para os próprios seios. — Como se estivesse usando um biquíni. Ele é pequeno. Têm certeza de que não viram?

O motorista era um cara alto e esguio de 20 e poucos anos. Antes que Mercy se desse conta do que estava acontecendo, ele já tinha dado instruções e dividido o grupo em duas equipes, cada uma desaparecendo em uma direção no matagal.

— Espera — pediu Mercy. — Não quero que ninguém se perca.

— Está tudo bem — respondeu o motorista. — Vamos encontrá-lo.

— Eu não posso...

Mercy tentou prestar atenção a cada corpo que partia para o mato, então lançou outro olhar para Andy. Ele estava apoiado com força na Hijet, o monte de lenços ensanguentados pressionados contra a cabeça, piscando como se estivesse lacrimejando.

A voz de Mercy era fraca.

— Não me sinto à vontade...

— Não se preocupa — disse o motorista com um sorriso largo. — Aqui é o nosso quintal. Conhecemos todas as pedras e árvores neste lugar.

— Wasabi!
— Wasabi!
— Wasabi!

O matagal ecoava com assobios e chamados. Mercy estava apavorada demais com a possibilidade de algum dos adolescentes desaparecer no mato, e de perder Wasabi, para se preocupar com a cor se esvaindo do rosto de Andy e o sangue que voltara a gotejar quando ele insistiu em se levantar para ajudar a procurar.

Ela caminhou uma longa distância de um lado para o outro da trilha, gritando até ficar rouca. Na ponta dos pés para espiar por cima da vegetação, Mercy tentou ouvir todas as dez vozes, mas era impossível. Depois de meia hora de agonia, com medo de perder não apenas Wasabi mas também as outras pessoas, ela estava considerando seriamente dirigir — com ou sem silenciador — até a rodovia para pedir ajuda quando ouviu um grito distante, como respostas lançadas no ar de fim de tarde. Alguns minutos depois, todos os doze — uma Mercy aliviada, um Andy dolorido e dez jovens felicíssimos — estavam de volta aos veículos.

Treze, se você contasse o salsichinha nos braços da menina de camiseta amarela, o rabo abanando, a língua rosa lambendo o rosto dela com alegria.

CAPÍTULO VINTE E UM

O kit de primeiros socorros de Bert seria mais bem descrito como uma sala de cirurgia numa caixa, Mercy pensou. Havia até materiais de sutura. Não que Andy precisasse de pontos, para a tristeza de Bert. (Andy tampouco precisava de uma intravenosa, ao contrário do que Bert havia sugerido, mostrando uma cânula de calibre 20, para o pavor de Andy.)

Eles haviam retornado ao terreno da feira agrícola no fim da tarde, a van soltando mais estalos e puns do que o habitual, porém de volta ao volume de sempre. Depois que Andy havia recuperado a cor e parado de sangrar, Mercy o fizera dirigir enquanto ela segurava Wasabi no colo. Embora o cachorro não parecesse perturbado por seu breve mas intenso passeio solitário pelo matagal, Mercy estava com medo demais para soltá-lo. Mesmo agora, debruçando-se sobre Andy para limpar o sangue com algodão, sentindo a respiração dele no pescoço, Mercy manteve o cachorro amarrado à perna da cadeira de Andy.

Ela enxaguou o sangue seco e os resíduos de lenço do ferimento na testa de Andy em um estado de alerta e alta sensibilidade. O crepitar da embalagem de algodão fazia seu couro cabeludo formigar. Wasabi se deixou cair na grama, arfando, e Mercy imaginou conseguir sentir as folhas de grama fazendo cócegas na própria barriga. Um dos joelhos de Andy estava entre os dela, roçando na parte de dentro da coxa de Mercy.

Quando ela perguntou se Andy havia aprendido a amarrar silenciadores com uma das irmãs, ele riu e admitiu que também não era completamente ignorante na área.

— O que você faz, aliás? — perguntou ela, esguichando desinfetante e percebendo que ainda não sabia.

— Sou mecânico aéreo.

— Você trabalha com aviões? Motores de avião?

— Sim, é o que eu faço. Ai. Doeu.

— Puxei seu cabelo, desculpa.

— Você trata todos os seus pacientes com essa delicadeza?

— Lado errado — disse Mercy, sem pensar. — Não costumo cuidar da cabeça das pessoas.

Ele arregalou os olhos.

— De que lado você costuma cuidar?

Ela aplicou um curativo adesivo com mais vigor do que o necessário e Andy se crispou.

— Pensei que alguém que trabalha embaixo de veículos o dia todo saberia como não bater a cabeça neles — argumentou Mercy.

— Pois é — respondeu Andy, olhando nos olhos dela. — Assim como uma médica deveria saber como evitar queimaduras de sol.

Por um breve momento, os dedos dele roçaram a pele sobre os joelhos de Mercy. A sensação reverberou por todo o seu corpo.

O luar entrava pelas janelas. O rugido grave de um trovão chacoalhou a van. O ar estava parado, pegajoso e quente, o silêncio fantasmagórico que precede uma tempestade.

Mercy estava deitada de costas, a manta com estampa de gato amontoada sobre as pernas. Ela rolou a cabeça para o lado; a caixa de cinzas estava em cima do armário. O relógio no celular dizia que era uma e meia da madrugada. Fazia horas que o parque havia ficado em silêncio; do alto da fileira de trailers, Mercy conseguia ouvir alguém roncando. Mas ela não conseguia dormir. Toda vez que fechava os olhos, tinha a sensação de despencar, a mesma que tomara conta dela horas antes quando percebeu que Wasabi tinha sumido. E se não o tivessem encontrado? E se aqueles jovens não estivessem lá? Pior ainda, e se um deles ou todos tivessem se perdido ou se machucado? Obviamente, repassar todas aquelas hipóteses abria as comportas de todas as outras possibilidades, e elas inundaram a cabeça de Mercy, jorrando e se revirando, irracionais e inúteis, mas, puxa, era tão sedutor chafurdar nelas, até que o suor brotou em sua pele e ela se sentou, pensando que estava prestes a vomitar.

Quando a náusea passou, Mercy olhou para a caixa de papelão que estava tranquila em cima do armário. *Jenny Cleggett*.

— O que devo fazer? — sussurrou ela.

A caixa ficou em silêncio.

O trovão soou, mais perto dessa vez, e Mercy ouviu um chiado enquanto uma brisa começava a agitar as copas das árvores. Uma luz azul brilhante piscou quando um raio cortou o céu, seguido por outro estrondo alto. Wasabi ganiu e tentou se esconder embaixo das pernas dela.

Mercy apertou a coleira do cachorro, o pânico crescendo. Ela tirou as pernas da cama e a manta caiu no chão.

Era como se as entranhas dela estivessem tentando correr para todos os lados. Mercy deveria voltar para casa, mas não tinha casa. Deveria ser responsável, mas perante quem? Uma boa pessoa (*uma boa menina*, dizia sua mãe) não atravessa metade do país em uma van velha caindo aos pedaços, ignorando mensagens de voz, escondendo-se de jornalistas, tirando proveito de reparos mecânicos de homens escoceses, resgates de animais por adolescentes da região e artigos médicos de aposentados mais bem preparados e abastecidos.

Seja uma boa menina. Deixe a mamãe orgulhosa.

Mercy olhou para a caixa de cinzas.

— Se por acaso você conhecer minha mãe, onde quer que esteja — disse ela, a voz tensa —, pode pedir para ela, por favor, calar a boca?

Um trovão retumbou, chacoalhando a van. Wasabi latiu.

— Ah, você ainda está botando a culpa em mim? — Mercy ergueu o rosto para o teto da van. — Estou tão cansada de nunca ser boa o suficiente para você!

Morrer o quanto antes era o cúmulo de querer levar vantagem. Quando, por mais doloroso que tivesse sido, Mercy enfim criara coragem para cortar relações com Loretta Blain, ela descobrira na manhã seguinte que sua mãe já havia a excluído e bloqueado no Facebook — assim como cinco outras pessoas. Mercy recebera mensagens daqueles poucos que não haviam ficado do lado de Loretta: *Você está bem? Sua mãe disse que cortou relações com você. Ela chegou a usar a palavra "tóxica".* Um ego grande como o de sua mãe simplesmente não conseguia suportar ser o *segundo* a fazer algo. Então, se nada mais der certo, minta. Para todos os outros, Loretta Blain sempre havia sido generosa, alegre, a alma da festa. Era apenas Mercy que via as sombras. Sofria as tempestades. Aguentava a culpa e a responsabilidade.

— Bom, você morreu, mãe — disse Mercy. — Você venceu. Eu sempre vou ser a vaca.

O vento começou a soprar mais forte, açoitando as árvores. Algumas gotas de chuva pingaram no para-brisa.

Mercy não conseguia mais suportar o zumbido em suas veias.

Com as mãos trêmulas, pegou o celular, navegando até a caixa-postal. A ideia de pôr o celular no ouvido, como se as palavras fossem injetadas diretamente no centro de seu cérebro, era insuportável, por isso ela optou pelo viva-voz. Mas, assim que a voz eletrônica metálica anunciando suas mensagens de voz ecoou pela van, projetando-se para o mundo lá fora, Mercy correu para desativar o viva-voz e levar o aparelho à orelha.

— Mercy, aqui é Alison Webber, do Departamento de Regulamentação Jurídica e Serviços de Seguro, e estou ligando por causa da questão do inquérito sobre a morte de Tamara Lee Spencer. Chegou o argumento final do advogado, e você receberá um e-mail de confirmação sobre a data do inquérito em breve. Se, por favor, puder retornar minha ligação, só preciso confirmar...

A voz elegante e profissional de Alison Webber ficou mais fraca quando Mercy tirou o celular da orelha e o pôs na cama.

Subindo às pressas no banco de motorista, ela se atrapalhou para enfiar as chaves na ignição. Puxou o afogador e pisou no acelerador. Um raio cortou o céu e o trovão ressoou enquanto o motor ganhava vida.

Saindo com a Hijet de ré, Mercy se afastou da fileira de trailers. Os faróis iluminaram a van de Andy, e ela pensou no silenciador amarrado com um cabide. Um acesso de fúria irracional a perpassou com a sensação de que sua liberdade era condicional. O silenciador poderia precisar de solda — e daí? O Departamento Jurídico estava deixando mensagens com uma voz elegante — e daí? Por que isso deveria impedi-la? Aqui, agora, ela estava *bem*. E, além do mais, era uma cirurgiã. É claro que conseguiria voltar a amarrar um pedaço de arame em volta de um cano.

— Desta vez sou *eu* quem vai sair primeiro! — exclamou Mercy, passando em alta velocidade pelos trailers adormecidos.

Enquanto a tempestade de trovões caía sobre os montes, ela saiu em disparada do terreno da feira agrícola e virou à esquerda na rodovia, atravessando Alice Springs, seguindo para o norte, empurrada pelos ventos da noite.

A chuva cobriu os faróis. Linhas brancas no asfalto piscavam e desapareciam; a estrada assobiava e roncava sob os pneus.

Curvada, apertando os dedos no volante, Mercy espiava pelo para-brisa. A visibilidade estava reduzida a poucos metros. Depois que a luz dos postes de Alice Springs tinha ficado para trás, a noite era escura como a barriga de um monstro, iluminada durante frações de segundo pelos raios que cortavam o branco azulado do deserto.

Quando a van chacoalhou ao passar pelo primeiro mata-burro, Mercy prendeu a respiração. O motor cuspiu e engasgou, mas continuou em silêncio, e ela expirou, agradecendo em silêncio pelas habilidades de Andy de amarrar arame. Quando passou ilesa sobre um segundo mata-burro, Mercy se permitiu relaxar mais.

Quase tão subitamente quanto havia começado, a chuva parou. As estrelas ressurgiram no céu, a estrada secou e os faróis cortaram a noite. Enquanto o deserto enluarado se materializava ao redor de Mercy, escuro, imóvel e infinito, ela começou a questionar sua decisão impensada de fugir de Alice Springs, de abandonar o terreno da feira e o grupo de outros viajantes. De algum modo, a tempestade havia servido de casulo ao cobrir a *grandeza* do mundo e reduzi-lo a um centro aconchegante. O impulso de movimento que dominara seu corpo havia se acalmado.

Duas horas e meia depois de sair de Alice Springs, foi o terceiro mata-burro que finalmente conseguiu a proeza: o silenciador caiu, e a Hijet uivou como um motor de avião.

Do ponto de vista mecânico, era completamente possível dirigir um veículo sem parte do escapamento, Andy explicara para ela mais cedo. Desde que as janelas ficassem abertas para deixar todo o monóxido de carbono sair, seria apenas barulhento para caramba. Talvez no deserto vazio ninguém desse bola, mas, na cidade, as pessoas dariam. Assim como os policiais. Assim como os tímpanos de Mercy, mais cedo ou mais tarde.

"E, se eu fosse você, provavelmente não gostaria de chamar muita atenção da polícia para essa coisa", dissera Andy, apontando o cachorro-quente na direção da Hijet.

"Por que não?", Mercy tinha respondido, indignada. "O velhinho simpático que me vendeu jurou que dava para pegar estrada com ela. Os freios estão excelentes. E os cintos de segurança também."

"Tenho certeza de que quem vendeu o carro para você acreditava nisso."

Ela sentira um impulso defensivo em relação à pequena van, o veículo que a havia guiado com Wasabi até tão longe, com segurança. Tinha se tornado a casa dela. Mercy criara um laço com a Hijet, como um patinho ou filhote de cervo.

Quando o motor trovejou como dois navios colidindo embaixo do banco do motorista, Mercy percebeu que talvez ela tivesse se tornado sentimental demais, o que era problemático. Segurando a coleira de Wasabi com firmeza, ela guiou a van com uma mão para o acostamento de cascalho, puxou o freio de mão e desligou o motor. O silêncio ecoou.

— Que inferno — disse ela, os ouvidos zumbindo. — E agora?

O cascalho frio e umedecido pelo orvalho raspou na orelha e no ombro de Mercy. O cheiro de metal quente e poeira da estrada encheu seu nariz. De dentro da van, Wasabi gania, amarrado ao freio de mão. Segurando o celular como uma lanterna, deitada de lado, Mercy se contorceu para colocar a cabeça e os ombros embaixo da Hijet.

— Certo — disse ela para si mesma enquanto empurrava o quadril à frente. — Deve ser simples. Um cano escapou do outro. Tudo o que preciso fazer, depois que esfriarem, é encaixar os dois de volta. Tudo o que preciso fazer é…

Mercy olhou. No centro da parte inferior da van, o exaustor quebrado e aberto pendia por um nó caprichado de arame de cabide. A segunda parte do cano deveria estar ao lado dele.

Ela virou a cabeça. Não havia segunda parte do cano. O restante do chassi estava vazio.

O silenciador não estava em lugar algum.

CAPÍTULO VINTE E DOIS

— **M**erda — disse Mercy. — Merda de caceta.
Wasabi choramingou de novo.

Sob a luz do celular, ela olhou a parte inferior da Hijet com atenção, mas o silenciador não estava em lugar nenhum.

Depois de sair de debaixo do veículo, Mercy se levantou e apontou a luz fraca para a terra ao redor dela. Tudo o que viu foram rochas e mais rochas. Hesitante, caminhou na direção da rodovia e olhou de um lado para o outro do trecho escuro de asfalto. O silenciador poderia estar em qualquer lugar. Poderia ter saltado da estrada para as acácias. Poderia ter se entortado, amassado, despedaçado.

A rodovia desaparecia como uma garganta na escuridão. O ar frio se erguia do asfalto. Mercy se arrepiou e voltou correndo para a van. Recostando-se na lateral, escorregou devagar até estar agachada no cascalho. Wasabi uivou e arranhou a janela fechada.

Passava um pouco de quatro e meia da madrugada, e faltava mais de uma hora para o nascer do sol. O frio era de tirar o fôlego, e o silêncio era inacreditável, absoluto, uma força gritante por si só. Nenhum carro passava na rodovia, nenhum inseto piscava nem zumbia perto das rochas, nenhuma brisa soprava sobre as salgadeiras. A Via Láctea passava no alto, a lua distante lançava uma luz fraca, e os calcanhares de Mercy cortaram o cascalho na escuridão quando ela se apoiou na van e esticou as pernas, sozinha, sabia Deus onde.

O Google Maps não respondia. Não havia sinal. Seu celular não era nada além de um relógio e uma lanterna.

Será que deveria continuar dirigindo? Mercy vasculhou o cérebro, tentando lembrar de quando tinha olhado o mapa pela última vez. A cerca de duzentos quilômetros ao norte de Alice Springs, ela recordou, havia uma cidadezinha, um pontinho no mapa. Será que estava muito longe? Àquela altura, passara quase três horas na estrada: a cidade deveria estar perto, a cerca de cinquenta quilômetros. Mas e se não estivesse? E se Mercy estivesse lembrando errado? No caminho, não tinha visto nem sinal de uma cidade próxima. Além disso, mesmo que *houvesse* uma cidade minúscula à frente, será que teria um mecânico com um silenciador reserva? Um mecânico vinte e quatro horas que ficaria feliz em soldar uma Daihatsu Hijet velha e acabada às cinco da madrugada?

Mercy levou as mãos ao rosto. Dentro da van, Wasabi uivou com a injustiça.

No fim, a exaustão que a dominou como uma droga tomou a decisão sozinha. Mercy ligou a van por mais alguns segundos e saiu um pouco mais da rodovia, passando por uma fileira baixa de arbustos. Tremendo o tempo todo até o último fio de cabelo, trancou as portas, entrou na traseira e puxou Wasabi junto dela embaixo da coberta. Mercy tentou não pensar em dingos, filmes de terror e assassinos.

O sono veio em partes. O céu ficou cinza. Quando os pássaros começaram a piar nas salgadeiras, ela finalmente dormiu.

A luz invadiu as pálpebras de Mercy. Tudo era vermelho. Por um breve instante, sua mente estava completa e tranquilamente vazia. Até que tudo foi voltando à consciência: a rodovia, a falta de sinal de celular, a van — com seu motor não silenciado trovejando noite adentro.

Mercy resmungou e se esticou devagar depois de ter acordado com o corpo enrolado e tenso para se proteger do frio.

Servindo um pouco de ração e água para o cachorro, ela ponderou suas opções. Dava para ouvir alguns veículos passando na rodovia agora — será que Mercy conseguiria encontrar uma carona para Alice Springs? Mas havia pouco que ela pudesse fazer lá além de pegar um voo de volta a Adelaide. Admitir derrota, rastejar de volta para Eugene e morar em um apartamento estranho e sem vida até sua casa ser reconstruída.

— Não — disse Mercy. Wasabi parou em cima da comida, olhando para ela. — Desculpa — acrescentou. — Não você. Pode continuar.

Em Alice Springs, Mercy poderia alugar um carro — alguma coisa com ar-condicionado, alguma coisa com velocidade e um silenciador firme no devido lugar — e continuar rumo ao norte. Chegar ao outro lado. Será que poderia simplesmente deixar a Hijet ali, à beira da Rodovia Stuart? O que aconteceria com a van?

Janelas quebradas. Coberta de pichações e os pneus roubados, os eixos ao chão. Ruína, assim como a casa dela.

— Eu sei — disse Mercy para a caixa de restos cremados em cima do armário. — É abominável. Próxima opção.

Ela poderia pegar uma carona até a próxima cidadezinha ao norte, onde quer que fosse. De lá, se não fosse longe demais, poderia conseguir providenciar um guincho para a van?

Mercy saiu do veículo e parou no cascalho, olhando para a rodovia. O sol da manhã batia quente em suas pernas nuas, as coxas queimadas coçando com a pele seca. Demorou vinte minutos para que ela ouvisse o barulho de um motor, um ronco surdo ao longe. O som chegou mais perto e um caminhão apareceu. Mercy o observou se aproximar, cromo reluzente e reboques sacolejantes, até passar em alta velocidade, os pneus rodando, cuspindo cascalho e ar quente. Um vislumbre do motorista revelou um vulto do tamanho de um touro ocupando a cabine, óculos escuros e colete fosforescente.

— Sem chance — disse Mercy.

Uma dor de cabeça estava começando a se formar atrás de seus olhos. Andy estava se dirigindo para o norte, assim como Bert. Se ela esperasse tempo suficiente, talvez um deles passasse por ali. Até então, nenhum dos dois havia se revelado um sequestrador nem um assassino. Eles também não eram de julgar, Mercy pensou, lembrando-se de como Bert fazia um sinal de aprovação com a cabeça enquanto a observava limpar a ferida de Andy; lembrando que, embora tivesse sido o toque da mão dela que o assustara e fizera com que ele batesse a cabeça embaixo da van, Andy tinha apenas sorrido e dado risada sobre o episódio depois.

E foi com esse pensamento que Mercy ganhou fôlego. Embora os últimos dois anos tivessem se passado quase todos dentro das quatro paredes de sua casa, fora assim que ela conseguira evitar a ansiedade e a obrigação que vinha do contato com os outros. Aprendera um tipo de dignidade na solidão. Uma independência. Então, não: Mercy decidiu com um arroubo de indignação que voltaria a fazer isso *sozinha*. Ela comeu uma maçã farinhenta e bebeu um copo d'água. Inflando as bochechas, ficou atrás da van, pôs as mãos na cintura. Correu no lugar, executou alguns alongamentos de braço: primeiro um lado, depois o outro.

— Certo — disse ela, a voz sendo levada pela manhã do deserto radiante. — Vamos lá.

Depois de confirmar que estava tudo guardado, Mercy abriu as duas janelas, amarrou Wasabi com firmeza na traseira e colocou Jenny Cleggett na zona dos pés do passageiro.

— Para dar apoio moral — explicou ela à caixa.

Então Mercy enrolou dois lenços de papel e os enfiou nas orelhas.

Seu coração pulou na garganta quando a van ganhou vida com um estrondo. Pássaros saíram em disparada para o céu. Wasabi se escondeu embaixo da manta de gatinho no chão.

Mercy colocou a van em marcha e pisou no acelerador. Com o motor aos gritos, voltou à rodovia.

Rezando para que houvesse uma cidade, e que não estivesse muito longe, Mercy rumou para o norte.

Quarenta e cinco minutos depois, o limite de velocidade diminuiu e uma placa apareceu. Mercy quase chorou de alívio. TI TREE, dizia a placa. POPULAÇÃO 70.

CAPÍTULO VINTE E TRÊS

Mercy saiu com a Hijet estrondosa da rodovia e entrou na estação de serviço de Ti Tree, um lote de concreto plano, amplo e aberto sob o enorme céu queimado. Embora o pátio estivesse vazio, ela estava com medo de levar a van estrondosa para perto de qualquer pessoa, por isso dirigiu até o lado mais distante do asfalto, estacionou ao longo de uma cerca de ferro ondulada e desligou o motor.

Seus ouvidos zumbiam. Seu pulso latejava. Enquanto Mercy desamarrava Wasabi, a dor de cabeça que antes estivera apenas se insinuando agora parecia estar rachando seu crânio. Ao abrir a porta, ela perdeu o equilíbrio e caiu no pavimento. Por um momento, tudo rodou: o sol forte, a cerca, o asfalto. Com uma mão no chão para se equilibrar, Mercy tentou inspirar fundo e devagar algumas vezes. Wasabi tinha saído da van e começado a lamber o rosto dela.

— Nossa, que entrada dramática. — Uma voz masculina, grossa e desgastada. Tremendo, Mercy se levantou, fazendo careta por causa do sol e da dor de cabeça. — Onde você perdeu?

— O quê? — perguntou ela com a voz rouca.

— Perdeu o silenciador, não foi? Onde?

Alto e de ombros largos, o homem aborígene que se aproximava dela tinha tufos de cabelo grisalho ondulado e usava uma camisa polo azul-clara com *Estalagem Ti Tree* bordado no bolso. Ele se agachou e espiou a van.

— Não sei direito onde — respondeu Mercy, tentando descolar a boca. — Algum lugar ao sul daqui.

— Hmm. — Ele examinou a parte de baixo da van, depois se empertigou. — É do Tate que você vai precisar.

— Tate?

— Nos fundos. — O homem apontou o polegar por sobre o ombro. — Meu sobrinho. Ele vai dar um jeito nisso para você. — Ele secou uma camada de suor na testa, olhou para a van, para Wasabi e finalmente para Mercy. — Está sozinha?

Ela não conseguiu responder. Tudo estava girando de novo.

— Indo para o norte?

Mercy tentou fazer que sim.

A voz dele assumiu um tom mais gentil.

— Entra, sai do sol. Você não parece bem.

Sem dizer nada, ela seguiu o homem pelo pátio vazio na direção da estalagem — um longo edifício rebaixado com uma marquise inclinada e um conjunto de bombas de combustível na entrada. Uma fileira de aparelhos de ar-condicionado zumbia; uma placa enorme anunciando COMIDA • COMBUSTÍVEL • MATERIAIS se erguia no teto. O céu parecia surreal de tão enorme.

Uma campainha tocou quando eles passaram pela porta. Dentro estava frio e silencioso, e Wasabi seguiu Mercy, que nem se deu ao trabalho de inventar uma desculpa para entrar com o cachorro, mas o homem também não pareceu se importar.

A náusea se revirava na língua de Mercy, e ela parou e levou a ponta dos dedos à boca quando a saliva encheu suas bochechas.

— Calminha — disse o homem em voz baixa. — Vai ficar tudo bem.

Lágrimas encheram os olhos dela. Ele a guiou até um grupo de mesas de plástico perto da janela da frente.

— Senta. Como você gosta do seu chá? Com leite? Muito açúcar? Deixa para lá, já levo para você. — O homem desapareceu e voltou alguns minutos depois com uma caneca grande. — Não fiz quente demais para você poder tomar logo. Quer batatinha? Wendy acabou de colocar na fritadeira. Não vai demorar. Vou trazer um pouco para você.

Mercy olhou no fundo da caneca. O chá tinha a cor de um saco de papel. Ela deu um golinho. Açucarado e quente. Deu outro golinho, sentindo a bebida umedecer sua garganta, depois um golão.

O homem havia desaparecido de novo. Mercy olhou pela janela. Com exceção da Hijet amuada perto da cerca, o pátio estava vazio. Uma 4x4 solitária passou na rodovia. Do outro lado da estrada, cortando um trecho plano de terra vermelha e grama verde-clara, alguns edifícios dispersos cintilavam com o calor, tetos de ferro branco refletindo o sol.

A campainha da porta soou, e um jovem magro e definido se aproximou de Mercy.

— Tio Kev disse que você está com um silenciador quebrado? — O rapaz vestia um short longo e brilhante e uma camiseta do time de futebol australiano Sydney Swans que deixava seus ombros esguios e musculosos à mostra. — Acho que tenho alguma coisa que vai se encaixar nela. — Ele apontou com a cabeça na direção da janela que dava para a van. — Aquela ali é perigosa. Está com ela faz tempo?

Mercy observou a Hijet, estacionada timidamente sob o sol. Com a parte dianteira achatada, a van parecia ter sido apertada por uma mão gigante. *Lar é onde você ESTÁ.* Fazia apenas cinco dias que ela tinha se forçado a atravessar a rua de Eugene até a van do outro lado da estrada, a placa de VENDE-SE apoiada no pneu, mas pareciam meses. Anos.

— Um tempinho — disse ela. O chá leitoso e doce estava começando a fazer com que Mercy se sentisse melhor; e o silêncio fresco do restaurante estava aliviando o latejar de sua cabeça. — Você deve ser Tate.

— Se quiser levar o carro lá para trás — o jovem fez um movimento de curva com o braço —, posso dar uma olhada nesse silenciador. — Ele abriu um sorriso. — Ou na falta dele. — Ele pareceu notar algo atrás de Mercy. — Ou, se quiser ficar comendo, posso levar por você.

Ela se virou para ver o tio de Tate, Kev, trazer uma bandeja com um pote de batatas fritas fumegantes, um prato com duas torradas, dois ovos fritos e uma linguiça gorda, fatiada no meio.

— Ah — disse Mercy. — Eu pedi...?

— Tomei a liberdade — respondeu Kev, levando a bandeja à frente dela. Aromas de gordura de linguiça e torrada se ergueram no ar. — Imaginei que você teria que esperar um pouco, e pode ficar sentada e relaxar aqui antes da hora do almoço.

Mercy olhou para o celular; eram dez e pouco da manhã. Lá fora, um saco plástico rolou pelo pátio vazio. A névoa de calor cintilava sobre o asfalto.

— Fica bem movimentado aqui no almoço durante a semana — acrescentou Kev, como se ouvisse os pensamentos dela. — Somos a única grande parada entre Alice e Tennant Creek.

Algumas centenas de quilômetros para cada lado. Enfim, pode comer. Deixa o rapaz aqui cuidar do veículo.

Em um torpor de náusea e fome, ela entregou as chaves. As vidraças das janelas chacoalharam quando a Hijet foi ligada. Mercy observou a vanzinha atravessar o asfalto roncando como um Boeing 747. Tate pôs o braço para fora do veículo e acenou antes de desaparecer do campo de visão, mas ainda dava para ouvir o motor vociferando atrás do prédio, até finalmente ser desligado.

Sentado no chão aos pés de Mercy, Wasabi se aproximou, os olhos fixos no prato dela. Suas sobrancelhas marrons tremeram.

Mercy estava sozinha de novo. O grande volume de comida na frente dela a fez sentir um leve pânico. Cortando um pedaço de linguiça, ela olhou de um lado para o outro antes de deixá-lo cair discretamente no chão. Wasabi pulou e o petisco desapareceu. Ela deixou cair outro pedaço, maior, enquanto mordiscava a ponta de uma batatinha. O sal se dissolveu em sua língua. Mercy mergulhou o resto no potinho de molho de tomate e deu mais uma mordida. Quando seu estômago começou a roncar, ela começou a dar mordidas cada vez maiores, passando a faca na gema de ovo e observando-a derreter como manteiga na torrada. Aos poucos, a comida foi ficando cada vez menor em seu prato, desaparecendo entre goles do chá morno. Comer um prato de comida com garfo e faca, em uma mesa de verdade com cadeiras de verdade, embaixo do ar-condicionado: Mercy sentia que estava em Shangri-La.

Com a barriga cheia, o zumbido em seus ouvidos diminuindo e a dor de cabeça passando, Mercy começou a notar um fedor. Alguma coisa acre e petroquímica, como combustível queimado. Quando percebeu que o cheiro vinha dela, que os gases do escapamento tinham impregnado em seu corpo, Mercy suspirou. Ela não tinha uma muda de roupas limpas — seu outro conjunto ainda estava sujo do passeio ao lago com Andy.

Mercy estava olhando pela janela, a barriga começando a se revirar pelo excesso de comida, quando viu a motor home gigante sair da rodovia. Avançando para uma bomba de combustível, parou cantando pneu, e dela saíram dois adultos, duas adolescentes de cara feia e uma criança de colo.

O coração de Mercy parou. Puta que pariu. Ann Barker.

CAPÍTULO VINTE E QUATRO

Mercy observou Ann atravessar o pátio, as adolescentes arrastando os pés, a criancinha seguindo a mãe feito um patinho. Quando a mulher chegou perto da porta, Mercy sentiu o corpo enrijecer, desculpas brotando em sua mente enquanto se preparava para fugir. Mas fugir para onde? E como? A Hijet estava em algum lugar nos fundos, provavelmente em cima de um macaco e com as rodas suspensas.

Antes de entrar na estalagem, Ann parou de repente. Seu marido estava na bomba e tinha gritado algo para ela, e Ann jogou a cabeça para trás e riu. Um breve momento, mas que transbordava confiança e despreocupação.

Mercy examinou a loja. Será que ela poderia se esconder ali, atrás do corredor de biscoitos? O olhar dela se iluminou brevemente ao observar o tampo da mesa e ver a faca de manteiga. Esta *sim* seria uma manchete, Mercy pensou: *Médica esfaqueia jornalista em restaurante no deserto.*

A porta se abriu e a risada de Ann tomou o lugar. O rabo de Wasabi começou a bater rapidamente no linóleo.

Por um instante, Mercy se curvou na cadeira, o rosto virado para a janela. Ela se imaginou vista de cima, encolhida sobre as manchas de ovo no prato. Se era possível ter vergonha da própria vergonha, foi o que Mercy sentiu. E, sem dúvida, se alguém estava fazendo cara de quem tinha algo a esconder, era ela. Que forma de anunciar que você está escondendo alguma coisa, Mercy pensou. Então, ela se remexeu na cadeira, olhou na cara de Ann e forçou um sorriso.

— Oi.

Ann Barker a observou por um momento antes de enfim reconhecê-la.

— Ah, oi! — disse ela. — Do cruzamento da fronteira. É... — Ann estalou os dedos, tentando se lembrar do nome que Mercy usara para se apresentar. Mercy ficou gelada ao perceber que também tinha esquecido a mentira. Que nome inventado tinha dado para a jornalista? — Merbecca — lembrou Ann.

— Isso — disse Mercy.

— Você tinha uma van engraçadinha, não tinha? — Ann Barker olhou pela janela. A criancinha começou a puxar sua camisa. — Não vi você estacionada lá na frente.

Concluindo que honestidade era a melhor forma de continuar sem levantar suspeitas, Mercy disse:

— Está nos fundos. Precisou de... conserto.

Ann arregalou os olhos. A criança puxou com mais força.

— Nada grave, espero?

Em vez de responder, Mercy deu uma risadinha e balançou a mão.

— Não achei que consertavam qualquer coisa aqui. — A jornalista olhou com desconfiança para a loja ao redor. — Mas que sorte, então. — Sem quebrar o contato visual, Ann ergueu a criança no quadril. — Graças a Deus pelos mecânicos do deserto, né?

Mercy pensou em Andy, manchado de terra vermelha, o coque samurai desgrenhado.

— Pois é — concordou ela.

Sem aviso, Ann se largou na cadeira à frente, soprando o cabelo que caía nos olhos. O coração de Mercy subiu pela garganta. Wasabi avançou para lamber a canela da mulher e Mercy estendeu o pé para impedi-lo.

— A comida aqui é boa? — Ann olhou para o prato vazio de Mercy. — Elas tomaram café da manhã faz umas duas horas, mas, sabe como é — ela se inclinou para a frente —, isso dá uns dois mil anos na vida de uma adolescente.

As meninas entraram na loja, os chinelos batendo no chão e as vozes baixas murmurando entre si. As portas da geladeira se abriram e fecharam.

— Ei — disse Ann abruptamente. Mercy se encolheu antes de perceber que Ann estava falando com as filhas. — Ou vocês entram ou saem... não dá para fazer as duas coisas. Cara, pode falar para sua irmã... — ela se levantou um pouco para projetar a voz para o outro lado da loja —... falar para a sua irmã colocar esse energético de volta? Não quero que ela fique doidona por metade do Território do Norte. Enfim — continuou Ann, voltando a se sentar. — Quando você vai voltar para a estrada?

Ela fez um movimento de volante com as mãos. A criancinha imitou, erguendo as mãozinhas como se estivesse dirigindo.

— Não sei direito...

Nesse momento, Tate apareceu, entrando por uma porta do outro lado do salão.

— Encontrei uma coisa que deve encaixar — anunciou ele. — Mas pode demorar um tempo. Vou ter que fazer algumas alterações no cano. Mas vai dar certo, logo você estará na estrada.

O alívio tomou conta de Mercy.

— Que ótimo — respondeu ela, segurando-se para não beijar as mãos do mecânico. — Muito obrigada.

— Que sorte — disse Ann depois que Tate saiu. — Sabe — ela se recostou na cadeira, apertando os olhos —, quando encontrei você na fronteira eu poderia jurar que seu cabelo estava mais comprido.

Automaticamente, a mão de Mercy subiu à cabeça. Seu cabelo parecia estar encolhendo de tantos nós.

A jornalista deu uma longa olhada em Mercy e pareceu estar prestes a dizer alguma coisa quando uma das meninas apareceu, de cara feia.

— Gretta não larga o iPad.

— Então vai fazer alguma outra coisa.

— Não tem mais *nada* para fazer.

— Leia um livro. Vá dar uma volta. Toma, pega o bebê.

— Dar uma *volta*? — disse a menina, horrorizada. — Quer dizer que a gente vai *ficar* aqui?

— Pelo menos para comer, sim.

— Que *saco*, mãe — respondeu a menina, carregando tanta exasperação na frase que Mercy quase concordou em solidariedade: *Isso, MÃE. VAZA.*

A menina encarou Ann, que retribuiu o gesto em resposta. Mercy sentiu que uns bons dez minutos haviam se passado até que, com o maxilar cerrado, a menina saísse resmungando.

Mercy olhou a hora. Era quase meio-dia. Tate tinha dito *logo*. Logo quando? Ann Barker tirou o celular do bolso e o pôs sobre a mesa, então ajeitou os cachos curtos e se recostou na cadeira para ler o cardápio.

Embaixo da mesa, os calcanhares de Mercy começaram a pular para cima e para baixo.

— Vai passar a noite aqui? — perguntou.

Ann tranquilizou Mercy ao dizer que não.

— Tenho um prazo no trabalho e preciso chegar a algum lugar com sinal de internet.

Mercy tinha consciência de que a coisa educada a se fazer em um momento como aquele seria perguntar o trabalho da outra pessoa. Ela já sabia a resposta, mas longe dela revelar aquilo.

No entanto, Ann disse mesmo assim.

— Sou escritora. Tenho meu próprio site. — Ela riu. — Que vai desmoronar se eu ficar sem sinal por mais que algumas horas.

— Entendi — respondeu Mercy.

Ao terminar de olhar o cardápio, Ann se voltou para Mercy, como quem espera que a outra dissesse alguma coisa — talvez um comentário sobre a magnitude do que Ann tinha acabado de revelar, sites inteiros desabando sem sua presença —, mas a voz de Mercy não saía.

Finalmente, conseguiu dizer:

— Deve ser... flexível escrever. É... conveniente.

— Ah, é sim — concordou Ann com entusiasmo. — Mas... — ela deu uma risada modesta —, não é muito fácil, às vezes, porque não existe mais anonimato. Não na internet.

Mercy engoliu em seco.

— Certo.

Ann riu de novo.

— E definitivamente não existe anonimato quando você tem opiniões como as minhas.

Não havia para onde fugir. A conversa seguia um caminho que a jornalista havia traçado de um único sentido.

— Então você escreve artigos de opinião — disse Mercy, ecoando a fala de Ann.

— Eu *gosto* de escrever sobre todo tipo de coisa... viagem, por exemplo, e *adoro* cozinhar, mas meus anunciantes sempre dizem: "Annie, nada dá mais audiência do que aborto, vacinação e parto. Então coloca *esses* artigos no ar".

Mercy não conseguiu responder.

— Enfim. — Ann balançou a cabeça. — O que você faz, Merbecca?

— Eu, hm... — Mercy piscou. Ann a olhava com simpatia, esperando uma resposta. *Minta*, disse a si mesma. *Inventa alguma coisa. Qualquer coisa!* — Então, eu...

Mercy viu a ficha caindo no rosto de Ann. Devagar a princípio, uma faísca. A testa se franzindo, depois os olhos se arregalando devagar.

— *Sabia* que você me parecia familiar!

Mercy sentiu um frio na barriga.

— Sim! — Ann estalou os dedos, baixando os olhos para a mesa, e Mercy conseguia ver que a mente da jornalista estava correndo furiosamente para encontrar. Até que, *ping!*, lá estava: — Você é aquela médica.

— Bem... — disse Mercy.

— Do Hospital Nortenho de Adelaide.

— Acho que você me confundiu com...

Ann Barker ergueu as sobrancelhas ao lembrar.

— Você é Mercy Blain.

* * *

Quantas manchetes são necessárias para reduzir o mundo de uma pessoa às quatro paredes de sua casa? Para pessoas resistentes e desinibidas que não veem problema em estar cercadas por comentários públicos, talvez nenhuma. Políticos e jornalistas polêmicos, por exemplo, pareciam não apenas indiferentes a críticas ferozes, mas completamente incapazes de considerar que a vida poderia — ou deveria — ser diferente. Havia também aqueles episódios que viram sensações da mídia, brotando nos feeds de notícia e desaparecendo com a mesma velocidade: um pequeno astro esportivo em um escândalo de doping; um ministro de Relações Exteriores, casado, que engravidou uma imigrante ilegal; um tweet gordofóbico de uma estrela de reality.

Mas, para Mercy, tinha bastado uma manchete: *Obstetra nunca deveria ter deixado mulher morta entrar em trabalho de parto, diz marido.* Esse único artigo, enviado a Mercy por um colega distante e enxerido certa manhã nas semanas seguintes, tinha sido a gota d'água, o último ataque de adrenalina contra seu corpo já sobrecarregado. O texto não era nada além de pixels, palavras em uma tela, mas a arrasou como um tornado. Ela não conseguia parar de acompanhar a maneira como os comentários chegavam a centenas. Somado a todo o resto, aquele único artigo fez com que o último ataque de pânico de Mercy fosse tão doloroso, tão insuportável, que o mundo exterior se tornou impossível, completa e absolutamente irrecuperável.

Aquele único artigo, escrito pela porra da Ann Barker.

O zumbido agudo voltou aos ouvidos de Mercy.

— Ah, não — disse Mercy com um riso nervoso. — Eu só tenho um rosto comum...

— Você desapareceu por dois anos — respondeu Ann. — Por onde andou?

— Eu não...

— Doutora Blain — interrompeu Ann, com franqueza. — Qual é?

Mercy se sentiu como se tivesse entrado em uma fornalha. Ann pegou o celular e digitou rapidamente, mas então soltou um palavrão e se recostou para guardar o aparelho no bolso.

— Sem porcaria de sinal. Não consigo pesquisar os detalhes, mas pelo que lembro você se aposentou. É verdade?

Mercy lembrou facilmente da frase do Departamento de Relações Públicas.

— Não estou em posição para comentar.

Ann sorriu.

— É claro que está. Faz anos. Estamos juntas aqui no meio do Território. — Ela deu uma boa olhada ao redor, abrindo a palma da mão para o pátio banhado pelo sol. — Somos só eu, você e o deserto. — Mercy ficou em silêncio. — Não chamou a atenção do juiz? Deve ter sido bem estressante.

Havia algo estranho na maneira como Ann se inclinava para o lado. A mulher parecia querer fingir uma pose normal, dando a impressão de que estava relaxando tranquilamente na cadeira, mas Mercy conseguia ver que, na verdade, o que Ann queria era endireitar o bolso no quadril para não abafar o microfone do celular.

— Ou talvez você não se lembre do parto? Afinal, você fazia o quê... centenas de partos por ano? Eles devem todos se confundir na memória.

Ann tinha apresentado uma escolha para Mercy, dando-lhe a opção de admitir que não se lembrava do acontecimento, o que faria de Mercy uma pessoa horrível, ou confirmar que é claro que ela se lembrava de Tamara, que nunca, jamais, esqueceria Tamara, e nesse caso a decisão de não falar a Ann sobre o assunto tornaria Mercy não apenas terrível, mas também culpada.

— Mas acredito que — continuou Ann, tocando o lábio com o ar pensativo — mulheres não morrem no parto com muita frequência. Não em um país privilegiado de primeiro mundo como o nosso. Isso deve ser algo muito marcante. Certo?

A sensação de que Ann tinha parado de ver Mercy — sem falar em Tamara — como um ser humano e apenas como uma fonte de caça-cliques era de tirar qualquer um do sério instantaneamente. A fúria veio surfando sobre uma onda de medo, mas pelo menos a raiva era algo a que Mercy poderia se segurar. Agarrar-se à boia flutuante de raiva lhe dava muito mais oxigênio do que se afundar nas profundezas de pavor.

A voz de Mercy era fria:

— É claro que é marcante.

Ann não disse nada, ajeitando o quadril um pouco para a frente. Mas, como Mercy permaneceu em silêncio, ela continuou:

— Sabe, geralmente, a medicina está fora de discussão. É protegida, uma zona proibida. Os médicos não costumam parar nas manchetes assim. A menos que se revelem, sabe, pedófilos inconfessos ou coisa assim.

Mercy pestanejou, horrorizada.

— Mas *você* caiu na imprensa — disse Ann com um tom leve, curioso, como se ainda estivesse considerando o que pedir para almoçar. — Por que, você acha?

— Pode me dar licença?

Sem esperar uma resposta, Mercy se levantou, pegando Wasabi e o colocando embaixo do braço. Ela atravessou o restaurante, empurrou a porta pela qual Tate havia passado antes e se encontrou em um pequeno vestíbulo. Diante dela havia uma porta para o lado de fora, cercada por luz forte, mas, para sua tristeza, estava trancada. Mercy chacoalhou a maçaneta e xingou. À esquerda ficava um banheiro unissex, e, como a única outra opção dela era voltar ao restaurante, Mercy entrou no sanitário e trancou a porta.

Paredes de ladrilho azul, uma pia manchada de água, o cheiro avassalador de desinfetante comercial. Mercy conseguia sentir a garganta se fechando, os pulmões implorando por ar. Sua mente trouxe todos os fatos aterrorizantes à tona: ela estava presa no banheiro, não sabia onde sua van estava e, mesmo se conseguisse voltar para a estrada, Ann poderia facilmente segui-la. Era um país grande para caramba, mas havia apenas uma maldita rodovia, e as duas estavam nela.

Sua casa estava muito, mas muito longe.

O tempo se estendeu e parou. O coração de Mercy batia contra suas costelas, feito um punho. Ela não conseguia inspirar, então um grito silencioso cresceu dentro de si. Subindo na tampa da privada, tateou a pequena janela basculante, abriu-a e pôs a cara para fora no ar fresco.

Mercy apoiou o peso na parede e tentou respirar. O ar que atravessava a janela era quente e cheirava a óleo e combustível. Mais ao lado, ela conseguia ver um barracão, portas de correr abertas e, lá, suspensa no macaco, a Hijet. Um rádio estava ligado, e era possível vislumbrar as faíscas brilhantes de uma máquina de soldar sendo cuspidas de debaixo da van.

No chão do banheiro, Wasabi começou a ganir. Ele pulou para arranhar as patas nos pés de Mercy e se equilibrou na tampa do vaso. Ela sentiu a língua úmida nos tornozelos.

Mercy fixou os olhos na Hijet, como se pudesse voar para dentro da van usando apenas a força de vontade. Ela empurrou a janela de novo, que se abriu um pouco mais até parar, presa por uma corrente pequena.

Ela baixou os olhos para Wasabi, que parou de choramingar e inclinou a cabeça.

A corrente se quebrou facilmente quando Mercy acertou o caixilho com o ombro. A vidraça se abriu para longe das dobradiças. Mercy se abaixou, pegou Wasabi e o ergueu até a janela, então disse "Desculpa, garoto" e o jogou para fora. Em seguida, ela subiu na tampa da privada e tentou se pendurar na janela, mas seus braços não tinham força suficiente para erguer o corpo todo. Mercy desceu de volta, empurrou a lixeira para baixo da janela e a usou para subir mais. Exatamente quando ela passou a barriga pelo peitoril, a lixeira tombou para o lado e Mercy bateu os pés na parede. O caixilho apertou sua barriga e, depois, sua virilha quando ela passou um joelho. Girando para o lado, Mercy caiu pela janela.

CAPÍTULO VINTE E CINCO

Uma perna sofreu a maior parte do impacto da queda, depois o joelho e o punho.

Por um longo minuto, Mercy ficou deitada no chão, ofegando, a dor gritante atravessando os ossos. Wasabi veio lamber o rosto dela. Mercy se levantou; estava com a palma da mão direita esfolada e o joelho ralado, escorrendo sangue, e se contorceu de dor ao limpar a sujeira da ferida. Seu punho latejava. Então, lembrando que a jornalista a esperava lá dentro, Mercy se levantou.

Ela mancou pelo estacionamento de cascalho. O sol estava a pino e as pedras irradiavam calor. Carros se encontravam em estágios variados de desmembramento: alguns sem porta, outros sem volante — um carro pequeno não tinha toda a parte da frente. Havia uma coluna de pneus nas margens de uma cerca de arame rodeada por grama alta.

Dentro do barracão, a Hijet estava suspensa em um ângulo inclinado, duas rodas no ar e, de debaixo dela, saíam as pernas de Tate. Mercy se lembrou do dia anterior, quando passou a mão na perna de Andy, da cabeça dele sangrando e das vozes que saíam do mato chamando Wasabi. Ela pegou o cachorro, apertando-o junto ao peito.

Tate estava deitado em um carrinho de mecânico. Além do crepitar da solda e do rádio que tocava na parede dos fundos, Mercy conseguia ouvir os assobios dele. Ela disse "Oi?", mas estava com muito medo de fazer qualquer barulho que pudesse chamar a atenção de Ann, o que significava que a fala também era baixa demais para Tate escutar.

— Oi? — Mercy tentou de novo, mais alto, desta vez ao lado das pernas de Tate.

Lembrando-se da batida surda que a cabeça de Andy fizera na parte de baixo da van, ela não sabia como chamar a atenção do rapaz. Mercy estava limpando a garganta para tentar um sussurro mais alto quando Tate se mexeu e se arrastou com o carrinho assim que a viu.

— Oi — disse ele, sentando-se. — Já acabou o almoço?

Mercy olhou para trás na direção do restaurante.

— Estou com um probleminha.

Tate parou, uma expressão perpassou seu rosto, preparando-se para as reclamações de uma mulher branca da cidade.

— Tem uma pessoa lá dentro de quem preciso fugir — explicou Mercy.

E então se pegou contando o resto para ele. Não tudo, afinal, não queria jogar em cima do rapaz toda a sua história triste de casas incineradas, tecnicamente-não-ex-maridos, morte e desespero, apenas o suficiente sobre o contato que tivera com a imprensa e a necessidade posterior de evitar jornalistas, o que fez com que o rosto dele passasse por uma série de expressões:

primeiro apreensiva, depois compreensiva e por fim algo perto de uma gargalhada.

— Então — disse ela ao terminar —, será que posso me esconder aqui até você acabar?

— Bom, já acabei. — Tate se levantou e secou a mão em um pano. — Então, você pode ficar à vontade por aqui... — disse ele com um sorriso — ou pode pegar a estrada se quiser.

Mercy ficou tonta de alívio, até lembrar que a estrada era bem na frente do restaurante, e que só havia uma rodovia, e que ela não tinha como fugir de ninguém naquele trambolho, nem mesmo de uma motor home de luxo pesada.

Tate pareceu saber o que ela estava pensando.

— Mas escuta — disse ele, enfiando no bolso a nota de cinquenta que Mercy lhe dera —, se não quiser dar nas vistas, não pegue a rodovia.

E então Tate explicou a Mercy por onde ela deveria ir.

A estrada era compacta, sulcada em meio à terra laranja e às pedras, com montes fundos de areia no acostamento. Enquanto Mercy avançava aos trancos e barrancos, vislumbres da rodovia surgiam entre os buracos na mata, até a via serpentear rumo ao leste e estarem apenas ela, a estrada de terra e o céu enorme.

Mercy estava atordoada demais para sentir medo. Inclinada para a frente, apertava o volante com força, todos os músculos tensos porque, se ela se recostasse no banco, os solavancos esmagariam suas vértebras feito um acordeão. Tate tinha mostrado as soldas no silenciador novo — faixas grossas de aço derretido resfriado —, mas Mercy prendia a respiração a cada rocha que batia na parte de baixo do carro, cada sulco fundo que engolia as rodas.

Tate tinha falado que essa estrada de terra, quase toda paralela à rodovia, seguia para o norte por cento e poucos quilômetros. Se quisesse, Mercy poderia pegar esse caminho para chegar até a Reserva de Conservação Karlu Karlu, as Devils Marbles.

Foi exatamente o que ela fez, por mais de duas horas. Por duas horas poeirentas e chacoalhantes, entre nuvens de moscas, Mercy sacolejou através da estrada de terra, escondida da via central e dos olhares curiosos da rodovia.

CAPÍTULO VINTE E SEIS

Mercy disse a si mesma que todo dia havia casos de contrabandos mais graves. Armas atravessavam fronteiras. Seres humanos eram escondidos em contêineres. Papelotes de heroína entravam em prisões enfiados em retos humanos. Em comparação a esse tipo de crime, trazer um salsichinha escondido para um quarto de hotel no deserto era uma infração pequena. Mas, enquanto colocava Wasabi na sacola de juta e destrancava a porta do quarto bem nos fundos do Hotel Devils Marbles, Mercy sentiu que estava passando pela alfândega com a mala cheia de maconha.

A viagem desde Ti Tree havia sido longa. No meio da tarde, Mercy havia retornado à rodovia, o que, depois de duas horas de solavancos na estrada de terra, fez parecer como se ela estivesse deslizando sobre manteiga. Passara mais de uma hora na via asfaltada, verificando os retrovisores com nervosismo em busca de jornalistas inescrupulosas, até chegar à fronteira sul da Reserva de Conservação Karlu Karlu. Lá, perto da rodovia, sob a sombra de palmeiras tropicais, ficava uma estalagem. Teto inclinado de ferro, alpendre coberto, vagas de camping e cerveja gelada. Foi só quando estava no bar da entrada com ar-condicionado pedindo detalhes sobre parques de trailers que Mercy se deu conta de que não via a hora de sair do sol. Ela queria quatro paredes, uma porta que se trancasse: queria que o mundo lá fora ficasse lá fora, ao menos por uma noite. Depois da chance maluca e totalmente remota de encontrar certa escritora de artigos de opinião, o peso de um mundo triste e doloroso havia a esmagado, e Mercy se sentia como um inseto fixado a um quadro, perfurado no tórax, à vista de todos. Portanto, perguntou sobre quartos disponíveis e disse a si mesma que já tinha feito coisas muito piores do que levar um cachorrinho para um quartinho em que cachorros (nem qualquer animal, aliás) de qualquer tamanho não poderiam entrar.

Olhando para os dois lados, ela atravessou a porta e a fechou rapidamente. Foi um alívio ouvir o clique da fechadura.

O quarto era simples, com quatro paredes brancas vazias, uma mesa de cabeceira frágil e um piso de linóleo, mas, para Mercy, lembrava um palácio. Era limpo e cheirava a roupa lavada. O interior da van ainda emanava o fedor tênue de escapamento, além de suor humano e canino, e estava coberto por uma camada tão grossa de poeira vermelha que até a caixa de Jenny Cleggett, guardada no baú da cama, estava começando a ficar alaranjada.

Mercy se deitou na manta macia, soltou um gemido baixo, abriu os braços e as pernas e se contorceu feliz até o centro do colchão. Ela tinha acabado de chegar à conclusão de que nunca existira uma invenção mais maravilhosa do que o colchão de molas ensacadas quando ouviu a água correr no chuveiro do quarto ao lado e uma voz masculina começar a cantar.

Mercy se levantou de um salto, o rosto em chamas. Wasabi estava sentado obedientemente na toalha sobre o chão, encarando-a.

— Deita — murmurou ela, como se alguém pudesse olhar pela janela.

Depois de um bom tempo, o cão obedeceu, pousando o focinho nas patas dianteiras. O homem ainda estava cantando; Mercy não conseguia identificar as palavras, mas a melodia lhe era vagamente familiar. Ela também estava desesperada para tomar banho, mas a ideia de ficar nua ao mesmo tempo que um homem desconhecido, a poucos metros de distância um do outro, fazia seu corpo se contorcer. Por isso, Mercy se sentou na cama. Tirou a sujeira do ralado no joelho, que ainda estava doendo. Coçou as coxas: a queimadura de sol estava começando a cicatrizar e coçava como se formigas picassem sua pele.

Uma mensagem laminada no banheiro dizia para os clientes: *Por favor, use nossa água preciosa com consciência*, e Mercy se imaginou batendo na parede e reforçando o recado para o homem que cantava, até lembrar do seu salsichinha ilícito no chão e morder o lábio.

Finalmente a água do vizinho foi desligada, e o homem ficou em silêncio. Mercy arrastou Wasabi, relutante, para debaixo do chuveiro junto com ela. Embora pudesse ter se ensaboado e se esfregado por uma semana, ela se limitou a dois minutos. Para compensar o Dachshund escondido, Mercy seria uma hóspede modelo, por isso tirou do ralo os cabelos dela e os pelos de Wasabi, e muitos que não eram de nenhum dos dois, depois limpou e secou o cubículo.

Enfim, Mercy se olhou na frente do espelho — o primeiro espelho de verdade em que se olhava desde Marla, três dias antes.

Ela herdara os cabelos da mãe: cachos soltos que Loretta Blain sempre havia usado em ondas cor de mel emoldurando o rosto. Mas ela nunca havia deixado Mercy pentear os cachos da mesma forma. Todas as manhãs, do ensino básico até o fim do ensino fundamental, Loretta prendia o cabelo de Mercy em uma trança firme, passando gel em cada fio solto. Por anos, a menina tivera o apelido de "Boliche", porque sua cabeça era lisa e brilhante como uma bola de boliche. Certa vez, quando Mercy voltou para casa chorando porque Stuart Hoggarty tinha dado um tapa na cabeça dela e gritado "Bola na canaleta!", a mãe gargalhou até ficar vermelha, depois falou que Mercy não tinha senso de humor. Na adolescência, uma época em que não podia mais exercer o mesmo controle sobre a aparência da filha, Loretta Blain passou a recorrer a provocações e zombarias. *Tentando impressionar alguém, é?*, ou *Os anos oitenta ligaram e querem o cabelo de volta*. Nunca eram insultos descarados, nada pelo que a mãe pudesse ser condenada. Se Mercy ficasse chateada, não era por causa da "piada" que Loretta fizera, mas porque Mercy era "sensível demais".

Mercy passou a ponta dos dedos no maxilar, marcado por pequenas saliências: o cabelo poderia ser igual ao da mãe, mas ela tinha o queixo do pai, quadrado e saliente, enquanto o de Loretta era pontudo como o de uma raposa. Os braços e o pescoço eram um mosaico de rosa queimado pelo sol e branco pela camiseta; havia marcas roxas sob seus olhos, mas eles estavam brilhantes pelo ar fresco.

Mercy deu as costas para o espelho.

* * *

Apenas oitenta quilômetros ao norte do hotel ficava o lugar sagrado de Karlu Karlu.

"Você precisa ver as Marbles no pôr do sol", o garçom dissera a Mercy quando ela pagou pelo quarto. "Não pode vir até aqui tão perto do pôr do sol e não ver. É espetacular."

Mercy estava relutante a sair do quarto, mas o garçom tinha razão. Dois dias antes, três horas ao sul de Alice Springs, ela sentiu o coração apertado ao passar reto pela saída para Uluru, que ficava a mais de três horas de viagem a oeste. A Austrália poderia ter algumas atrações históricas famosas no mundo todo, mas eram muito, mas muito longe umas das outras, Mercy pensou. Se ao menos desse para dizer o mesmo das jornalistas do país.

Por isso, Mercy voltou a esconder Wasabi na bolsa. Abrindo uma fresta da porta, ela pôs a cabeça para fora, olhou para os dois lados, depois saiu correndo para a van. O céu já estava começando a ficar rosado. No camping dos fundos, havia uma meia dúzia de caravanas estacionadas. Era possível ouvir vozes murmuradas e o correr de portas de van, mas, fora isso, o deserto estava imenso e tranquilo.

Mercy dirigiu com as duas janelas abertas, deixando o ar morno da noite entrar, com o aroma de fumaça distante. Por dez minutos, a rodovia ondulou para cima e para baixo, para a esquerda e para a direita por entre cumes rochosos, antes de a terra se abrir em um vale largo e superficial. Colunas finas de fumaça se erguiam devagar ao longe. E lá, logo à beira da estrada, já dava para entrever os pedregulhos gigantes de granito.

Mercy diminuiu a velocidade, entrando na via de acesso, e, conforme avançava, outros pedregulhos foram se revelando, dourados sob a luz do fim de tarde. Pedras redondas enormes, lisas como ovos; algumas estavam sozinhas na grama, mais altas que dois homens; outras eram do tamanho de crianças, caídas umas sobre as outras; e outras ainda se erguiam com a mesma estatura de prédios de vários andares, uma em cima da outra como um emaranhado antigo colossal. Sombras se projetavam nas fendas e fissuras.

A estrada de acesso terminava em um estacionamento de terra com mesas de piquenique. Alguns veículos estavam espalhados pelo terreno. Mercy parou perto de outra van exatamente quando a outra estava dando ré, revelando ao lado dela a motor home alugada de Andrew Macauley.

— Mundo pequeno, hein? — disse Andy, caminhando até ela.

— Estou começando a aprender que sim — respondeu Mercy.

Mercy e Andy se sentaram em uma mesa de piquenique e observaram o sol se pôr sobre o vale. No lugar sagrado, animais de estimação só eram permitidos no estacionamento, e Wasabi estava amarrado ao pé da mesa. Andy tinha inclusive se oferecido para ficar com o cachorro enquanto Mercy dava uma volta pelas trilhas, mas ela recusara. Não poderia deixá-lo de novo.

Mercy observou o poente tingir os pedregulhos em todos os tons de fogo e se sentiu ao mesmo tempo impressionada e muito pequena. Ali estava ela, inspirando em uma terra tão antiga quanto a criação, um campo tradicional e importante para seus guardiões aborígenes desde que o tempo é tempo. A geologia explicava que as pilhas de granito equilibradas daquele jeito impensável eram os resquícios do leito de rocha antes derretido que se ergueu, resfriou e, depois, foi se erodindo, e Mercy sentiu profundamente como a vida humana era breve em comparação com a terra. Mas, em vez de dar medo, algo nesse pensamento era muito reconfortante. Não importava o que acontecesse, você sempre seria embalado pela terra. Era impossível acontecer de outro modo.

Quando o sol tinha mergulhado sob o horizonte e as pedras estavam cor de chocolate, Mercy disse para Andy:

— Desculpa sair tão de repente de Alice.

Ele se virou para ela, surpreso.

— Não tem por que se desculpar. Você é livre para ir aonde quiser.

— Eu sei. Mas... — Mercy deu de ombros.

— Você sempre pede desculpas quando não fez nada de errado?

— Sim — respondeu ela com um sorriso triste.

— Por quê?

Mercy torceu os dedos, os olhos no horizonte cintilante. Tudo o que restava do sol era uma faixa dourada.

— Provavelmente por causa da minha mãe.

Eles ficaram em silêncio por um tempo. A faixa dourada se tornou mais fina até enfim sumir.

Mercy inspirou fundo e segurou o ar. Depois foi soltando aos poucos.

— Na terça, Eugene saiu de casa. Na quinta, descobri que minha mãe tinha morrido. E depois, no domingo, uma grávida morreu na sala de parto. — Mercy parou. Seu coração estava batendo muito rápido. — Eu era a obstetra de plantão e ela estava sob meus cuidados. Tudo isso aconteceu dois anos atrás. No período de uma semana.

Andy ficou em silêncio.

— Seis dias, foram só isso. Tudo estava normal e, então, alguns dias depois... — Mercy abriu as mãos e deixou a frase incompleta. — Eu nunca havia tido um ataque de pânico. Não reconheci o que era. Não era como o que eu sempre tinha ouvido falar.

— Como foi?

Mercy pensou um pouco, tentando encontrar as palavras certas.

— É difícil explicar. De repente, tudo pareceu tão... *errado*. De um jeito sério e catastrófico. Porque o medo em geral vem *de* alguma coisa, certo? Tipo, quando você está em um prédio alto, ou vê uma cobra, ou sei lá. Mas eu estava no trabalho, o mesmo lugar em que estive todos os dias, por anos. Nada assustador. Mas não paravam de acontecer. — Ela ficou em silêncio de novo, observando um lagartinho correr por uma rocha. — Então, quando eu soube o que eram, comecei a ficar com medo dos ataques em si. Apavorada, na verdade. Porque coisas como respirar fundo, identificar e mudar o padrão de pensamento... enfim, tudo isso que ensinam para a gente? Não estavam dando certo. Era como se meu cérebro escorresse pelos ouvidos e eu não fosse nada além de uma pele cheia de pavor existencial. — Mercy baixou os olhos para as mãos. — Não dá para ser médica sem um cérebro.

Andy continuou em silêncio.

— Eu dizia a mim mesma o que diria a uma paciente: "É óbvio que você está ansiosa". Uma separação e a morte da mãe e de uma paciente sob meus cuidados, tudo na mesma semana? É suficiente para deixar os níveis de adrenalina e cortisol de qualquer um nas alturas.

— Tenho certeza que sim.

Ela não desviou os olhos das mãos.

— Tentei diferentes terapeutas, psicólogos e terapia cognitivo-comportamental, mas nada parecia funcionar. Eu não conseguia encontrar uma solução. Ficavam me falando para dar tempo ao tempo, que eu precisava estar disposta a *fazer dar certo*, mas eu simplesmente não conseguia... Era como se não soubesse mais como *existir*. Achei que estava perdendo a cabeça. O mundo não era seguro. *Nada* era seguro, nenhum *lugar* era seguro. Eu não conseguia nem ser humana. — Mercy sorriu com tristeza. — E não podia tomar calmantes no trabalho.

Andy tocou no corte no couro cabeludo.

— Acho que não.

Mercy se lembrou do som do baque embaixo da van.

— Está doendo? — perguntou ela timidamente.

— Não, está tudo bem. Continua.

Mercy observou uma estrela se acender no céu, depois outra.

— Todo mundo ficava me falando que era só trauma. Muitas pessoas sofrem traumas. E também tinha a imprensa... — Ela balançou a cabeça, recusando-se a dar mais atenção àquela parte. — Foram só alguns meses, mas chegou ao ponto em que ficar em casa era mais fácil do que sair, porque ficar lá era o único descanso que eu tinha. O único descanso do medo. Eu me sentia hipócrita, porque quantas vezes não falei para gestantes ansiosas ou para os maridos que "a ansiedade piora quando você se entrega"? Nossa — disse Mercy com um riso amargurado —, só alguém que nunca viveu um pânico constante poderia falar esse tipo de coisa. Quando você está passando por isso, a única coisa que quer é alívio.

— É o que todo mundo quer, não é? — perguntou Andy. — Viver em paz.

Mercy olhou para o vale coberto de pedregulhos.

— O nome dela era Tamara — disse, baixinho. — Ela estava tão perto de ter o bebê, e começou a falar que não conseguia respirar, e depois que ia morrer. Foi tudo tão rápido. Eu tentei... mas não consegui... — Ela parou, engolindo em seco, então ficou olhando tão intensamente para as estrelas que sua visão as embaralhou. — Eu tinha quatro minutos para tirar o bebê. Não foi o suficiente. Os dois morreram.

Ela ouviu Andy prender a respiração. Um mosquito pousou na mão de Mercy, e ela não o afugentou, sentindo a picadinha tirar sangue.

— O marido dela ficava dizendo: "Faça alguma coisa". Não consigo parar de ouvir. E ainda vejo os policiais na minha porta, antes de me dizerem que minha mãe estava morta.

Então o mosquito levantou voo quando Andy pegou a mão de Mercy. Seus dedos quentes envolveram os dela, e faíscas de eletricidade percorreram o corpo de Mercy, do braço até o couro cabeludo. Ele passou a mão sobre o punho e o antebraço dela, apertando-o de leve. Ela sentia as batidas do coração nas mãos. Minutos se passaram, e eles ficaram ali, contemplando as estrelas despontarem uma a uma. Com o polegar, Andy traçava uma linha suave de um lado para o outro no dedo de Mercy.

— Porra — disse ele com a voz carregada. — É tudo tão... puta que pariu, sinto muito. Quanta merda. E aí sua casa pegou fogo? Tipo... Meu Deus, Mercy.

— Pois é.

— Mas posso perguntar... — Andy parou, observando o rosto dela sob o resto de luz. — Você disse que sente que precisa pedir desculpas por causa da sua mãe. É porque ela morreu? Vocês eram próximas?

Mercy fez que não.

Andy esperou.

— Eu amava aquela mulher. A maioria das pessoas só tem uma mãe na vida, e ela era a minha. — Apesar de tudo, Mercy sorriu. — Até quando acordava de manhã, ela cheirava a perfume. Fisicamente, era perfeita. Deslumbrante. E isso era natural, sabe? Simplesmente é quem ela era, a identidade dela. Eu sou médica, você é mecânico de aeronaves e minha mãe era bonita. Ela adorava tangerinas e qualquer coisa com uva passa, e na Páscoa fazia um bolo enorme de chocolate porque dizia que chocolate nunca era demais. E morávamos em uma cidade pequena, então todo mundo sabia quem ela era. Loretta Blain, esposa do querido clínico-geral Harold Blain. Mãe de uma menina obediente, presidenta do Comitê de Pais, da Associação de Mulheres do Interior e dona dos melhores bolinhos de limão deste lado da linha do equador.

Andy manteve silêncio.

— Mas era tudo aparência. Por dentro, minha mãe era um caos. Traumatizada por um pai que resolvia tudo na porrada, conforme ela mesma contava em raros momentos de honestidade. E Loretta descontava em mim. A necessidade de ser bonita, validada e adorada... eu tinha que oferecer isso para ela, todos os dias. Às vezes eu conseguia, e então minha mãe era legal comigo, e eu fazia de tudo para tentar manter aquilo. Mas na maioria das vezes eu não conseguia ou, pior, às vezes fazia algo ou conquistava algo que tirava os holofotes dela...

Por um longo tempo, Mercy ficou em silêncio. O céu escureceu. As pedras caíram na escuridão. Ela sentia as mãos quentes de Andy, a respiração dele.

— Quando entrei na faculdade de medicina em Flinders, sabe o que ela disse? — Mercy sentiu o olhar dele. — Ela disse: "Sim, todo mundo sabe que os padrões deles andam caindo".

Um longo silêncio se passou. A grama farfalhou. Um grilo cantou.

— No fim, eu tinha cortado todo o contato com ela — disse Mercy. — Precisei de algumas tentativas, mas finalmente consegui. Fazia sete meses que nós não nos falávamos quando ela morreu.

Andy não disse nada. O ar estava parado e quente. Mais mosquitos surgiram, e Mercy sentiu picadas nos tornozelos, nos ombros, atrás dos joelhos.

Depois de um tempo, Andy sugeriu:

— Vamos tomar um chá?

CAPÍTULO VINTE E SETE

O jantar foi sanduíches de filé mignon gigantes e batatas fritas imensas que eles comeram no jardim da cervejaria, sentados a uma mesa feita de dormentes de trilhos velhos. As jardineiras ao redor das mesas tinham florezinhas brancas que se projetavam em direção ao chão, brilhando sob a luz do crepúsculo e parecendo estrelas caídas aos olhos de Mercy. Eles serviam a cerveja gelada da garrafa com colarinhos tão cremosos que quase dava para mastigar, e, quanto mais cerveja cremosa ela bebia, mais brilhantes ficavam as flores. Pela primeira vez desde que saiu de Adelaide, o cair da noite não veio acompanhado de uma queda de temperatura; o ar que cercava os braços e as pernas expostas de Mercy era quente como água de banho.

Andy estava tomando sua cerveja devagar e observando a mulher à sua frente, os pratos vazios entre eles. Depois de um tempo, ele disse:

— Tênis.

— Quê?

— Ou talvez hóquei. Aulas de equitação?

— O quê?

— Deve ter havido alguma coisa na sua infância que você fazia que era sua e não... sabe.

— Dos meus pais?

— Isso.

Mercy pensou. Tinha sido tão fácil esquecer que, antes de tudo, apesar de tudo, ela ainda era uma pessoa. Quais eram as trivialidades, as amenidades, as coisas simples e normais que a distraíam das partes mais sombrias?

— Bom — disse ela. — Quando eu tinha 13 anos, eu ia ao rinque de patinação toda quinta à noite. Conta?

— Ah, sim — respondeu Andy. — Conta. Então você andava de patins. Rodava pelo rinque, talvez ouvindo Kylie Minogue ou Hanson embaixo de um globo espelhado. E você conseguia ser você mesma nesses momentos?

Mercy riu baixo.

— Não sei. Talvez. — Como se participasse da conversa, uma gargalhada soou em uma mesa próxima. A música country tocava nos alto-falantes pendurados nas vigas. Mercy entornou o resto da garrafa no copo; não chegava à metade. — Sabe, não sinto falta de ficar confinada dentro de casa.

— Faz sentido — disse Andy.

— Mas acho que você está no caminho certo. Sinto falta de dançar.

— Dançar?

— Sim. Quando tudo começou, eu não conseguia me exercitar, e cheguei a um ponto em que estava ficando doida. Um dia comecei a dançar do nada, bem no meio da sala. E então virou uma coisa que eu fazia todo dia. Depois do jantar ou sei lá, eu botava uma música para tocar, punha o fone e dançava. Ou de tarde. Ou de manhã. Ou às vezes no meio da noite, quando não conseguia dormir. Me fazia sentir como se eu não estivesse completamente morta.

— Que tipo de dança?

— O tipo muito ruim, provavelmente.

Mercy esvaziou o copo em poucos goles.

— Nunca ouvi falar desse tipo provavelmente muito ruim de dança. É moderna? Clássica? Precisa de pontinhas de aço no sapato para dançar?

Mercy empilhou os pratos vazios e a garrafa de cerveja, e se levantou para levá-los até o bar.

— Definitivamente sem pontas de aço. Nada que chame atenção.

Quando ela voltou do bar com outra garrafa cheia, Andy quis saber se Mercy já tinha feito alguma dança quando pequena. Talvez balé?

Mercy serviu.

— Não.

— Queria saber de onde vem a... — Andy balançou na cadeira, chacoalhando os ombros, estalando os dedos.

— Você está superestimando a dança. Não tem nada de mais profundo nela.

— É mesmo?

O que aconteceu em seguida foi inevitável. Os sanduíches de filé, a cerveja, a noite quente do deserto: era bem aquele tipo de noite. Não poderia ter sido diferente. Com um copo na mão, Andy rapidamente foi até a jukebox no canto. Uma música country parou bem no meio da cantoria e alguém de uma mesa próxima gritou "Ei...", mas então as primeiras notas de "Copperhead Road" começaram a tocar, e todos comemoraram.

— Vamos lá — disse Andy, estendendo a mão.

Mercy se levantou. E dançou.

Se tivesse que adivinhar que músicas seriam tocadas no jardim da cervejaria no deserto, ela teria escolhido exatamente as mesmas músicas que tocaram naquela noite no Hotel Devils Marbles: "I'm Gonna Be (500 Miles)", "Brown Eyed Girl", "Run To Paradise". Mas, quando foi a vez de "Mr. Brightside", Mercy por pouco não perdeu a cabeça.

— Ai, meu Deus! — exclamou ela para Andy, a cerveja escorrendo nos dedos. — No meu último ano da faculdade, eu era *obcecada* por essa música. Juro por Deus que ela me ajudou a passar noites insones estudando os livros de farmacologia. — Então, Mercy teve uma epifania e percebeu que Andy era a *cara* do vocalista do The Killers. E não apenas isso, mas que o cabelo dela estava *exatamente* tão comprido quanto o da mulher do clipe de "Mr. Brightside". — Só que ela era loira — completou Mercy.

— Seu cabelo não é tão comprido assim — disse Andy, em dúvida. Os olhos dele examinaram o topo da cabeça dela. — Eu acho.

— É sim — respondeu Mercy, veemente. Então teve outra epifania. Ela estava cheia das ideias. — Estou reconhecível demais assim. Não tenho como me esconder da porra da Ann Barker enquanto minha cabeça parece uma espaçonave alienígena.

Andy jogou a cabeça para trás e riu tanto que teve que parar de dançar por um momento.

Mercy tinha um plano.

— Eu tenho um plano! — anunciou ela. — Segura minha cerveja.

* * *

O nome do barman era Steve — voltar quatro vezes para pegar uma garrafa de cerveja deixa a pessoa bem íntima do barman — e, enquanto Mercy, Andy e os locais dançavam no jardim da cervejaria, ele fatiava seus limões e ficava olhando e sorrindo para os clientes como um pai carinhoso.

— Certo, vai ser assim — explicou Mercy para Andy. Ela se aproximou para falar na orelha dele, porque alguém tinha aumentado o volume da música de novo e os Screaming Jets sabiam mesmo gritar. — Você vai distrair Steve, e eu vou buscar. Entendeu?

— Sim — disse Andy, enfático, embora Mercy soubesse que ele não fazia a menor ideia do que ela estava falando.

Naquele momento, porém, com o suor cobrindo a testa de Mercy, a pele em sua coxa escamando e os dois a caminho do paraíso, ela sabia que Andy aceitaria esconder um cadáver se fosse o que ela quisesse fazer.

— Vai agora — ordenou Mercy.

— Certo — respondeu Andy.

Andy foi até o bar.

— Oi, Steve — Mercy o ouviu dizer enquanto passava dançando como quem não queria nada. — Escuta, acho que aconteceu uma situação chata ali perto das flores. Parece que alguém chamou o Hugo, o que é uma pena, porque aquele sanduíche com batata frita estava uma delícia. Você tem um esfregão?

Steve suspirou e cravou a faca na tábua.

— Se for o Larry quem gorfou de novo, não vou deixar esse homem entrar aqui por uma semana... — E lá se foi o homem, deixando o bar vazio.

Mercy se aproximou, inclinou-se para a frente e esticou-se, mas não conseguiu alcançar. Ela se contorceu, apoiando a barriga em cima do balcão, e tentou de novo. Seus pés saíram do chão, seus pulmões ficaram esmagados, mas seus dedos apanharam a faca. Mercy a pegou e moveu as pernas em direção ao chão. Por um breve momento, ela ficou suspensa, gangorreando com a barriga em cima do balcão, rindo até Andy apanhar suas pernas e a virar para baixo.

— Obrigada — disse Mercy. — Essa foi por pouco.

Guardando a faca no bolso de trás, ela saiu correndo do jardim da cervejaria e voltou para o quarto.

A faca estava grudenta pelo suco de limão. A luz sobre o espelho do banheiro era forte, e Mercy teve que semicerrar os olhos até se ajustarem. Wasabi se sentou ao pé dela e ergueu os olhos.

A faca era pequena, mas impiedosamente afiada: a lâmina atravessara o bolso de trás do short de brechó, e agora, quando punha a mão no bolso, Mercy conseguia enfiar o dedo através da costura e balançá-lo no ar fresco.

Ela tentou separar uma parte do cabelo com o pente, como cabeleireiros faziam, mas seus dedos estavam grudentos pela cerveja e pelo suco de limão. A palma ralada de sua mão ardia loucamente. No fim, era mais fácil segurar de uma vez, com as mãos em punho. Começando pelo topo, Mercy pegou um punhado de cabelo e ergueu a faca.

Tufos de cabelo emaranhado foram caindo na pia. Mercy cortou e cortou e deu certo: aos poucos, o rosto que ela via no espelho se tornou completamente irreconhecível.

— Oi, Eugene.
— Mercy?

— Sim, sou eu, Mercy Blain. Talvez você não me reconheça porque estou disfarçada.

Ela ouviu o arrastar de pés de alguém acordando.

— São duas da madrugada. Você está bem?

— Estou ótima. — Mercy sorriu. Um sorriso lento e sincero que fez suas bochechas esticarem. — Sabe? Estou ótima mesmo.

— O que está acontecendo? Onde você está?

Mercy estava sentada de pernas cruzadas na cama do quarto. Um feixe de luz de uma lâmpada lá fora entrava pela janela. Wasabi dormia em uma toalha no chão; ela não era uma contrabandista imprudente, não deixaria o cachorro subir na cama. Com cuidado, tinha limpado todos os cabelos da pia — pela segunda vez, alguns não pareciam nem ser dela. No canto, a lixeira estava cheia, os cachos de cabelo despontando sob a tampa.

— Queria pedir desculpas.

— Pelo quê? — A voz de Eugene estava mais clara agora, depois de Mercy ouvir o clique da porta de um quarto se fechando. — Onde você está? — repetiu ele.

— Karlu Karlu.

— Onde?

— Devils Marbles.

— Sério? Que... Uau.

— É uau *mesmo*. Mas, enfim, desculpa de verdade.

Ele suspirou.

— Você está bêbada, não está?

Mercy refletiu.

— Olha, talvez — admitiu ela.

— Vou trabalhar no primeiro turno amanhã cedo... Podemos falar depois?

— Provavelmente, mas vou ser rápida. Desculpa.

— Você já disse isso. O que não disse é por quê. Você fez alguma coisa…?

— Quer saber, Eugene? Na verdade, não. Em parte, é por isso que estou arrependida. Estou arrependida porque nos últimos dois anos não fiz absolutamente nada. Enfiei a cabeça na terra como um emu e me recusei a encarar o que estava acontecendo.

— Não acho que sejam os emus que enfiam a cabeça na…

— Não fiz nada por dois anos, Eugene. Eu me tranquei em casa e torci para que tudo desaparecesse. Tipo, não é este o pecado capital do tratamento de ansiedade: se entregar? — A voz de Mercy ficou mais aguda, e ela estava gesticulando com a mão livre. — Do ponto de vista clínico, o tratamento eficaz para síndrome do pânico e transtorno de ansiedade generalizada é medicação e terapia cognitivo-comportamental — recitou ela —, não compras on-line, negação e fóruns de Facebook.

— Merce…

— Eugene — disse ela, em um tom sério. — Tenho pavor de que tenha sido culpa minha.

Mercy ouviu o rangido baixo da cadeira de escritório dele.

— Não foi culpa sua, Mercy — disse Eugene, baixinho.

— Mas e se…

— Você não pode ficar se culpando. Você fez tudo o que estava a seu alcance. Todos fizeram.

— Não. — Mercy abanou a cabeça. — Eu deveria ter feito mais.

— Não havia mais o que fazer.

— Eu poderia ter feito a cesárea antes.

— Pare — disse ele, com delicadeza. — Você não pode voltar no tempo. O que aconteceu, aconteceu. Tamara não *queria* uma cesárea, e não se pode fazer uma cirurgia contra a vontade da mulher.

— Ela também não queria a indução, mas eu fiz mesmo assim.

— Ela estava com a gravidez prolongada, Merce. É a regra do hospital.

— Dane-se a regra. Quando foi que paramos de ver as mulheres como pessoas?

Eles ficaram em silêncio por um tempo.

— Sempre foi culpa minha — murmurou Mercy, raspando a unha na colcha. — Sempre me culparam e me fizeram de bode expiatório. Era culpa minha que minha mãe não podia ter outros filhos depois que eu nasci. Sabia que, mesmo quando meu pai foi embora, minha mãe me culpou? Eu era só uma criança.

— Sua mãe era uma narcisista. O juiz não vai...

Mercy não estava escutando.

— Fiz o possível e ela morreu, aquela mulher *morreu*... — Um soluço estava preso na garganta dela.

— Mercy? Por favor, me escuta. Você está bêbada. Quero que tome um copo d'água e vá dormir. Sei que isso parece muito real e assustador agora, mas não é e vai passar, está bem? Só saiba que esses sentimentos vão passar.

A voz de Eugene era calma e contida, o médico respeitável no controle da situação tranquilizando uma paciente irracional em meio ao pânico. Mas, em vez de uma onda de irritação, Mercy observou com uma leve surpresa enquanto seu corpo simplesmente aceitava. Ouvia as palavras dele e dava de ombros. Algo no fundo dela, uma parte sóbria, já estava lá — o lugar que Eugene estava lhe tentando mostrar. Uma parte já centrada e calma, que não precisava do estímulo dele. A paz já era uma semente plantada dentro de Mercy.

De repente, ela se sentiu muito cansada.

— Certo, Eugene — disse Mercy, acariciando a colcha como se fosse o topo da cabeça dele. — Vou dormir. Mas quero *sim* pedir desculpas. Minha casa pegou fogo e você foi um ex-marido muito bacana, me abrigando embaixo do mesmo teto que seu namorado barista, e em troca eu joguei perfume na parede, comprei uma Daihatsu Hijet e peguei a trilha… é como chamam a Rodovia Stuart aqui no Território, "a trilha"… e desliguei na sua cara e fiz você falar com o Departamento Jurídico. Não deveria ter tratado você assim, então me desculpa.

— Certo, Mercy — respondeu Eugene, paciente. — Está desculpada. Agora vai dormir.

— Mais uma coisa.

— Sim?

— Diz para o José que peço desculpa pela calça.

— Pelo quê?

— Pela calça jeans skinny. Deixei na lixeira de uma parada de caminhão uma hora ao norte de Ti Tree. Estava fedendo.

Houve uma longa pausa, então Eugene disse:

— Boa noite, Mercy.

Mercy encostou o celular na bochecha.

— Boa noite, Eugene. — Ela largou o celular na cama, levantou-se e atravessou o quarto, depois pressionou a palma da mão na porta e sussurrou: — Boa noite, Andy.

CAPÍTULO VINTE E OITO

Mercy havia aprendido que as viagens rodoviárias tinham certas regras e convenções tácitas, gentilezas sociais que se formavam na estrada para garantir o conforto, a segurança e o avanço de todos. Por exemplo, o rodotrem que a havia ultrapassado ao sul de Coober Pedy? A sequência de setas do caminhoneiro não era uma ameaça velada, como ela havia temido a princípio, mas um *obrigado*, porque Mercy tinha diminuído a velocidade e não atrapalhado o caminhão. Alguns motoristas não faziam isso. Pelo contrário, ela reparara que alguns aumentavam a velocidade ou dirigiam mais perto da linha central quando estavam prestes a ser ultrapassados, em uma reação egoísta e cheia de testosterona, uma necessidade de *vencer*, de modo que Mercy imaginava que *obrigado* era um código mais próximo para quem, aliviado, dizia um *valeu por não ser um idiota sem consideração*.

Por isso, quando caiu da cama na manhã seguinte, com dor de cabeça e um gosto de papelão na boca, e encontrou o bilhete embaixo da porta, Mercy concluiu que outra convenção rodoviária era não presumir que qualquer pessoa que você encontrasse ao longo do caminho por coincidências de tempo e espaço — mesmo que você tivesse compartilhado sua história de vida no pôr do sol da noite anterior — pensaria que você quisesse dirigir junto com ela dali em diante, de mãos dadas. A etiqueta ditava que os viajantes davam valor à sua solidão e autonomia e, basicamente, *a gente se vê.*

Foi o que o bilhete de Andy dizia: *Oi, Mercy, foi ótimo sair com você ontem. Não quis te acordar — espero que tenha aproveitado seu sono no luxo de uma cama e que sua cabeça não esteja doendo muito hoje. A gente se vê na estrada. Bj. Andy.*

Eram nove e meia da manhã. Em uma cama macia, com cortinas nas janelas e o ruído branco do ar-condicionado, Mercy tinha dormido como um cadáver. Ela guardou o bilhete de Andy no bolso e, apesar da ressaca, sorriu. Então se lembrou da conversa com Eugene e pensou que ficaria constrangida, mas não. Em vez disso, sentiu-se ainda mais leve.

Essa sensação de leveza se manifestou quando ela foi coçar a nuca, não encontrou cabelo e se lembrou do som da faca cortando os fios emaranhados. Ela passou os dedos nos cachos tosados: desnivelados, assimétricos e muito curtos. Mercy havia acordado com muito menos bagagem — por dentro *e* por fora.

Ela tinha direito ao quarto por apenas mais trinta minutos. Era o suficiente para tomar um último banho e remover todo e qualquer vestígio de seu salsichinha antes de voltar para a estrada.

DARWIN 1094.

— Olha só, Wasabi — disse Mercy, mudando de marcha. — Se estivéssemos num carro normal, seriam só umas dez horas.

Daqui a pouco vão faltar só três dígitos! Mas não estamos num carro normal, né, rapaz? — Ela acariciou a cabeça dele, e o cachorrinho abanou o rabo no banco. — Estamos sem pressa.

Com a brisa doce e esfumaçada acariciando a nuca exposta, o cheiro de sabão e protetor solar emanando da pele e a barriga cheia do café da manhã de ovos e bacon do Hotel Devils Marbles, Mercy quase conseguia acreditar. *Sem pressa*. Sem limites de tempo.

Nenhuma data iminente.

Cupinzeiros surgiram, erguendo-se entre a grama e o matagal como senhoras de roupão marrom. Alguns ficavam a pouquíssimos metros do asfalto, e, enquanto dirigia, Mercy sentiu uma admiração estranha por aquelas estruturas imperiosas diante do tumulto e do vaivém da rodovia. Eles estavam *aqui agora*, sem tempo, e sem medo.

Rumo ao norte, a rodovia cortava Karlu Karlu. A luz da manhã tingia as pedras de um tom diferente dos dourados brilhantes do fim da tarde anterior; elas estavam mais pálidas, cores de areia e ferrugem. Mercy atravessou o vale lembrando-se do pôr do sol flamejante, das sombras mornas e da sensação da mão de Andy na sua.

Uma hora e meia depois, Mercy estava desacelerando, entrando na primeira zona cuja velocidade máxima era cinquenta quilômetros por hora desde Alice Springs; quinhentos quilômetros depois, e agora ela novamente era capaz de ultrapassar o limite da estrada. E de dirigir em uma velocidade que deixava nuvens de moscas entrarem pela janela.

Tennant Creek — batizada graças à exultação de mais um explorador europeu por uma fonte de água, desta vez um riacho — era uma cidade plana e dispersa, cortada no meio pela rodovia. Mercy parou para fazer compras (água, latas de feijão, biscoitos de arroz, laranjas), depois entrou em um posto de serviços para abastecer o tanque.

Ela estava pagando pela gasolina quando seu celular vibrou.

Se vir isso, me liga, por favor?

A verborragia nas mensagens de texto nunca havia sido uma característica de Eugene, mas essa era particularmente econômica. O polegar de Mercy pairou sobre o botão de ligar. Na noite anterior, ela pusera para fora tudo o que queria dizer e desligara sentindo-se relaxada, de alma lavada. Talvez *ele* tivesse coisas para dizer agora, Mercy pensou. Talvez fosse a vez de Eugene desabafar, assumir a responsabilidade e pedir desculpas. Ou talvez estivesse bravo com Mercy por começar um diálogo que ele não queria ter, muito menos às duas da madrugada.

A tela mostrava apenas uma barra de sinal. Uma mensagem de voz seria irritante para os dois, superficial e unilateral. Além disso, Eugene tinha usado a conjunção nada urgente *se* e um ponto de interrogação — vago o suficiente para Mercy fechar a tela e guardar o celular de volta no bolso.

Se ao menos ele não tivesse incluído aquele ponto de interrogação...

CAPÍTULO VINTE E NOVE

Ao sair de Tennant Creek, Mercy passou por uma mulher que caminhava na beira da estrada. Descalça, em uma linda saia rodada colorida, carregando um menino pequeno nos ombros, as mãos em volta dos pés da criança. Com o cotovelo apoiado na moldura da janela, Mercy dirigiu com uma mão, observando a mulher e a criança desaparecerem pelo retrovisor.

Uma vez, Mercy tinha posto um recém-nascido nos braços da mãe, que dissera, com a voz aterrorizada: "Não sei segurar". As mãos da mulher se atrapalharam para pegar o corpinho escorregadio, e a cabeça do bebê tinha virado e tombado em cima dos seios dela. Era verdade: ela não sabia segurar o bebê. Sem prática e desajeitada, a mãe projetava os cotovelos para fora enquanto baixava os olhos arregalados, o rosto marcado pelo medo como se em seu colo estivesse não um bebezinho, mas uma tarântula gigante.

Mercy tinha visto todo tipo de mãe: mães competentes e confiantes comendo um sanduíche com uma mão e amamentando com a outra; mães adolescentes cujos bebês tentavam escapar como peixes escorregadios enquanto um grupo de amigas se enchia de Coca-Cola no canto; mulheres tendo os primeiros bebês aos 40 anos, estudiosas, bem-informadas, questionando tudo. As gestantes chegavam ao hospital em massa, saracoteando, ofegando, gemendo ou nervosas e com um olhar ansioso, querendo que você falasse para elas o que fazer ou rosnando para ninguém falar para elas o que fazer. Mas, se havia algo que não mudava em todas elas — felizes, assustadas, confiantes ou mesmo ambivalentes —, era que todas ostentavam as barrigas com tranquilidade. Mesmo as mulheres enormes cujas colunas rangiam e cujos tornozelos inchavam de tensão, parecia *natural* que estivessem grávidas. Como se não pudessem *não* estar grávidas naquele momento da vida, independentemente de as gestações terem sido planejadas ou não. Aos olhos de Mercy, parecia que todo o universo havia conspirado para chegar àquele momento em que ela tirava o bebê, ensanguentado e azul, de dentro das pacientes.

Mercy olhou para o espelho, mas a mulher descalça e a criança não estavam mais lá. Um trailer puxado por uma 4x4 a ultrapassou. "Nascemos com vários nadas", dizia. "Ainda temos quase todos."

Por mais que ela houvesse tentado explicar para Eugene — a sensação de que, quando era para ser, as mulheres engravidavam naturalmente —, ele nunca conseguira entender. "Fertilização in vitro está longe de ser algo natural", ele argumentava, "e muitas mulheres fazem", ao que Mercy respondia: "Sim, mas são coisas que *acontecem*. Entende o que quero dizer?". Para Eugene, casais tinham filhos. Era simplesmente o que se fazia, como aparar a grama e pagar os boletos em dia. E, para ela, as mulheres destinadas a isso sempre tinham filhos, assim como respiravam, piscavam e deixavam o cabelo crescer. Mesmo se tivessem medo.

Mercy não era destinada para isso. Dois abortos naturais não era um número grande comparado a algumas mulheres, mas as duas perdas tinham sido o suficiente para lhe mostrar que ela não nasceu para ter filhos. A medicina a ensinara a ver o mundo como uma cientista — racional, lógica —, mas sua mãe a ensinara que o amor materno poderia ser dolorosamente condicional. Dois abortos tinham sido o suficiente para fazer Mercy decidir nunca passar aquele amor condicional. A natureza a alertara e, por isso, Mercy nunca mais engravidaria. Eugene tinha ficado arrasado. E Mercy teria notado a ironia de que seu marido escolheria depois um parceiro que, por acaso, não tinha útero se a vida não tivesse lhe proporcionado toda aquela semana destruidora. Quando tudo aconteceu, a ironia era uma das coisas com que ela menos se importava.

No entanto, isso não queria dizer que Mercy não pudesse olhar para uma mãe e um filho — uma mulher descalça carregando uma criança ao longo da estrada, as mãos segurando os pezinhos junto ao peito — e sentir aquele aperto no fundo do coração e aquela fisgada que a faziam lembrar que o amor materno era inexplicável, parte da natureza humana, ao mesmo tempo tão puro e simples e tão terrivelmente complicado.

Mercy suspirou, a respiração soprada pelo vento.

— Wasabi, para com isso — disse ela, quando o cachorro começou a lamber a própria virilha, como se pudesse ouvir as reflexões dela sobre reprodução e decidido verificar se os testículos dele haviam voltado a crescer milagrosamente.

O bicho desistiu, chateado.

Mercy percebeu que fazia muito tempo que não virava em uma curva. Perdida em pensamentos, viajara por uma hora em linha reta e, até onde a vista alcançava, conseguia observar que a estrada seguia daquele mesmo jeito, desaparecendo no horizonte cintilante.

DARWIN 780.

No fim da tarde, o limite de velocidade se reduziu e uma cidadezinha foi se aproximando. Mercy notou que a luz da tarde parecia diferente. A paisagem havia mudado: as cores eram mais intensas; a vegetação, mais viçosa. Entre um e outro trecho de grama verde viva, o solo era da cor de sangue escuro. O ar aquecido parecia mais denso; nuvens baixas sufocavam o céu.

Elliott era mais um pontinho na rodovia: um posto de combustível, um pub, um parque de caravanas meio abatido à beira da estrada. Foi ao sair da rodovia e entrar na estrada de serviços que Mercy viu, em meio às árvores, a motor home de Ann Barker.

— Mas que *inferno*.

Ela continuou pela estrada de serviços, com medo de colocar o pé no freio caso Ann erguesse os olhos e a visse: a médica que ela difamara, a médica com quem cruzara por uma coincidência impossível no meio do nada, a médica que pulara pela janela de uma estação de serviços e viajara por duas horas numa estrada de terra para fugir dela.

Casas de madeira passaram pelas janelas e o fim de Elliott e sua estradinha de serviços se aproximou, fazendo uma curva de volta para a rodovia. Era tarde, e Mercy estava cansada e faminta. Precisava de um lugar para passar a noite, mas Ann Barker já havia se apropriado daquela possibilidade específica de descanso. Havia uma ironia nisso também, pensou ela. Não dava para fugir das opiniões implacáveis do mundo, por mais isolada — literalmente — que você estivesse.

A rodovia chegou. A estradinha de serviços se virou na direção dela, e Mercy se viu novamente olhando para asfalto sem fim. A próxima cidade ficava a cem quilômetros de distância.

CAPÍTULO TRINTA

As nuvens continuaram a ficar mais densas no céu, cobrindo o sol poente e projetando um verde fantasmagórico sobre a terra. A estrada assumiu um tom de ardósia. Mercy acendeu os faróis, mas eles não lançaram muita luz sobre suas próximas opções. No banco de passageiro, Wasabi se empertigou e choramingou. O cachorrinho olhou, incisivo, para ela; ele precisava parar.

Mercy pegou o celular do painel e espiou a tela: sem sinal. Então praguejou e jogou o aparelho de volta. Cerca de trinta minutos haviam se passado desde que ela havia saído de Elliott; será que poderia simplesmente dar meia-volta e retornar?

Mas. A porra da Ann Barker.

Algumas gotas d'água pingaram no para-brisa. As nuvens tinham assumido um ar arroxeado feroz. Wasabi choramingou de novo.

— Droga — murmurou ela.

Seu pé relaxou no acelerador. Mercy teria que dar meia-volta. A próxima cidadezinha ainda estava a mais de uma hora de distância, mas e se chegando lá não houvesse nenhum lugar para acampar? Ela se lembrava de dirigir, angustiada, por Alice Springs, sem encontrar nenhuma vaga nem nenhum lugar que aceitasse animais de estimação. Com ou sem jornalista, Mercy precisava parar.

Pisando devagar no freio, ela estava procurando um bom pedaço de acostamento onde pudesse manobrar a van para dar meia-volta quando os faróis iluminaram uma placa.

PARADA DE DESCANSO 2 KM.

Mercy olhou para o cachorro.

— Mais dois minutos, garoto. Vamos aguentar firme.

A chuva esperou Mercy entrar na área de descanso, e então caiu torrencialmente. Ela conseguia ver que estava vindo do oeste, uma camada cinza densa de água descendo pelo matagal na direção deles, atingindo o para-brisa e o teto da van com um tamborilar e, depois, um rugido. Mercy se apressou para fechar as janelas, e o lado de dentro do vidro logo começou a se enevoar. Assustado com o aguaceiro, Wasabi baixou as orelhas e ela fez carinho na cabeça dele, mas, passados alguns minutos, o bicho voltou à queixa original e começou a ganir com urgência.

Entrando na traseira com dificuldade, Mercy encontrou a jaqueta puffer que não usara desde Alice Springs, colocou-a sobre a cabeça e saiu na chuva.

Ela foi recebida pelo cheiro inebriante de terra molhada. A água caía na areia vermelha e as gotas quentes pingavam da jaqueta sobre os ombros dela. Wasabi saltou no aguaceiro e Mercy correu atrás dele.

Um galpãozinho de zinco abrigava um banheiro de compostagem, e, depois de Wasabi se aliviar perto de um poste, Mercy entrou, levando o cachorro consigo.

A área de descanso estava deserta. Três estacas seguravam uma chapa de ferro triangular e Mercy se abrigou embaixo dela, abraçando os cotovelos junto ao corpo apesar do calor do ar.

Choveu por muito tempo. O sol poente estava escondido atrás das nuvens escuras de chuva e a luz diminuía aos poucos. Era possível ouvir os roncos abafados dos caminhões seguindo em frente na estrada, as rodas silvando pela água, mas, quando a chuva diminuiu depois de um tempo, a rodovia ficou em silêncio. Os insetos saíram piscando e zumbindo para a grama e os arbustos. A água escorria e uma umidade lânguida enchia o ar. Os corvos gralhavam nas árvores; um par preto-azulado enorme saltitou pela área de descanso, os pios lamentando o fim de tarde.

Mercy trouxe a Hijet para perto do abrigo triangular escasso e se sentou dentro da van, mordendo o lábio. Enquanto a luz desaparecia, sua barriga roncava de fome e por um mal-estar cada vez maior.

Recentemente, Mercy tinha visto notícias de que um dos mais famigerados assassinos em série da Austrália havia morrido na cadeia. As vítimas, todas mochileiras pedindo carona, tinham sido encontradas enterradas em covas rasas, os corpos cheios de feridas de bala e facadas.

Mercy pensou em quantas vezes o deserto havia dado origem a mistérios de assassinato, quantas vezes ela não estivera tranquila e segura em sua cidade natal enquanto lia as histórias terríveis e escandalosas com a segurança reconfortante que o distanciamento permitia. Às vezes, essas pessoas arrebatadas pelo deserto nunca eram encontradas, as mortes apenas presumidas depois do desaparecimento, todas as buscas ou investigações em vão diante da vastidão, do isolamento e da distância impossível do lugar.

Sentada na traseira da van, Mercy abriu uma lata de feijão cozido no molho de presunto, e, enquanto despejava a lata na panela, a gota vermelha de molho a fez pensar em sangue. Ela deu um punhado de ração para Wasabi e esperou os feijões esquentarem, mas sua fome havia se desfeito com o fim da luz do sol.

— Você está sendo boba — ela se repreendeu e abriu a porta traseira para deixar o ar úmido e fresco entrar. — Você está completamente segura.

Mas é claro que aquilo não era exatamente verdade. Mercy *não* estava completamente segura. Dessa vez, não era uma ansiedade irracional causada pelo supermercado pregando peças em sua mente no corredor de papel higiênico: era real. Ela estava *sim* sozinha. E estava *sim* muito longe de casa.

Pessoas morriam *sim* ali — esfaqueadas, baleadas, roubadas. Desde o tempo em que os europeus tinham percorrido aquela rota mais de um século antes, em busca de água e batizando as coisas com os próprios nomes, havia registro de massacres brutais.

— Ah, pelo amor de Deus — gritou Mercy, derrubando a colher. Molho de presunto voou em sua camiseta e Wasabi tirou os olhos da ração. — Isso *não* está ajudando.

Naquele momento, um rodotrem começou a passar lentamente pela rodovia e Mercy tomou o ronco do motor e o giro de suas noventa e seis rodas como um lembrete de que ela não estava *tão* afastada assim da civilização.

E então Mercy lembrou que o assassino em série que havia morrido na cadeia apanhara todas as suas vítimas à beira de uma grande rodovia. Ela fechou a porta traseira, trancou todas as portas e, quando comeu, os feijões sacudiam na colher com o tremor de sua mão.

Mercy acordou em uma escuridão turva. Desorientada e com a lombar doendo, ela levou um momento para se lembrar de onde estava — a área de descanso, depois de fugir de Ann Barker em Elliott. De alguma forma, Mercy pegara no sono sentada na cama, recostada na parede, coisa que ela não pretendia fazer logo após a refeição. Jenny Cleggett ainda estava no baú embaixo dela, e Wasabi dormia enroladinho ao pé da cama.

No escuro, uma música tocava. Vocais altos e melancólicos e o lamento de uma guitarra elétrica ecoavam na escuridão.

Mercy ficou paralisada. De onde vinha aquela música?

De repente, o volume aumentou ainda mais quando pratos começaram a tocar e o estalar de uma bateria soou. Os vocais começaram a berrar.

Mercy espiou pela janela traseira, mas tudo o que conseguia ver eram estrelas. Com o coração subindo pela boca, ela engatinhou sobre o colchão na direção do banco do motorista e ergueu a cabeça devagar.

No extremo oposto da área de descanso, uma fileira de holofotes gritantes instalados no teto de um veículo lançava círculos de luz brilhante sobre a vegetação. Mercy conseguia distinguir apenas a forma do carro, mas as rodas grandes, a iluminação ofuscante e a sombra quadrada de uma jaula na traseira foram suficientes para botar um medo metálico na boca dela: era uma caminhonete adaptada para cães. Um veículo de caça.

Contra a luz dos holofotes estava o vulto alto e escuro de um homem. Seus braços estavam erguidos, os pés bem plantados no chão, e ele estava berrando junto com as guitarras de "Stairway To Heaven" do Led Zeppelin.

A rodovia estava silenciosa. Todos os nômades grisalhos deviam estar dormindo no conforto e na segurança de seus parques. Agora, a estrada pertencia apenas a caminhoneiros de longas distâncias sob o efeito de anfetaminas.

Para Mercy, o medo com certeza fora um companheiro diário, que havia envolvido o pescoço dela e se mantido firme nos últimos dois anos, por mais que Mercy tentasse se livrar dele. Mas aquilo? Era algo diferente de medo. Diante da silhueta masculina solitária sob os holofotes, do som da guitarra estridente no meio da noite, sabendo que a rodovia era silenciosa e hostil, ela sentiu não uma onda de pavor irracional e fulminante, mas uma ameaça clara e simples expressa de maneira muito calma: *Se não sair agora, você vai morrer.*

Não era um *e se* de ansiedade, era uma certeza. Era uma segurança. Pela primeira vez, o medo não parecia algo que ela deveria tentar superar, e sim algo a que era prudente dar ouvidos. A que responder. Algo que Mercy deveria obedecer.

Um suor frio escorreu de suas têmporas enquanto ela tentava passar para o banco do motorista, mantendo o corpo o mais agachado possível, sem despontar sobre o para-brisa. Afinal, e se o homem olhasse para a Hijet e notasse o movimento? Ele devia ter visto a van quando entrou, sem dúvida, e Mercy chegou a pensar na possibilidade de o cara ter ficado à espreita enquanto ela dormia, esperando-a acordar para fazer sua abordagem.

Os movimentos dela acordaram Wasabi, que saltou no colchão e subiu nos bancos, tentando lamber o rosto dela.

— Agora não, Wasabi — sussurrou ela. — Senta.

Mas o cachorro não se deixou dissuadir. Ele saltava e arfava, pulava de um lado para o outro enquanto Mercy inclinava a parte superior do corpo sobre o assento e tentava passar as pernas. As patas de Wasabi acertaram a cara dela, a língua lambendo as orelhas.

— Wasabi, não! — pediu ela, baixinho.

O bicho a ignorou. A música continuou tocando alto, a bateria retumbante e a guitarra estridente.

Sabe-se lá como, Mercy tinha se contorcido para o banco do motorista de ponta-cabeça. As pernas estavam onde a coluna deveria estar, a coluna no lugar da bunda. Puxando os joelhos junto ao peito, ela tentou fazer um movimento imperceptível e virar de lado, mas seus ombros bateram embaixo do volante.

Wasabi soltou uma série de latidos altos e brincalhões.

A música parou.

— Merda.

Depois de sair com dificuldade de debaixo do volante, Mercy se sentou e pegou as chaves. Ao olhar adiante, viu a figura parada sob os holofotes, imóvel, mas ela não conseguia ver seu rosto. Será que o homem a encarava? Mercy apertou a ignição, porém o motor não ligou: estava frio. Ela puxou o afogador e tentou de novo, e o motor engasgou e engasgou, mas não pegou. Mercy viu o vulto começar a se mexer. Ele estava caminhando na direção dela.

— Merda! — repetiu Mercy. Pisando no acelerador, ela implorou para a van: — Vamos, *liga*.

Agora, Mercy tinha afogado o motor, que engasgou e morreu, enchendo o ar dos vapores de combustível não queimado.

O vulto continuou a passos lentos e determinados.

O medo de Mercy se transformou em uma raiva fria.

— Não vou acabar assim! — exclamou ela. — Depois de tudo, não vou me permitir acabar desse jeito! Liga, agora!

O motor se revirou, gaguejou, e ganhou vida. Mercy mudou de marcha, virou o volante e entrou ruidosamente na rodovia, cascalhos voando e o homem parado em silêncio atrás dela.

CAPÍTULO TRINTA E UM

Com o amanhecer do dia seguinte, vieram, claro, os sentimentos de dúvida. Até a sensação de que ela tinha sido boba. Abalada, Mercy fugira de volta para Elliott, numa rota em que cada quilômetro pareceu cem, cada minuto se estendendo como uma hora, os olhos grudados no espelho retrovisor à espera de que uma fileira de holofotes reluzentes iluminasse sua pequena van e balas de espingarda estilhaçassem a janela traseira.

Nada disso se concretizou. A única coisa que aconteceu depois de fugir da área de descanso e entrar no parque de trailers de Elliott foi que Mercy estacionou em uma vaga de acampamento — um trecho de grama rala embaixo de uma árvore, o mais longe possível do vulto escuro e corpulento da motor home de Ann Barker — e depois cobriu a cabeça com a manta de gatinho e ficou tremendo até o sol nascer.

Então, enquanto Mercy estava deitada naquela manhã subtropical agradável, ouvindo o canto de pavões que desfilavam fora da van, a ameaça da noite anterior pareceu surreal, algo que não passara de pura imaginação. Era provável que o homem estivesse andando na direção da Hijet para oferecer ajuda a dar partida. Isso se é que estava mesmo andando na direção dela. Será que ele não poderia estar só andando para o banheiro?

Naturalmente, Mercy também estava se censurando por no fim escolher a ameaça muito concreta de enfrentar a articulista que a chamara de *assassina* em vez da ameaça imaginada de um único homem em uma parada de descanso.

Mas, quando considerava nesses termos, até a porra da Ann Barker saía vencendo. Porque, se Mercy *tivesse* morrido na noite anterior — um fato que ela tomara como certo —, pessoas como Barker sem dúvida teriam se *exultado* em toda a internet com o fato de Mercy ter sido idiota o suficiente para se colocar nessa situação. Uma área de descanso deserta, à noite, nos confins do deserto do Território? Era a versão rodoviária de andar sozinha no escuro com fones de ouvido — eles diriam que ela estava *pedindo*.

— Mas é isso que fazemos, não é? — disse Mercy a si mesma, baixando a manta de gatinho e deixando Wasabi lamber sua mão.

Era impossível fugir do condicionamento feminino coletivo que a incentivava a ter medo de tudo — do ambiente, dos homens, dos pelos do próprio corpo — e que, além disso, a fazia se sentir culpada e boba por ter medo de tudo.

Mercy resmungou e virou de barriga para baixo, enfiando a cara no colchão. Ela havia decidido que simplesmente esperaria na Hijet até a motor home de Ann Barker ter saído. Afinal, alguns barracões de madeira e bandos de pavões cercados por carros enferrujados e grama alta não pareceriam muito interessantes para duas adolescentes — ainda mais sem internet nem sinal de celular. Logo eles iriam embora.

Além da Hijet de Mercy e da motor home de Ann, havia apenas outros dois campistas no parque: ambos nômades grisalhos em trailers que, como sempre, saíram ruidosamente ao amanhecer. Mercy se manteve agachada dentro da van, erguendo os olhos sobre a moldura da janela e observando a motor home de luxo no lado oposto do parque na esperança de que ela fosse embora. Às nove horas, porém, Mercy estava apertada para ir ao banheiro e não havia nem sinal do veículo de Ann Barker se movimentar. Na verdade, não havia nenhum sinal de vida ali. Nenhuma cadeira ou mesa desdobrada para um café da manhã ao ar livre, nenhum movimento através das janelas, todas as cortinas fechadas.

Quando o sol subiu mais, o interior da van começou a ficar sufocante. Relutante, Mercy abriu as janelas, espiando a motor home de tocaia, mas, sem brisa, não havia muito alívio. A chuva forte do dia anterior estava se transformando rapidamente nessa sauna matinal.

Depois de fazer café e comer uma maçã e algumas fatias de queijo, Mercy não conseguia aguentar mais. Tampouco Wasabi: os ganidos do salsichinha tinham ficado mais estridentes e urgentes. Por um longo minuto, ela observou a motor home silenciosa e, depois de se convencer de que Ann e sua família ainda estavam dormindo profundamente ou, por algum motivo inexplicável, tinham saído para um longo passeio pelos estabelecimentos nada glamorosos de Elliott, Mercy entreabriu a porta traseira e saiu.

Com os olhos baixos, ela correu pela grama. Formigas-saltadoras cercavam trechos de areia úmida, fazendo com que Mercy precisasse dar pulos e passos largos que apertavam sua bexiga cheia. Wasabi correu em círculos, farejando os insetos, arfando atrás dos pavões e fazendo xixi em mais de uma árvore diferente. Quando o cachorro saiu andando na direção da motor home monstruosa, ela o repreendeu, olhando com nervosismo para as janelas, embora o veículo permanecesse em silêncio.

Os sanitários eram um pequeno bloco de tijolos pintado de azul. Do lado de dentro, Mercy se trancou com o cachorro em uma baia de chuveiro e parou embaixo de um jato revigorante de água fria. Assim que terminasse o banho, ela iria embora. Bastava se vestir, voltar para a van e sair dirigindo. Enquanto esfregava o rosto, Mercy disse a si mesma que, mesmo se encontrasse Ann, não tinha obrigação de falar nada. *Quem essa mulher pensa que é?*, Mercy refletiu enquanto ensaboava as axilas. A escritora era só uma caçadora de cliques. Mercy não devia nada a ela.

Sentindo-se mais encorajada, Mercy fechou a água e enrolou a toalha em volta do cabelo recém-cortado. Em seguida, vestiu o short, colocou a camiseta e abriu a porta da baia enquanto Ann Barker se virava da pia e abria um sorriso para ela.

— Doutora Blain — disse a articulista com a boca cheia de pasta de dente. — Bom dia. — Ann cuspiu a pasta na pia. — Pensei mesmo que aquela van engraçadinha lá fora fosse a sua. Pelo visto você não enfrentou nenhum problema depois que ela foi consertada, né? Nem vi você sair lá em Ti Tree.

Mercy estava limpa, seca e vestida. Tudo o que precisava fazer era pedir licença e passar por Ann, entrar na van e sair dirigindo. Ela não devia nada àquela mulher, certo? Mas, quando Mercy ficou cara a cara com o sorriso da escritora, aqueles olhos cinza penetrantes, a cabeça inclinada, secando pasta de dente do queixo e cheirando a xampu e presunção atrevida, toda a força de vontade que havia acabado de encontrar no chuveiro desapareceu. Diante dos olhos de Mercy, todos os comentários da matéria subiram em alta velocidade, às centenas e sem filtro, muito dramáticos. Um deles dizia: *Que merda! Foda-se ela! QUEIMEM TODOS.*

Ah, e como Mercy havia queimado.

— Está gostando da viagem? — perguntou Ann, pegando um pote de protetor solar. — Está começando a parecer um pouco tropical, não acha? — A mulher inclinou a cabeça, o olhar intrigado. — Eu poderia *jurar* que seu cabelo está mais curto. Enfim, a gente vai direto para Darwin hoje, nem que a gente tenha que dirigir noite adentro. Estamos ficando um pouco malucos sem sinal de celular.

— Sim — Mercy se ouviu dizer. — Deus a livre de ficar sem atiçar a opinião pública sobre alguma coisa.

Ann parou, um pouco de protetor solar na palma da mão.

— Quê?

E então as palavras saíram da boca de Mercy. Elas ganharam movimento por conta própria, como se tivessem dois mil quilômetros de velocidade atrás delas, um continente de chamas, e parecia que Mercy não era nada além de uma mera testemunha.

— Você me chamou de assassina, se bem me lembro. Admito que só li o artigo uma vez, mas não acho que ser chamada *disso* seja algo que eu possa ter interpretado mal.

Devagar, Ann pôs a embalagem de protetor solar na pia.

— Sério?

— Sim. — A boca de Mercy estava seca. — Chamou.

— Olha — disse Ann, passando o creme no braço —, desde que cruzei com você alguns dias atrás, estou tentando me lembrar do caso. Lembro que as pessoas estavam em polvorosa por causa dele e lembro de pensar que era algo extraordinário por si só, porque os médicos costumam ser imunes a críticas da opinião pública. — Ela passou mais protetor na palma da mão. O aroma praiano encheu o sanitário de tijolos úmido. — Afinal, por que não seriam? Vocês salvam vidas. Operam milagres. — A mulher se inclinou para a frente para passar o creme nas coxas, erguendo os olhos para Mercy sob ondas do cabelo cacheado. — Então o que havia de diferente dessa vez? E então — Ann se empertigou — lembrei quem ela era. Aquela influencer. Quantos seguidores ela tinha no Instagram? Um milhão?

Um segundo de silêncio se passou, o som da respiração ofegante de Wasabi ecoando no bloco de tijolos.

— Um ponto três milhão — respondeu Mercy por fim. — E o marido tinha mais ou menos metade disso.

Mais um silêncio se instaurou. A torneira pingou na pia.

Então Ann bateu as palmas da mão uma na outra.

— Bom, é isso. — Ela deu de ombros. — As pessoas sabiam quem eles eram. Os seguidores dela tinham acompanhado todos os momentos da gestação: fotos de estrias, calcinhas para gestantes, o quartinho lindo do bebê. Então ela morreu e, como sempre, precisavam de um bode expiatório.

Foi porque Ann usou a expressão *bode expiatório*? Quando era pequena, Mercy sempre sentia que a mãe a concebera apenas para ter alguém para *culpar*. Nunca houve outra opção a não ser existir, ser filha de Loretta Blain, morar na casa da mãe sob as ordens dela. Loretta inventou uma filha para si, então, quando insistia que Mercy fosse a pessoa que *ela* queria — o que obviamente Mercy nunca conseguia ser —, era devastador e hipócrita. Por que sua mãe se ressentia da existência da menina sendo que ela havia sido responsável por isso? Por que, por mais que você se esforçasse, algumas pessoas decidiam acabar com sua vida para se sentirem maiores?

O fundo da garganta de Mercy começou a doer; lágrimas quentes encheram seus olhos.

— Você não tinha o direito de fazer a família dela passar por aquilo.

Ann pareceu surpresa.

— Eu? Tudo o que fiz foi reportar os fatos. Um pouquinho de comoção na internet? Não é nada comparado à dor de perder um ente querido.

— Você tem razão — disse Mercy, a raiva queimando mais forte. — Nada se compara a perder um ente querido. *Nada*. E esse "pouquinho de comoção na internet" que você instigou, diga-se de passagem, foi minha trilha sonora em uma época em que eu tinha perdido não um, mas *dois* entes queridos. Não nas mesmas circunstâncias que a família de Tamara, mas, para mim, eles morreram mesmo assim. Luto é luto. É complicado, terrível e muito difícil, e só pode ser amenizado com o tempo. Mas não tive como amenizar, não tive como, porque estava ocupada demais me escondendo, mantendo a cabeça baixa, me protegendo de toda essa raiva fabricada quando tudo o que eu tinha feito era o *meu trabalho*. Para você, palavras não são nada além de isca para conseguir audiência, material para receitas publicitárias. Mas elas têm consequências de verdade, Ann, têm um rosto humano. Sem entender de verdade o que aconteceu, sem nenhum fragmento de empatia, nuance ou *humanidade*, você transformou o luto daquela família, a coisa mais terrível na vida daquelas pessoas, em nada mais do que um caça-cliques. Para fazer você se sentir maior.

A respiração de Mercy era rápida e superficial.

Ann a encarou. Ela abriu a boca para falar, e então as duas se viraram com o som de uma descarga. A última baia se abriu e dela saiu a filha adolescente de Ann.

— Pois é, *mãe* — murmurou a menina. — E depois você vem *me* dar sermão sobre as consequências de postar na internet. *Credo*.

Balançando a cabeça, a filha de Ann lavou as mãos e saiu. Sem dizer nada, Mercy a observou ir. Então pediu licença, deu a volta por Ann Barker e foi para o sol.

Talvez, Mercy pensou, ela estivesse tão longe que havia superado o medo e entrado em um estado de apatia. Ou até no vazio. Qualquer que fosse o caso, enquanto enchia o tanque da Hijet de gasolina no posto de serviços de Elliott, ela conseguia sentir a mente buscando a boa e velha dose de medo como um viciado atrás de um cachimbo para no fim encontrar uma sensação de... nada. E o que é que era aquilo? Quem estava sondando as profundezas de sua consciência, procurando por ansiedade, arrependimento ou angústia e voltando de mãos abanando? E o que Mercy tinha no lugar? Sem medo, o que ela sentia?

Depois de pagar pela gasolina, Mercy serviu um copo de água e parou sob a sombra da traseira da van para beber. Uma sensação arraigada de hábito queria fazê-la relembrar aqueles momentos com Ann Barker no sanitário, mas, bizarramente, ela também percebeu que não se importava. A motor home de Ann Barker partira e a articulista ficara no passado, e Mercy estava aqui, agora, tomando água fresca e ouvindo os insetos zumbirem na terra vermelha e quente, olhando para o céu azul que se estendia a perder de vista.

Ela ergueu o pé e o apoiou no para-choque traseiro. Houve um som metálico e seu pé escorregou para o cascalho. Assustada, Mercy virou e viu o para-choque pendendo para o lado.

Com cuidado, deu uma chacoalhada para testar o para-choque, que não caiu. Ela tentou com mais força. Em vez de estar solta, a peça parecia estar travada naquela posição, inclinada na direção do novo escapamento que Tate instalara em Ti Tree.

Pensando bem, a Hijet estava começando a fazer mais barulhos do que o normal. Às vezes ela engasgava, dando um arrotinho fora do comum, quase imperceptível, mas que acontecia mesmo assim. Novos tilintares haviam surgido, rangidos diferentes. O retrovisor tinha começado a arquear e a janela do lado do motorista não fechava mais até o final.

Mas, como o velho mecânico havia garantido, a direção ainda estava boa e a van ainda freava bem. Na tarde anterior, Mercy pisara nos freios para deixar uma equidna passar pela rodovia e a Hijet havia parado de forma tão rápida e eficiente que os pneus até cantaram. E o medidor de temperatura nunca saía do frio, mesmo no calor do sol do meio de tarde. Mercy mantinha os líquidos no máximo: gasolina e água. O para-choque não importava, era apenas estético.

Dando um último puxão no para-choque inclinado, Mercy assentiu, satisfeita, depois virou o copo e voltou para dentro da van.

* * *

O atendente do posto de gasolina dissera a Mercy que havia um lugar a apenas trezentos quilômetros à frente na estrada que ela sem dúvida tinha que visitar. Ela simplesmente não podia perder.

Depois de Mercy rir sobre como só no deserto da Austrália uma distância de trezentos quilômetros poderia carregar o sentimento de "apenas" — e depois perder o ânimo ao perceber que, para a maioria dos motoristas, trezentos quilômetros era praticamente um trecho simples de direção, mas para ela era mais da metade de um dia, mesmo sem paradas —, o atendente tinha pegado um mapa e apontado para as fontes termais de Mataranka.

— É uma estrada de terra? — perguntara Mercy.

— Toda asfaltada — garantira o homem.

Então, com os ouvidos atentos para o som do para-choque traseiro batendo no asfalto, ela entrou na rodovia e continuou rumo ao norte.

Aos poucos, Mercy foi sentindo uma mudança na atmosfera. O ar foi ficando mais denso, mais pesado; o calor se tornou mais fulminante. Depois de dirigir três horas ao norte de Elliott, ela entrou no estabelecimento pequeno de Larrimah com sua camiseta úmida e a barriga roncando. Pendurado em uma cerca estava um quadro negro que dizia AS MELHORES TORTAS DA CIDADE!, e, embora Mercy quisesse chegar a Mataranka para mergulhar o corpo suado e empoeirado nas fontes termais translúcidas, a fome a tirou da rodovia. Porém, logo em seguida encontrou outra placa prometendo AS MELHORES TORTAS CASEIRAS DA CIDADE e ficou indecisa pelo excesso de opções de torta. Mas então viu um terceiro aviso que dizia SEU CACHORRO É BEM-VINDO AQUI!, e a decisão foi tomada por ela.

O café era um barracão de tábuas de madeira e lona coberto por uma enorme primavera rosa. No interior do estabelecimento, um ventilador de lâminas grandes rangia no teto em círculos preguiçosos, agitando o ar morno como sopa. Depois de recusar ofertas de sabores como camelo ou búfalo, Mercy escolheu duas tortas de carne e as levou para fora, onde se sentou sob a sombra do flamboyant todo florido e comeu, dando a segunda torta para Wasabi.

A rodovia estava em silêncio; as poucas estradinhas de terra que formavam as ruas da cidade estavam vazias, vermelhas e quentes sob o céu grandioso. De algum lugar próximo vinha um lamento metálico solitário, como um moinho se agitando sob uma sombra errante. Um cachorro magro corria ao longe, e Mercy colocou a mão na coleira de Wasabi, mas ele estava ocupado demais observando a torta, afugentando formigas-cabeças-verdes com a pata e esperando que ela esfriasse.

Apesar do calor, Mercy sentiu os pelos dos braços se arrepiarem enquanto comia. Amarrados às cercas, fixados em postes e colados na fachada do pub do outro lado da rua, havia cartazes axadrezados azul e branco. DESAPARECIDO, diziam as letras garrafais. Quando Mercy entrou novamente no café para tomar uma limonada e perguntou sobre o homem desaparecido, a resposta veio acompanhada de lábios apreensivos, um balançar de cabeça e uma expressão triste. Ela pensou na caminhonete de caça da noite anterior, nas notas estridentes de guitarra de "Stairway To Heaven" ecoando no deserto, na vastidão surreal do lugar. Em como o corpo humano era pequeno. Pequeno e vulnerável. Mercy olhou para os restos de sua torta e sentiu uma onda de solidão tomar conta dela. Abruptamente, perdeu o apetite, assim como toda a paz que sentira logo antes em Elliott, ambos substituídos pela pele arrepiada e pelo medo formigando em sua pele. Ela pegou o cachorro no colo, entrou na van e voltou às pressas para a rodovia.

Com o passar das horas, a vegetação continuou a mudar. O mato se adensou, os verdes se intensificaram. O vermelho da terra começou a perder a cor, deixando para trás os tons de sangue dos últimos dois mil e tantos quilômetros. Os cupinzeiros foram ficando mais altos, como se disputassem com a grama. No lugar das folhas abertas de eucaliptos, havia florestas de gravetos finíssimos chamuscados pelo fogo. A rodovia atravessou uma grande várzea de monção e o coração de Mercy acelerou.

Ela havia entrado no norte tropical.

DARWIN 450.

Eram cerca de três horas da tarde quando Mercy entrou em Mataranka, um punhado de lojas amontoadas em um dos lados da rodovia. Palmeiras balançavam, bougainvílleas floriam roxas e uma pluméria cheia de galhos soltava flores na estrada e perfumava o ar pegajoso.

Mercy escolheu um camping pela placa que dizia ANIMAIS DE ESTIMAÇÃO MUITO BEM-VINDOS! e, ao entrar, encontrou o gramado arborizado cheio de mesas de piquenique, pequenos marsupiais e mais pavões.

E lá, estacionados embaixo das árvores, estavam a Land Cruiser prateada e o trailer de Bert e, a uma distância educada dele, a motor home alugada de Andy.

CAPÍTULO TRINTA E DOIS

— A turma toda está aqui! — exclamou Bert alegremente, apoiando o pé na roda traseira. — Mas você perdeu Pete e Jules por pouco. Eles saíram hoje cedo. Decidimos passar mais uma noite, afinal, olha este lugar. — Ele estendeu o braço. — É simplesmente mágico. Então, escuta — continuou o homem sem parar. — O happy hour será às quatro, no nosso. Silver Cruiser e Jayco Starcraft. — Bert apontou, depois sorriu. — Mas você já sabe disso a essa altura! Traga o que tiver e, se não tiver nada, tudo bem. Esse para-choque está um pouco torto, sabia? — Ele franziu a testa para a traseira da van, com a peça inclinada na direção do escapamento, agachou-se e deu um puxão de teste. — Enfim — disse Bert, endireitando-se. — Depois dou uma olhada nisso. Tenho uma chave que vai servir certinho para esses parafusos.

Ele apalpou alguns dos bolsos da camisa, como se procurasse chaves inglesas reservas.

Mercy tinha acabado de desligar o motor e sair, ainda com as chaves na mão e a porta do motorista aberta. Wasabi saiu correndo até uma árvore perto, se agachou e fez cocô.

— Obrigada — foi tudo o que Mercy conseguiu pensar em dizer.

— Por nada. Então, happy hour... Vemos você lá? Seu amigo vai levar uma garrafa de uísque, pelo visto. — Bert riu.

— Como um verdadeiro escocês. Então tenho certeza de que vai ser uma noite ótima, mesmo sem Pete e Jules.

Ele pareceu tão contente que Mercy não teve como não sorrir para ele. Ela olhou para a motor home de Andy. O toldo de lona estava estendido e uma mesinha e uma cadeira estavam postas sob a sombra, mas ela não conseguia ver o escocês com seu uísque.

Finalmente, Bert a olhou intrigado.

— Tem alguma coisa diferente em você.

Mercy levou a mão aos cachos aparados.

— Só dei uma cortada.

— Hm? Ah, não, não estava falando do cabelo. Não sei dizer bem, mas você parece, sei lá...

— Bert!

— Opa, é comigo — disse ele, e saiu.

Mercy correu para limpar a sujeira de Wasabi antes que o cocozinho atraísse metade das moscas do Território do Norte.

Depois de tirar a poeira vermelha e o suor, Mercy colocou a coleira em Wasabi e voltou para a cidade. Em um lado da rodovia, ficavam um mercado, um posto de gasolina, uma delegacia, outro posto de gasolina e uma loja que vendia chicotes, chapéus e cintos de couro. Do outro, havia um grande parque coberto de grama, com eucaliptos de troncos brancos, árvores de sombra com raízes grossas enormes do tamanho de florestas tropicais. Os caminhões dirigiram ruidosamente pela estrada, cortando o ar quente, e Mercy se sentiu bem por estar descansando, relaxada por não estar ao volante.

E: estava quente. O calor parecia vir não apenas do sol a pino, mas da terra, irradiando da grama, das árvores, das flores. Do próprio ar úmido e parado.

Mercy entrou, aliviada, no mercado com ar-condicionado. Parado na frente da geladeira, observando o que havia dentro, usando chinelos nos pés, uma toalha na cintura e aparentemente nada além disso, estava Andrew Macauley.

Ela se aproximou.

— Sabe, temos certos costumes neste país.

— Doutora Mercy! Como vai? Uau — disse ele, notando o cabelo curto dela. — Então era para isso a faca do Steve. — Andy abriu um sorriso que Mercy sentiu da cabeça aos pés. — Agora, que costumes são esses, hein?

— Umas coisas chamadas "camisas" — apontou Mercy. — Invenções milagrosas para não matar as velhinhas do coração.

— Ah, larga mão. Você está longe de ser velhinha. Não dá para ficar de camisa nesse calor, não.

Ela demorou um instante para compreender. Às vezes, o sotaque dele era incompreensível.

— Estava nadando — esclareceu Andy, encostando o ombro nu de leve no dela. — Você está acampando nas fontes termais?

Mercy assentiu, tentando ignorar a sensação da pele dele em seu ombro.

— Bert já me convidou para o happy hour.

— Sim, ele me convidou também.

— Acho que não vai dar para fugir dessa vez. Ele está me convidando desde Crystal Brook. Estou sendo antissocial há quase dois mil e quinhentos quilômetros.

— Não se preocupe, dra. Mercy. Estarei lá. E você pode levar seu cão de assistência. — Andy olhou ao redor. — Por falar nele, cadê seu cão de assistência?

— Lá fora.

— Olha só para você!

— Pois é, né? — Mercy escolheu um pacote de linguiças, colocando-o com cerimônia na cesta. — Como uma cliente normal. Falando com outro cliente, de uma maneira muito normal. Quer dizer, se a maioria dos clientes normais procurasse molho de cebola francesa vestindo pouca roupa desse jeito.

— Descobri que é o único jeito de fazer compras. Você deveria experimentar. — Andy sorriu. — É a libertação que você estava procurando, meu anjo.

O riacho Roper cortava as palmeiras-leques densas. Cor de lápis-lazúli, translúcido como vidro lapidado, a água artesiana morna subia do subterrâneo fundo e entrava nos riachos e nascentes. Nenúfares abraçavam a corrente como se fossem namorados.

Por um longo momento de calmaria, Mercy parou nos degraus de paralelepípedos e observou a água resplandecente e cálida. Toda a ansiedade que sentiu alguns minutos antes por deixar Wasabi com Andy ficou para trás. Ela tirou as botas o mais rápido possível e entrou na água como se esse fosse seu único objetivo na vida.

Mercy teve a sensação de que todo seu peso estava sendo levado embora. Como se não pesasse nada. Músculos doloridos relaxando. A pele fustigada pelo vento aliviada. O prazer foi tão intenso que ela viu estrelas.

A corrente a puxava levemente. Flutuando de costas, Mercy viu as folhas de palmeiras passarem. Nas árvores lá em cima, morcegos tagarelavam em grupos. As nuvens de tempestade estavam se formando do tamanho de arranha-céus. Aconchegada pela água morna e envolta pela vegetação, Mercy observou as palmeiras, os morcegos e as nuvens de tempestade e se sentiu segura, distante. Deslizando naquele líquido antigo aquecido pela terra, não havia nada que precisasse fazer além de observar. Tudo o que precisava fazer era *existir*.

A fonte se estreitou, fazendo uma curva. Mercy mergulhou sob a superfície, e, quando emergiu, a corrente tinha se aberto para outra piscina. Uma placa na margem da água alertava os nadadores a ficarem atentos a crocodilos-de-água-doce. Embora não representassem o mesmo nível de ameaça que seus primos de água salgada comedores de gente, esses répteis *podem se tornar agressivos se forem perturbados*.

Então veio à mente dela, de repente, como sempre acontecia.

Um banho: uma das enfermeiras obstetras oferecera um banho a Tamara, para aliviar a dor. Mercy tinha sido devidamente informada desse fato, e como havia reagido? Nadando devagar, ela tentou se lembrar. Todos os detalhes deviam estar registrados nos apontamentos, tanto nos dela como nos das enfermeiras, mas agora a cabeça de Mercy estava vazia. Ela dava à luz duzentos a trezentos bebês por ano e se deu conta de que Ann Barker tinha razão:

todas as mulheres em trabalho de parto e todos os bebês se misturavam, encadeados em uma série de bradicardias e taquicardias, primíparas ou multíparas, partos distócicos ou induções de parto.

De costas, a água batendo em sua pele, Mercy observou uma nuvem de tempestade preta arroxeada passar pelo céu, bloqueando o sol e criando um crepúsculo sobrenatural. Um trovão estourou. Mercy sentiu o *tum-tum* lento de seu coração. Ela estava viva. Estava aqui, agora. Mas Tamara Lee Spencer e milhões de mulheres exatamente como ela ao longo da história da humanidade não estavam mais. Assim como homens. Todo tipo de pessoas, de todas as idades. No passado, e no presente, e no futuro. Por mais que Mercy ou os melhores e mais qualificados e experientes de seus colegas fizessem. Por mais que as pessoas lutassem, negassem ou se indignassem com isso. A morte acontecia. O nascimento acontecia. A *vida* acontecia.

Era devastador, transformador e simples assim.

Mercy tinha certeza de que, se fosse possível ter mais de cinco pontes de safena, o irmão de Bert teria. Ou, pelo menos, Bert *diria* que o irmão tinha. Seis pontes de safena? Oito? Não era nada para o irmão dele, que conseguia ter mais do que isso, de tantas artérias coronarianas debilitadas que havia em seu coração.

Eles estavam sentados ao redor de uma fogueira crepitante: um grupo de nômades grisalhos falantes, Andy com seu coque samurai e seu uísque, e Mercy, com vinho tinto e o salsichinha no colo. O happy hour tinha sido adiado devido à tempestade tropical ruidosa que havia caído torrencialmente por meia hora, até parar de maneira tão abrupta quanto começara. Estava tudo molhado, pingando e exalando vapor. Poças brilhavam sob os últimos reflexos do pôr do sol laranja rosado.

O homem que recentemente havia passado por uma cirurgia de ponte de safena tripla era um senhor robusto de cabelo prateado chamado Graham, e sua esposa era uma mulher magra usando cachecóis floridos, apesar da umidade, chamada Eileen. Ambos na casa dos 70, estavam "dando voltas" na van havia uns seis meses enquanto Graham se recuperava da cirurgia realizada no ano anterior, segundo ele mesmo explicou.

— Ah, sim — interveio outro homem. — Fiz uma ponte de safena quádrupla dois anos atrás. Não é nada fácil. Sabia que precisam serrar as costelas?

— Meu irmão fez uma quíntupla — disse Bert. — De uma vez só. Esse tipo de operação é tão raro quanto uma mosca-branca. Levou o dia todo. Precisaram trazer outra equipe de cirurgiões de Melbourne e praticamente fecharam a sala de cirurgia por uma semana.

Ninguém conseguiu superar o irmão de Bert depois dessa, então houve um momento de silêncio compulsório, antes de eles mudarem o assunto para câncer: quem havia levado um susto, quem havia removido algo e de que parte do corpo. (Graham: primo com câncer de pulmão em estágio I; Homem com Ponte Quádrupla: próstata; irmão de Bert: teve um caroço removido da virilha com que os médicos estavam muito preocupados, mas se revelou ser um cisto. Mas deixou os patologistas e oncologistas completamente perplexos, tanto que estavam pensando em batizar o negócio com o nome dele.)

Ouvindo aquelas histórias exageradas e competitivas de sofrimento médico, Mercy não conseguiu não se sentir entretida. Ela bebeu um gole do vinho, oferecendo as exclamações, os murmúrios e as caretas de solidariedade necessários. Era o momento de compartilhar histórias de guerra dos aposentados. Era assim que eles provavam que estavam de fato *realizando o sonho*. Afinal, por que outro motivo você compraria um trailer enorme e rodaria com ele pelo país, disputando a melhor vaga de camping com uma tropa de outros trailers enormes? Para provar que a vida é boa para caramba. E também para reconhecer que é curta.

E para provar aos millennials a importância do fundo de aposentadoria.

Cochichando, Mercy perguntou para Andy:

— Qual é o coletivo de trailers?

Andy ponderou.

— Contação de vantagem.

— Gabação?

— Alarde.

— Opulência.

Andy perguntou:

— Qual é o contrário de um pedido de desculpa? Confissão?

— Flagrante?

— Pretensão?

Aquilo continuou por um tempo, de um lado para o outro, até Andy sugerir finalmente:

— Ostentação. Ostentação de caravanas.

Com isso, o vinho saiu pelo nariz de Mercy e o assunto foi resolvido.

— E você, Mercy? — perguntou Bert, enquanto ela limpava o vinho tinto do pelo de Wasabi. — O que você faz?

— Trabalho para a receita federal — respondeu Mercy.

— Como todos nós — declarou o Homem com Ponte Quádrupla, e todos rolaram de rir.

Eileen passou uma bandeja de ovos recheados e Mercy perguntou se ela os tinha comprado em Mataranka.

— Não, meu bem — disse Eileen, com simpatia. — Eu que fiz.

Mercy olhou para a bandeja e imaginou cozinhar todos aqueles ovos na traseira apertada de sua van. Ela pegou um, agradeceu a Eileen e mordeu. Era delicioso, cremoso e apimentado.

— Uau — murmurou ela. — Que incrível. Você deve ter mais do que uma panela.

Eileen deu uma risadinha.

— Tenho uma cozinha inteira naquela coisa ridícula lá. Toma, pega mais um.

E ela pôs mais dois ovos na mão de Mercy. Wasabi se sentou, farejando, e ela o empurrou para o chão, onde ele começou imediatamente a seguir a bandeja que passava de mão em mão.

Chamas crepitaram, um galho caiu e faíscas subiram sob a luz fraca. Havia risos em abundância. Andy cochichava piadas para Mercy, que sentia o cheiro do sabonete masculino, o hálito dele fazendo cócegas nos cabelos curtos suaves atrás da orelha dela. Wasabi subiu no colo de todos, aceitando carinhos, apertos e pedacinhos de ovo, salsicha, biscoitos e queijo.

Mercy demorou um tempo para dar nome à sensação em seu corpo. Um relaxamento, lânguido e não urgente. Como havia notado em Elliott naquela manhã, se prestasse atenção, ela quase conseguia *sentir* a mente buscando algo em que *pensar*, algo que a deixasse agitada, algo para temer. Mas, em vez disso, Mercy sentia outra coisa, diferente de nervosismo e inquietação.

Era calma — era assim que Mercy estava. Era assim que ela se sentia, aqui e agora.

Mercy estava calma.

No fim, o happy hour durou mais que uma hora.

422 km pela frente

CAPÍTULO TRINTA E TRÊS

7h40, dizia o celular de Mercy. *Sem sinal.*
   Bocejando, ela virou de barriga para cima e se espreguiçou. A van parecia uma sauna. Do lado de fora, dava para ouvir os sons dos campistas guardando as coisas, preparando-se para disputar corrida entre si atrás do próximo acampamento.
   Era a sétima manhã em que Mercy acordava naquele colchão de espuma estreito forrado de veludo, com uma caixa de cinzas velando seu sono. Quantas outras haveria? Ela estava a apenas quatrocentos e vinte quilômetros de Darwin. Até então, o maior trecho que percorrera em um dia tinha sido pouco mais de quinhentos quilômetros, de Glendambo a Marla, no terceiro dia. Se Mercy se levantasse e começasse a dirigir logo, era totalmente possível chegar a Darwin na hora do jantar. Desde que nada importante caísse da van, ela pensou, lembrando do para-choque inclinado.
   Wasabi fungou, estendendo-se sobre a perna dela. Mercy tinha dormido sem a manta de gatinho, e seus tornozelos e

joelhos coçavam por causa das picadas de mosquito. Distraidamente, ela roçou um tornozelo no outro. As coxas queimadas pelo sol estavam descascando e a casquinha em seu joelho também incomodava.

O que havia até Darwin? Nitmiluk, Mercy sabia. Gargantas espetaculares e pitorescas esculpidas nas falésias de arenito à margem do rio Katherine. Mais uma área icônica da Austrália. Ela não poderia entrar com Wasabi no parque nacional, mas haveria lugares aonde poderia ir, como mirantes e piscinas naturais. Haveria estradas que a levariam ao sopé dos escarpamentos íngremes de arenito. Que mais? Mercy decidiu que pegaria um panfleto com as informações turísticas na cidade.

Cantarolando consigo mesma, ela saiu da van e foi ao sanitário para se lavar. Quando voltou, Andy estava sob a sombra da van. O coração de Mercy tropeçou.

— Então, escuta — disse Andy —, não sei você, mas eu queria um café da manhã que não fosse torrada de motor home.

— Eu sinto *falta* de torrada — respondeu Mercy. — Só tenho uma panela. É um pouco difícil fazer torrada nela.

— Certo então. Preciso de algo diferente de torrada, você precisa de torrada. É só uma hora até Katherine. Você toparia formar um comboio?

— Um comboio de café da manhã?

— Isso. O melhor tipo.

Mercy lembrou Andy que uma hora para ele significava uma hora e meia para ela.

— Levei isso em consideração. — Ele deu um tapinha na barriga chapada. — Já comi uma tigela de cereal para aguentar a viagem.

Mercy sorriu.

— Certo. Temos um encontro.

— Um encontro de café da manhã?
— O melhor tipo.

Mercy entrou na rodovia às oito e meia. *Sem sinal*. Ela guardou o celular no compartimento da porta.

O calor era impressionante. O sol parecia uma bola incandescente em um céu impecável, assando o asfalto em um tom de prata derretida. Mercy fechou as janelas, tentando conter a entrada de calor, mas as abriu de novo alguns minutos depois, desesperada por uma brisa. O suor escorria pelas costas e pela parte de trás das coxas dela, deixando o tecido do banco pantanoso. Em determinado momento, Mercy resolveu deixar as janelas entreabertas.

Wasabi se sentou no banco, a língua rosa e comprida pendurada. Depois de um tempo, ele se retirou para a sombra escura na traseira. Mercy pensou na caixa de cinzas embaixo da cama, a pobre Jenny Cleggett pegando fogo de novo.

Andy estava dirigindo à frente; ela conseguia ver a van ao longe na rodovia, um pontinho branco na névoa de calor. Mercy pensou nele sentado confortavelmente no ar-condicionado, o coque samurai sem poeira, a camiseta branca justa.

Noventa minutos depois, a rodovia se dividia em uma faixa dupla. Mais trânsito foi surgindo e placas apareceram à beira da estrada: proibições de álcool, restrições de quarentena, níveis de ameaça de enchente.

BEM-VINDOS A KATHERINE.

DARWIN 320.

O celular de Mercy começou a apitar.

* * *

Um caminhão passou ao lado de Mercy e a ultrapassou, escondendo a motor home de Andy. Ela baixou os olhos para o celular, vibrando como um inseto furioso. Observando o horizonte, não conseguia mais ver Andy. Não tinha passado pela cabeça deles combinar um ponto de encontro; os dois simplesmente haviam presumido que "Katherine" bastava. Mas a cidade se revelou ser uma pequena metrópole, com ruas que se ramificavam, amontoados de lojas industriais e muitos carros. Veículos envolveram Mercy por todos os lados, e o trânsito ficou mais devagar. O aparelho vibrava tanto que estava quase pulando para fora do compartimento da porta.

Ela conseguia sentir o pulso acelerar. Logo à frente, luzes de freio se acenderam quando o trânsito parou. Em um engarrafamento, com o ar quente de escapamento entrando pelas janelas, Mercy pegou o celular.

Doze mensagens de voz.

Nove e-mails não lidos.

Trinta e seis mensagens de Eugene.

Intrigada, Mercy abriu as mensagens de voz. Encaixando o celular no colo, ela ativou o viva-voz quando o trânsito começou a andar e esticou o pescoço, à procura de Andy.

"Mercy, é o Eugene. Por favor, me liga agora, é urgente."

"Mercy, estou ficando preocupado. O Departamento Jurídico disse que também não está conseguindo falar com você."

"Mercy, você precisa me ligar imediatamente. Adiantaram a data do inquérito. É segunda. *Segunda que vem.*"

Mercy pisou nos freios. O celular foi direto de seu colo para os pés. Atrás dela, uma buzina soou, furiosa.

— Ai, Deus — disse ela.

Mercy virou o volante e entrou em uma vaga de estacionamento. O motor parou quando ela tirou os pés dos pedais, tentando pegar o celular, batendo a testa no volante.

Ela ouviu o restante das mensagens de voz, todas do Departamento Jurídico. Clicou nos e-mails, examinando freneticamente. Leu as mensagens de texto cada vez mais histéricas de Eugene, que terminavam com:

MERCY. INQUÉRITO SEGUNDA 28 OUT. ME LIGA AGORA.

Mercy encarou a data no celular, mas o número não mudou. Sim, hoje era 24 de outubro, quinta-feira. O inquérito judicial sobre a morte de Tamara Lee Spencer não era dali a duas semanas, como ela havia pensado esse tempo todo.

Ela tinha três dias para chegar em Adelaide.

CAPÍTULO TRINTA E QUATRO

Os carros passavam. A mão de Mercy tremia enquanto ela apertava o número de Eugene.

Ele atendeu no segundo toque. Estava uma fera.

— Porra, onde você está?

— Katherine — respondeu ela.

— Estou olhando um mapa. — Mercy ouviu o barulho de papel que confirmava que Eugene estava olhando para um mapa físico de verdade, como um verdadeiro senhor de idade. — Certo, fica lá em cima, né? Perto de Darwin? Consegue chegar a Darwin?

— Adiantaram mesmo o inquérito?

Ela sabia a resposta; tinha visto o e-mail de confirmação do advogado.

— Sim. Para segunda.

— Eles *podem* fazer isso? A data está marcada há meses...

— Pelo visto sim. Parece que teve a ver com uma cirurgia que o juiz precisa fazer. Não importa. Todos os documentos já foram preparados há semanas, já informaram todo mundo e é óbvio que ninguém suspeitou que a porra da testemunha principal desapareceu na porra do deserto, Mercy.

Mercy nunca tinha ouvido Eugene — o simpático, dócil e sereno médico, chefe do pronto-socorro — dizer *porra* tantas vezes em uma frase. O que ela poderia fazer? A burocracia jurídica era uma máquina que se agitava de maneira tão implacável quanto uma locomotiva. Apesar das agorafobias de uma pessoa ou outra, o processo avançaria de uma forma ou de outra.

O inquérito sobre a morte de Tamara Lee Spencer não era dali a duas semanas. Mercy não tinha duas semanas para se recompor, para se recuperar do incêndio da casa, para se redimir.

Tinha três dias.

E estava a quase três mil quilômetros de distância.

Um pânico frio tomou conta dela. Sua garganta se fechou, e Mercy não conseguiu respirar. Então baixou a janela e inspirou o ar quente.

Eugene ainda estava falando; ela conseguia ouvir as batidas rápidas de um teclado.

— Tem um voo saindo de Darwin às cinco da tarde. Que horas são agora...? Dez... certo, faltam sete horas. Em quanto tempo você consegue chegar a Darwin? Não parece tão longe no mapa. Consegue chegar lá a tempo, não? Vou comprar esse voo agora. O cachorro também pode ir. Mercy?

Ela olhou para o trânsito. Mercy tinha perdido Andy completamente. Eles não haviam trocado números de celular — por que trocariam? As coisas eram casuais demais, *rodoviárias* demais, *vejo você na trilha* demais para isso. A única opção dela seria percorrer as ruas abafadas de Katherine até encontrá-lo.

— Mercy?

Talvez três dias fosse tempo mais do que suficiente. Ela poderia pegar um voo no dia seguinte ou talvez no outro. Poderia encontrar Andy e tomar café da manhã, e depois dirigir para Darwin com calma e tranquilidade, sentindo-se controlada, amparada, com tempo de sobra.

Mas não daria. Mercy sabia disso. Três dias não era nada quando dois eram final de semana, sem horário comercial. Ela precisava se encontrar com os advogados e se preparar. Sua casa tinha pegado fogo, assim como tudo o que havia dentro dela: Mercy tinha que comprar sapatos para o tribunal, maquiagem e roupas limpas — não poderia aparecer no tribunal e dizer "Fiz tudo para salvar a vida dessa mulher" com botas grandes demais, uma camiseta manchada de suor com I ♥ SYDNEY estampado e seu short jeans rasgado do brechó de Coober Pedy. E era desnecessário dizer que os talentos de um cabeleireiro profissional eram imprescindíveis.

Mercy precisava chegar a Darwin naquele dia, e precisava embarcar naquele avião. E, para chegar a tempo para o voo das dezessete horas, precisava sair naquele momento.

— Marca o voo — pediu ela para Eugene. — Vou conseguir chegar.

Mercy não esperou pela resposta dele. Apoiando o celular no banco, ligou a van, entrou em marcha a ré e voltou para a rua.

Quando recuperou o fôlego, ela sussurrou:

— Tchau, Andy.

Então dirigiu através da cidade e saiu do outro lado. Enquanto passava pela ponte em alta velocidade, o leito fundo do rio Katherine estava lá embaixo; para Mercy, não haveria mais escarpamentos de arenito, lindas piscinas naturais nem lagos escondidos. Sua viagem chegara ao fim. Pisando fundo no acelerador, seguiu rumo ao norte, porque não tinha outra opção.

CAPÍTULO TRINTA E CINCO

Mercy dirigiu por vinte minutos até perceber que não poderia continuar daquela forma. Tremendo, com um nó nas entranhas, estava inclinada sobre o volante como se segurasse o guidão de uma moto. A van chacoalhava e saltitava, arrotava e balançava. Ela precisava parar e se fortalecer. Como não havia tomado café da manhã — nem mesmo uma xícara de café —, Mercy tinha que comer alguma coisa, beber alguma coisa.

Você tem tempo, ela disse a si mesma. *Vai ficar tudo bem.* O Departamento Jurídico obviamente não estava morrendo de angústia — eles haviam adiantado o inquérito sem Mercy —, então também não havia motivo para preocupação, certo? Ela ainda tinha seis horas e meia até o voo, e só mais umas quatro horas de carro. Era melhor parar alguns minutos e se acalmar, pensar com mais clareza, do que se esgotar, ter uma insolação e capotar numa vala.

Então Mercy parou. Em uma parte não identificada da rodovia, encontrou uma estradinha que atravessava o matagal e seguia por um caminho curto. Cercada por um bosque de pequenos eucaliptos finos como palitos de dente e sob o olhar do sol escaldante, estacionou na sombra sarapintada e inspirou fundo algumas vezes. Ao olhar o celular, viu que estava sem sinal de novo. Eugene devia ter agendado o voo para ela. A ideia de ele gastar centenas de dólares e ela não poder pagá-lo de volta imediatamente a deixava nervosa. Eugene ao resgate. Eugene, o sensato, o saudável, o racional, cujo pai não o abandonara quando ele tinha 8 anos e cuja mãe não o tratara como um espelho para refletir a própria grandeza e depois morrera quando esse espelho teve a audácia de finalmente lhe virar as costas. Eugene, que conseguia inclusive fazer parecer sensata a decisão de trocar a esposa e o casamento de seis anos por um barista hipster.

Estava calor demais para uma bebida quente, mas Mercy precisava ficar alerta. Alerta de verdade, não alerta de ansiedade, então esquentou uma xícara de água, acrescentou meia colher de café, depois deixou esfriar enquanto mastigava uma barra de cereal. Ela comeu em pé do lado de fora da van sob a sombra manchada. Os insetos zumbiam no matagal ao redor, cantando com as altas temperaturas. De tempos em tempos, um veículo passava em alta velocidade pela rodovia. Wasabi farejou o lugar, sem pressa nenhuma, enquanto o maxilar de Mercy trabalhava ferozmente. Ela engoliu a bebida morna em três goles.

Dez minutos se passaram. Quinze. Mercy assobiou alto e o cachorro veio correndo. Depois, com um bater de portas e fumaça de escapamento, eles caíram na estrada de novo.

* * *

Enquanto Mercy corria pela rodovia, uma velha sensação de impotência tomou conta dela. Era a certeza irrefutável de que, independentemente do que ela fizesse, certas coisas não mudariam. O tempo, por exemplo, passava sem levar em conta o que Mercy queria aproveitar ou do que queria fugir. Por mais que ela pisasse no acelerador, guiando a Hijet pela Rodovia Stuart, o relógio avançava como sempre. Não ligava para o drama dela, sua necessidade de que o tempo andasse *mais devagar, por favor.*

A genética também não poderia ser mudada: Mercy era a filha única de Loretta Blain, um fato biológico do qual ela nunca poderia fugir.

O luto havia tomado Mercy de maneira errática quando sua mãe morrera. E chegara tarde, claro. Entre a logística confusa e devastadora de Eugene saindo de casa e o choque burocrático e público da morte de Tamara, Mercy teve que se fechar para o luto da morte da mãe e esperar que ele arrombasse a porta quando se tornasse inevitável. Porque era assim que aconteceria, ela sabia bem — e assim aconteceu. Em vida, Loretta Blain não toleraria perder as atenções de Mercy por muito tempo, e tampouco toleraria na morte.

O motor começou a choramingar sob o banco. Mercy flexionou o tornozelo, relaxando o pé no acelerador, e espiou o medidor de temperatura. A agulha ainda pairava sobre *frio*.

O luto tinha vindo entre um ataque de pânico e outro. Um luto nauseante, furioso, terrível. Um luto que fazia Mercy jogar canecas de café na parede da cozinha e deixar os cacos no chão por dias. Um luto que a fazia se sentar no sofá e encarar a parede, a boca e os olhos secos, sem conseguir se mexer. Um luto que se enfiara no peito dela como uma lesma, deixando rastros de gosma por todos os membros, e se aproveitara do coração dela até Mercy não ser nada além de um vazio raso e cinzento.

A van chacoalhou com uma convulsão súbita. Wasabi ergueu a cabeça e Mercy se recostou no banco, tirando as mãos do volante trêmulo rapidamente. Em seguida, o veículo se estabilizou, voltando ao zumbido normal.

Mercy seguiu em frente.

— Mercy?... está me ouvindo?
— Estou ouvindo, Eugene. Mas só tenho... — Mercy tirou o celular da orelha e olhou para a tela, virando em uma curva —... uma barra de sinal.

Ela segurou o volante com mais firmeza.

—... mais quanto tempo?
— O quê?
— Você... esporte... cruzamento?
— Esporte *o quê*? Eugene, desculpa, não estou te ouvindo.

O celular apitou. Eugene desapareceu.

Depois de Mercy sair de Katherine e dirigir por uma hora e meia, a rodovia começou a subir e descer devagar por montes vastos, virando para um lado e para o outro em curvas compridas. Nuvens fofas pairavam baixas no céu; a umidade continuava alta.

A van estava no meio de uma longa subida quando começou a balançar. Mercy tirou um pouco o pé do acelerador outra vez, mas o motor se engasgava e sacudia.

Ela franziu a testa e disse "Ah...?" antes de a Hijet arfar como um animal engasgado, o volante tremer em suas mãos com a violência de um terremoto e Mercy ouvir um *BANG* alto e devastador.

Depois silêncio. A van perdeu velocidade, movendo-se sem fazer barulho. Tudo o que ela conseguia ouvir era a brisa nos ouvidos e os pneus rodando no asfalto. Aterrorizada, Mercy virou o volante, saindo da estrada e parando no acostamento.

Ela estava a duzentos quilômetros de Darwin. Um silêncio mortal tomou conta da van. Subiu uma fumaça, flutuando devagar no ar quente parado.

CAPÍTULO TRINTA E SEIS

Pasma, Mercy ficou sentada no banco de motorista da van silenciosa, observando fios de fumaça azul passarem pelo para-brisa.

Então ela saltou. Abrindo a porta com o pé, apanhou Wasabi e saiu correndo da van, entrando na vegetação. Depois de atravessar a linha de árvores, deu meia-volta, o barulho de folhas secas nos pés, olhou para a Hijet atrás dela e ficou à espera de que o veículo pegasse fogo.

Uma última nuvem de fumaça se dissolveu, e então não havia mais nada. A van estava à beira da rodovia. Sem fogo. Nem mesmo uma faísca. Ficou apenas ali em silêncio sob o calor escaldante, a poeira vermelha cobrindo suas flores pintadas à mão e os dizeres *Lar é onde você ESTÁ*.

Mercy estava tendo uma experiência extracorpórea. Talvez estivesse sonhando. Sua consciência estava subindo aos poucos e, então, moveu-se sobre a van, sobre a rodovia, sobre o matagal esparso e infinito, dizendo *Hahaha, olha só essa confusão!*

E então — *TUM* — Mercy estava de volta à terra. Com o corpo sob controle, Mercy se agachou, colocou Wasabi no chão, levou as mãos ao rosto, os olhos e a boca se abrindo devagar. Mais e mais, centímetro por centímetro, até seu maxilar doer e seus olhos arderem sob o calor pantanoso.

Ela olhou para Wasabi, que a encarou, ofegante. Mercy olhou boquiaberta para a van. O veículo estalou baixo. Os insetos no mato em volta dela zumbiram.

— Ai — disse Mercy. — Ai, Deus.

Cuidadosamente, hesitante, ela foi se aproximando da van. Andava na ponta dos pés, como se a Hijet fosse um dragão adormecido. Mercy farejou para ver se sentia cheiro de gasolina e esperou por longos minutos agonizantes, mas a van só ficou lá parada à margem da rodovia, incólume.

A porta do motorista se recusava a abrir, mas Mercy não estava a fim de bater o quadril nela, com receio de que o carro todo explodisse. Ela andou até o lado do passageiro, abriu a porta e pulou os bancos. Suas mãos tremiam de pavor enquanto pegava a chave na ignição. Fechando os olhos e prendendo a respiração, Mercy virou a chave.

Um único clique, depois nada.

Ela tentou de novo. Clique. Silêncio.

E de novo.

Não estava sem gasolina; Mercy havia enchido o tanque logo depois de sair de Katherine. Do ponto de vista mecânico, poderia ser qualquer outra coisa, e ela não saberia como consertar. Não importava se era um defeito técnico simples que poderia ser facilmente resolvido ou algo catastrófico — não havia nada que Mercy pudesse fazer. Nada que *soubesse* fazer.

— Ai, *merda* — berrou ela. — Ai, Jesus, não!

Era quase meio-dia. Ela tinha pouco mais de cinco horas. Agora *sim* era hora de entrar em pânico.

Nunca abandone seu veículo.

Essa não era uma das regras fundamentais de quem está perdido no deserto?, Mercy pensou enquanto dava passos ansiosos ao longo do acostamento da rodovia. *Sempre fique junto de seu veículo*. Como em um filme de terror, nunca diga "Já volto". O espectador simplesmente sabe que o personagem que diz "Já volto" está prestes a levar uma facada. Ou várias.

Wasabi caminhava ao lado dela, ziguezagueando na ponta da coleira, farejando o chão, erguendo a pata curta sobre os tufos de erva daninha. Ele se divertia como nunca, mal sabendo do apuro em que eles estavam metidos. Mercy tentou tirar um pouco de força e calma diante da tranquilidade do salsichinha, mas não conseguiu. Seu corpo todo tremia, como se não fosse sustentado por ossos e tendões, mas por algodão e barbante.

Ela se virou para olhar para a van, parada no meio da colina. A rodovia era um corte prateado em um manto de vegetação; a Hijet era um ponto triste de metal empoeirado. Mercy não tinha andado muito, apenas uns cem metros, aproximadamente. Estava indo em direção ao topo do morro alto, na esperança de que, quando chegasse lá em cima, encontraria uma cidade do outro lado. Um posto de gasolina. Ou mesmo um pouquinho de sinal de celular.

Além disso, ela tentou dizer a si mesma, não estava *perdida* no deserto. Ao menos não tecnicamente. Estar perdida no deserto significaria estar com o veículo cagado no meio do deserto de areia. Mercy estava à margem de uma das maiores rodovias do país e não morreria sozinha, desidratando aos poucos, erodindo em um esqueleto e sendo coberta pelas poeiras do tempo.

Não. Nessa rodovia, passavam veículos em alta velocidade de tantos em tantos minutos. Havia muita civilização. Mercy ficaria *bem*.

O problema era que nenhum desses veículos parava. E, além disso, ela não *queria* que eles parassem. Afinal, essa era outra lição fundamental de um filme de terror, não era? Exatamente quando você pensa que o personagem, cheio de alívio e gratidão, está prestes a ser resgatado por um estranho gentil, o estranho gentil revela ter uma espingarda embaixo do banco e um pendor por fazer bolsas com pele humana.

O que, como Mercy lembrou a si mesma, era exatamente o motivo pelo qual ela fugira da área de descanso perto de Elliott. Notas estridentes de "Stairway To Heaven" ecoaram em sua mente.

Ao pé da colina, um caminhão-tanque surgiu em seu campo de visão, os longos barris brancos de reboques cintilando sob o sol. Um caminhoneiro cujo salário era pago por uma grande franquia de combustível devia ser confiável, não? Mercy observou o veículo passar e sentiu sua mão se erguer humildemente. Ela pensou no voo das cinco da tarde e levantou mais a mão. O caminhão foi chegando mais e mais perto, subindo a colina, o motor roncando. Mercy balançou o braço.

O caminhão passou ruidosamente com uma chuva de poeira e fumaça de óleo diesel. O ar quente atingiu o corpo de Mercy. O motorista fez um aceno simpático.

— Valeu, babaca — gritou ela para a parte de trás do caminhão que se afastava.

Mercy olhou o celular outra vez. Ainda sem sinal. Era apenas meio-dia. Ela tinha cinco horas para entrar naquele avião.

Certo, caminhões eram uma causa perdida. E os únicos caminhões para os quais Mercy se sentia à vontade em acenar eram os grandes veículos reluzentes de corporações — mas estava evidente que esses não parariam para ela. As multinacionais absurdamente ricas deviam ter um manual de protocolos cheio de regras para não parar para mochileiros, viajantes de carros quebrados ou mulheres perdidas com seus salsichinhas, por mais suados e frenéticos que eles parecessem.

Nada de caminhões então. Nem sedãs, porque passavam reto sem nem olhar para ela, emanando uma energia de *vai sonhando*. Nômades grisalhos em suas 4x4s e seus trailers diminuíam a velocidade para observá-la e, às vezes, as mulheres até davam um sorrisinho de compaixão, mas nenhum parava. E caminhonetes surradas de rodas enormes e jaulas para cães de caça na traseira estavam fora de cogitação — dessas, Mercy se escondia correndo no matagal.

Mais meia hora se passou. Quarenta e cinco minutos. O sol era um inferno e o ar pulsava de calor. Mercy se agachou sob a sombra da Hijet e tentou não chorar para conservar água.

Pouco antes da uma da tarde, Mercy ouviu um motor se aproximar, o som diminuindo a velocidade. Espiando de detrás da van, preparando-se para se esconder, pedir ajuda ou xingar o veículo que passasse reto, ela acabou pulando e acenando.

A Land Cruiser prateada e o Jayco Starcraft saíram da estrada e pararam, desligando o motor atrás da Hijet. A porta do motorista se abriu e Bert gritou:

— Está com um probleminha, não é, meu bem?

Mercy nunca ficara tão feliz em ver uma camisa com tantos bolsos.

CAPÍTULO TRINTA E SETE

Bert saiu da 4x4 e se aproximou.
— Quer que eu dê uma olhada?
— Você pode fazer isso? — perguntou Mercy, agradecida. — Tenho que estar no aeroporto às cinco para pegar um voo.
Bert olhou o relógio.
— Caramba, moça, está com o tempo contado.
— Então, antes não estava... mas agora, sim, estou.
— Superaqueceu?
Bert passou a mão na frente da van, se agachou para espiar embaixo.
— Não sei. — Mercy mordeu o lábio enquanto Bert se movia para avaliar o interior da van, examinando o painel. — O medidor de temperatura parecia achar que não.
— É porque o medidor deu pau.
— Deu o quê?
— O medidor de temperatura. — Bert bateu no mostrador. — Está quebrado. A agulha ficou presa no frio, está vendo?

Mercy se aproximou e olhou.

— Ah — disse ela, pondo a cabeça entre as mãos e puxando os tufos restantes de cabelo.

A esposa de Bert, Jan, chegou ao lado de Mercy e deu um tapinha nas costas dela.

— Não se preocupe, meu bem.

Habilmente, Bert levantou os assentos e a parte de cima do motor surgiu. Ondas de metal, emaranhados de fios e mangueiras. Mercy espiou de trás do corpo agachado do homem, torcendo para conseguir identificar algo e dizer: *Ali! Olha, escapou e só precisa encaixar de novo!*

Depois de alguns minutos mexendo, virando e revirando, Bert fez um barulho e saiu da van, balançando a cabeça. Mercy estava quase achando que ele tiraria um pano oleoso do cinto e começaria a limpar as mãos.

— A mangueira do seu radiador estourou — explicou ele.
— Bem feio... A mangueira está arrombada. O que aconteceu antes de parar?

— Então — começou Mercy. — Chacoalhou um pouco e fez um barulho engraçado e, então, simplesmente... — ela engoliu em seco —... parou.

— Fez bang?

— Bang?

— Sim. Bum. Como um tiro.

— Sim — respondeu Mercy. — Agora que você mencionou. Fez bang sim.

A expressão de Bert desabou.

— O que foi, amor? — perguntou Jan. — Não podemos chamar alguém para consertar?

— Infelizmente, não. — Bert virou para Mercy e disse em tom sério: — Acho que ferveu.

— Ferveu? — repetiu Mercy, sem entender. — Não dá para... desferver? Porque é uma e vinte, e preciso estar no aeroporto às cinco.

Bert e Jan trocaram um olhar.

— Desculpa. — Mercy começou a falar sem parar. — Eu menti, na outra noite no happy hour. Não trabalho para a receita federal. Sou médica, obstetra para ser mais exata, e preciso estar em Adelaide na segunda. Tenho... então, tenho que participar de um inquérito. — Lágrimas encheram os olhos dela. — Pensei que tinha mais duas semanas, mas não tenho e... — Mercy pôs a cabeça entre as mãos. — Preciso muito, muito chegar em *casa*. — A última palavra saiu como um soluço.

— Ah, pobrezinha.

Jan continuou a acariciar as costas dela. Wasabi lambeu o tornozelo da tutora.

Mercy olhou para Bert, o homem com todos os bolsos. Ela lembrou do kit de primeiros socorros dele, de colocar o curativo no rosto ensanguentado de Andy. *Andy*. Seu coração palpitou. Será que ele estava em Katherine, pensando que ela tinha dado um bolo nele? Será que estava preocupado? Desde que cruzou às pressas a rua da casa de Eugene naquela manhã, oito dias antes, parecia que Mercy estava criando o hábito de fugir de homens que estavam sendo prestativos. Ou pelo menos tentando ajudar.

Mercy respirou fundo.

— Você disse que a mangueira do radiador estourou?

— Sim.

— Certo. Consigo arranjar outra em um posto de serviços, certo?

Bert balançou a cabeça.

— Não é só a mangueira do radiador. Seu óleo está parecendo café gelado... está cheio de água. A cabeça do motor rachou.

— Ai, querida — disse Jan.

Mercy alternou o olhar entre eles.

— Então precisa trocar o óleo? E de uma cabeça nova?

— Sinto muito, menina — disse Bert com carinho. — O motor morreu. Não tem conserto. Os pistões travaram no bloco do motor para nunca mais saírem. — O homem olhou para ela com tristeza e apontou para a van. — O que você tem aqui não é nada além de uma âncora em forma de motor.

Mercy queria que Bert fosse direto. Ela precisava ouvir as palavras corretas e inconfundíveis.

— Bert, a van morreu?

— Sim, meu bem. A van morreu.

Jan continuou a dar tapinhas nas costas de Mercy. Batendo, batendo, batendo.

O sol raiava. Era uma e meia da tarde.

— Pete, está na escuta?

Bert sintonizou o rádio em um zumbido de estática. A Land Cruiser era um oásis de ar-condicionado. Jan havia tirado duas caixas de suco de maçã gelado de uma geladeira e Mercy se sentou no banco traseiro, tomando de canudinho, tentando ignorar a sensação de ser uma criança. Wasabi estava sentado aos pés dela, ofegando, enchendo o carro com o hálito de cachorro.

— Pete, volta, Pete. — Bert tentou de novo.

Outra rajada de estática vazia.

— Ele não teria deixado o veículo, teria? — murmurou Jan para o marido.

Bert fez que não.

Nesse momento, uma voz masculina crepitou pelo rádio.
— Em alto e bom som, Bert. Pode falar.

O corpo todo de Bert irradiava felicidade, mas sua voz era formal como a de um piloto de avião.

— Temos um problema aqui, Pete. Estamos com uma moça parada na beira da rodovia. Situação do veículo grave. Repito, grave. Você ainda está em Emerald Springs? Câmbio.

Houve uma pausa, então:

— Afirmativo. Localização atual Emerald Springs. Câmbio.

— Entendido. Ainda vai para Darwin hoje?

— Afirmativo.

— Pedido de espaço para mais uma pessoa.

Uma longa pausa veio na sequência. Mercy prendeu a respiração. A Land Cruiser toda prendeu a respiração.

— Afirmativo.

Jan expirou e se virou para Mercy com um sorriso.

— Prontinho. Viu? Vamos levar você lá a tempo.

Mercy olhou para o celular. Uma e quarenta.

Bert pôs a mão na alavanca de câmbio.

— Espera! — disse Mercy.

Assustado, Bert se virou para ela. O motor ocioso.

— Preciso de uma coisa que está na van.

Sem esperar uma resposta, Mercy saiu do carro e andou até a pobre Hijet, um cadáver no cascalho, então abriu a traseira e sentiu o cheiro mofado e empoeirado lá dentro. O cheiro dos últimos sete dias. Entrando com dificuldade, ergueu o colchão e tirou a caixa de cinzas. *Jenny Cleggett*. Mercy passou a mão sobre a caixa. Olhando para o para-brisa, ela se lembrou da aranha-caranguejo que havia aparecido no vidro ao sair de Crystal Brook. A aranha não dera as caras novamente — devia estar fora do vidro, afinal. Embora estivesse grata por nunca mais tê-la visto, Mercy sabia que aquele bicho havia determinado que ela dirigisse para o norte, em vez de voltar para Adelaide. Durante quase três mil quilômetros, a vanzinha a levara para o outro lado do país, esforçando-se para chegar *ao outro lado*. Passando a ponta dos dedos no papelão vincado e empoeirado, Mercy sorriu.

Pela última vez, ela saiu da Daihatsu Hijet, então fechou a porta, pousando a mão sobre o metal quente.

Lar é onde você ESTÁ.

— Obrigada — disse Mercy.

Guardando a caixa de cinzas embaixo do braço, ela se virou e saiu andando.

CAPÍTULO TRINTA E OITO

Bert e Jan não tinham planos de ir a Darwin naquele dia. Em vez disso, a ideia era "dar uma escapada da estrada" por uma semana ou quatro, talvez seguir para Kakadu ou Terra de Arnhem. Talvez atravessar a fronteira para Queensland.

— Senão a gente levaria você até o aeroporto com o maior prazer — explicou Bert. — Mas sorte a sua que Pete e Jules estão indo naquela direção! Hehe — disse ele, rindo —, você vai se surpreender com aqueles dois!

— Ah, Bert, para — pediu Jan, dando um tapinha de brincadeira no braço do marido. — Você vai assustar a coitada.

Mercy tentou fazer que tudo bem. Ela até gostaria de pegar Wasabi no colo, mas não queria colocar o cachorro nos bancos limpíssimos de Bert e Jan. Em vez disso, estava agarrada à sacola de juta, o cheiro úmido das próprias roupas exalando de dentro. Discretamente, Mercy pegou o desodorante e tentou passar um pouco sem levantar os braços.

A Land Cruiser avançava em alta velocidade, com o ronronar do ar-condicionado, sem ninguém ter que gritar por causa do barulho do vento. Mesmo viajando a cento e dez quilômetros por hora e puxando um trailer, o motor não se transformava em uma ruína de fumaça. Quando os três chegaram ao restaurante, o rosto de Mercy estava fresco, seco e sem poeira. Se tivesse aguentado mais dez quilômetros, a Hijet teria conseguido chegar ao menos a Emerald Springs: um restaurante, uma parada de caminhão e uma área de camping arborizada à beira da estrada.

Bert estacionou em uma vaga de caminhão. Deixando o motor ocioso, ele se virou no banco.

— Então, meu bem, é aqui que deixamos você. — Bert apontou para o restaurante. — Aqueles ali esperando são Pete e Jules. Está vendo? — Ele acenou para alguém.

O peito de Mercy começou a se apertar. Ela estava prestes a entrar no carro de dois desconhecidos, um casal mítico que existia apenas em relatos de happy hours escabrosos. Bert não hesitara em sugerir que Mercy pegasse uma carona com nômades grisalhos a caminho de Darwin. A questão não era tanto se ela confiava nesses tais de Pete e Jules, mas se confiava em Bert.

Ele estava virado para Mercy, um cotovelo apoiado no painel central, a outra mão no volante. A martingale no ombro da camisa estava torcida. E sorria. Mercy o conhecia desde aquela primeira noite em Crystal Brook. Bert estava "Realizando o sonho".

— Muito obrigada, gente — disse ela.

Jan estendeu a mão para trás e pegou a mão de Mercy, dando um aperto carinhoso.

— Se cuide, querida. Boa sorte com o que precisa fazer.

Mercy apertou a mão de Jan, pegou a sacola, o cachorro e a caixa de restos cremados e saltou para fora do carro. Wasabi trotou ao seu lado. Os passos dela faziam barulho ao atravessar o cascalho. Ela ouviu o som de Bert e Jan entrando na rodovia, então uma buzina soou. Ao se virar, viu os dois indo embora, acenando.

Estacionada à frente, ao longo do restaurante, estava uma Dodge Ram enorme. Tinta preta, cromo reluzente e vidros fumê. Antenas de rádio empinadas como em uma viatura da polícia. Acoplado à traseira estava um trailer de aço diamantado. À frente do veículo havia um homem pequeno e grisalho e uma mulher alta e esbelta. Mercy olhou de um lado para o outro, esperando que os verdadeiros Pete e Jules aparecessem a qualquer minuto, usando estampa de camuflagem dos pés à cabeça.

Apreensiva, Mercy se aproximou.

— Vocês são... — Ela olhou ao redor de novo. — Vocês são Pete e Jules? Sou Mercy Blain. Bert chamou vocês agora há pouco no rádio e falou sobre Darwin...

Dando um passo à frente, o homem estendeu a mão.

— Peter Boothey. É um prazer conhecê-la. Bert mencionou que você teve problemas com seu veículo. Sinto muito. Que estressante, ainda mais quando se tem hora para estar no aeroporto.

Mercy pestanejou, apertando a mão fria e delicada do homem. Ele era alguns centímetros mais baixo do que ela, tinha o cabelo bem penteado para o lado e usava uma camisa de botão de manga curta enfiada na bermuda xadrez presa com um cinta. Mercy não sabia bem o que esperar de Pete, mas, considerando a Dodge Ram gigante, não era... *isso*. Tão cortês e discreto, só faltava um sotaque britânico e um monóculo.

— Permita-me apresentar minha mulher, Julie. Minha nossa, já são quase duas horas, precisamos seguir em frente. Seu voo é às cinco, correto? Bem. Então, chegaremos no horário. Deixe-me guardar isso na traseira para você.

Pete fez menção de tirar a caixa das mãos de Mercy, mas ela apertou o papelão com mais força.

— Obrigada, mas não precisa. Eu levo comigo.

— Bobagem — disse ele. — Armazeno com segurança junto com nossos enlatados.

— Vou levar no colo.

Deu-se início a um breve cabo de guerra extremamente amistoso, com Mercy sorrindo, Pete sorrindo, a caixa de restos cremados chacoalhando entre eles, até Pete dar um passo para trás.

— Como preferir — concordou ele, assentindo com a cabeça.

Mercy estava prestes a apertar a mão de Jules quando a mulher se aproximou, deixando um rastro de incenso, encostou a bochecha na de Mercy e apertou os ombros dela. Sem dizer nada, apenas sorriu, pegou a sacola de juta de Mercy e se virou para o veículo, a saia roxa comprida ondulando atrás dela.

Ao entrar na Dodge, Mercy sentiu as entranhas se apertarem. O vidro escuro das janelas dava um tom esverdeado ao interior. As coxas suadas de Mercy fizeram barulho quando ela se sentou nos bancos de couro. Wasabi ergueu as patinhas, mas ela o empurrou para a área dos pés, pensando em pelos de cachorro e terra vermelha no couro. Ela apertou Jenny Cleggett no colo.

No painel, vários dispositivos estavam pendurados em fios enrolados, telas digitais exibiam frequências de rádio, telas sensíveis ao toque brilhavam com mapas. Mercy quis perguntar como era possível operar tantos rádios ao mesmo tempo, mas então se tocou que um deles a salvara de ficar perdida no deserto.

Então disse:

— Gostei dos rádios. — Jules acenou uma mão para o painel, mas não disse nada. — E seu carro é uma graça.

— Leva do ponto A ao B — explicou Pete, apertando o botão de partida. Mercy não ouviu o motor ligar, mas conseguiu sentir a vibração sutil repentina. O painel se iluminou como uma cabine de controle. — Sabia que não havia limites de velocidade no Território do Norte? — perguntou ele enquanto conduzia a Dodge para a rodovia, o banco encaixado próximo ao volante de modo que conseguisse espiar pelo retrovisor.

— Qualquer coisa teria sido mais rápida do que minha pobre van — respondeu Mercy.

— É uma pena — disse Pete. — Poderíamos deixar você no aeroporto em menos de noventa minutos.

Ele estava virando o volante entre as mãos com cuidado. Mercy abriu a boca para rir da piada.

Então, a Dodge saiu em disparada. Mercy tombou para trás no banco, a coluna pressionada contra o couro, Jenny Cleggett apertando seu estômago.

Na frente, Jules calmamente abriu a tampa de um pote de creme para as mãos. Quando ela pôs um pouco na palma da mão, o aroma de rosas tomou o carro.

Sem sinal.

A paisagem avançou em silêncio, como um filme passando em velocidade dois em uma tela muda.

Sem sinal.

Embora eles estivessem avançando tranquilamente a cento e trinta quilômetros por hora — quase o dobro da velocidade máxima de Mercy nos últimos sete dias —, os minutos se arrastavam lentos como uma lesma.

Sem sinal.

— Vamos — murmurou Mercy para o celular.

Nos vinte minutos em que avançavam pela rodovia, ela descobrira que Pete e Jules tinham dois filhos e três netos. Os filhos trabalhavam no mercado financeiro, eram casados e felizes. Pete tinha se aposentado, mas era do mesmo ramo. Mercy esperou a piada, a gargalhada que revelaria a verdadeira faceta brincalhona do casal, mas não veio nada. Depois de algumas perguntas educadas às quais Mercy, respirando fundo, respondeu com a verdade (separada; sem filhos; obstetra, sem exercer a atividade no momento), eles pareceram perfeitamente satisfeitos em deixá-la em paz. Jules tirou um par de agulhas e tricotou com toda a tranquilidade; Pete dirigia, as duas mãos no volante, clicando às vezes em uma tela, apertando um botão ou silenciando um rádio.

E Mercy ficou olhando para o celular, desejando um sinal.

A oitenta quilômetros de Darwin, aconteceu. O aparelho se iluminou, apitando e vibrando. Uma barra de sinal: chegaram mensagens de texto de Eugene. Duas barras: mensagem de voz.

Três barras: Mercy abriu um navegador de internet.

CAPÍTULO TRINTA E NOVE

O site de números telefônicos exibiu vinte e oito resultados na Austrália Meridional para *Cleggett*. Fechando os olhos, Mercy recordou o momento em que havia saído correndo da casa de Eugene e atravessado a rua, deixando um rastro inebriante de perfume, as palavras de José em seus ouvidos: *ela é problema dela*. Ela se lembrou da mistura ofuscante e enjoativa de confusão e pânico enquanto tentava ouvir o discurso de vendas do velho sobre a van; da imagem das vigas chamuscadas do teto riscando o céu. Ao abrir os olhos, digitou o nome da rua de Eugene na barra de busca, mas nada apareceu. Nenhum resultado para Cleggett na rua de Eugene. Ela tentou o bairro, mas nada apareceu. Depois, buscou Cleggett em Adelaide e nos arredores (nove ocorrências) e começou a ligar.

— Oi — disse Mercy, quando a primeira ligação foi atendida. — Pode parecer um pouco estranho, mas estou procurando um senhor de idade que mora no norte de Adelaide, um mecânico aposentado que me vendeu uma Daihatsu Hijet faz pouco tempo... Não? Não conhece ninguém com essa descrição? E o nome Jenny Cleggett, você conhece alguém com esse nome... — olhando na direção dos bancos da frente, Mercy abaixou a voz, virando o rosto para a janela —... talvez falecida? Ah. Certo, bom, desculpa incomodar. Obrigada pelo seu tem...

Desligaram.

— Está tudo bem? — perguntou Pete. — Gostaria de alguma coisa? Precisa parar para usar o sanitário?

Agora que ele comentou, Mercy até precisava, mas ela se fez de forte e recusou. Faltava pouco para as três da tarde. Nesse ritmo, eles chegariam ao aeroporto a tempo. Ela é que não pediria para parar.

As duas ligações seguintes caíram na caixa postal. A quarta e a quinta não foram atendidas, tocando por uma eternidade até ficarem mudas. Mercy conseguiu falar com outras duas pessoas, repetindo o discurso com o mesmo resultado. Nenhum velho mecânico chamado Cleggett, nenhuma Jenny morta.

Ela discou o último número. Tocou e tocou.

— Merda — murmurou ela.

Estava prestes a desligar e jogar no Google "Posso levar cinzas humanas em um avião", quando a ligação foi atendida.

Um barulho e, então, baixo:

— Alô?

— Alô? — disse Mercy.

— Alô? — O homem limpou a garganta, depois questionou: — Quem é?

A mão livre de Mercy apertou a caixa de papelão.

— Estou procurando um homem chamado Cleggett. — Repetindo seu discurso sobre a Hijet, ela completou: — Seria alguém que o senhor conhece?

— É claro que seria — disse o homem.

— É?

— Sim. Sou eu, bobinha. Harry Cleggett. Como me achou?

Suspirando aliviada, Mercy explicou que ligou para todos os Cleggett de Adelaide.

— Ah, desculpa — disse Harry Cleggett com uma risada. — Esqueci de dizer para a companhia telefônica que me mudei. Infelizmente, é um dos motivos por que tive que vender a bonita... Esse lugar novo tem uma garagem do tamanho de uma caixa de fósforo. — Ele murmurou algo baixo e suspirou. Depois, mais bem-humorado: — Então, como vai a garota?

Mercy quis rir. Quis chorar. O que ela acabou fazendo foi algo no meio-termo, rindo e secando os olhos marejados, a respiração em sopros hesitantes que não eram nem felizes nem tristes. As agulhas de tricô de Jules pararam, depois retomaram seu movimento ordenado.

— Senhor Cleggett — ela conseguiu dizer. — Jenny é... sua esposa?

— Não estou perguntando da Jenny. Estou falando da van. Como ela está?

A última visão que Mercy teve da Hijet tinha sido pela janela da Land Cruiser de Bert, o enquadramento dominado pelo contêiner branco do trailer dele quando eles entraram na rodovia. A velha van de confiança, cheia de suor e lágrimas de Mercy, parada na beira da Rodovia Stuart, coberta por três mil quilômetros de poeira, sangrando óleo leitoso no cascalho.

— Sinto muito — disse Mercy. — Ela... a garota não resistiu.

Outro suspiro.

— Ahh, bem. Até onde ela chegou? Por favor, gostaria de ouvir.

Então Mercy contou. Começando por Crystal Brook, narrou o episódio da aranha-caranguejo, a decisão de continuar rumo ao norte. Detalhou a viagem pelo deserto, os rodotrens passando ruidosamente. Quando ela descreveu o silenciador caindo na volta da lagoa, o velho gargalhou. Ela contou de quando chegou aos trópicos, de como a umidade entrava aos poucos no começo, e depois de uma vez, como abrir a porta de um forno.

— Parece que você se saiu bem — disse Harry quando ela terminou. Ele fungou, a voz voltando a embargar. — Pedi para você a levar para uma boa viagem, e você levou.

— Desculpa por deixá-la na beira da estrada — lamentou Mercy. — Vou providenciar um guincho ou um caminhão-cegonha. Ou alguma coisa assim.

Ela olhou a hora. Três e dez.

— Não.

— Não?

— Quero que a deixe lá. O que você descreveu parece uma aventura. Um fim digno. Não se preocupe, os policiais vão acabar pegando-a e ela vai ser levada para um pátio e, um dia, quem sabe? Vai que é reciclada em alguma coisa nova. Ela pode ir parar em uma Mercedes Benz, uma geladeira ou uma televisão nova daquelas chiques. Qualquer coisa. — A linha ficou em silêncio por alguns momentos. — Parece um bom fim para uma boa garota.

Mercy olhou pela janela a tempo de avistar uma placa: DARWIN 45. Seu pulso acelerou.

— Se o senhor tem certeza…?

— Tenho sim.

— Senhor Cleggett?

— Sim?

— Quem está na caixa de cinzas?
— Ah, é Jenny. Não fala na caixa?
— Fala sim, mas quero dizer... quem é essa pessoa? E o que faço com ela? Quer que mande para o senhor pelo correio? — Mercy revirou a sacola, procurando uma caneta. — Se me disser o número da rua da sua casa, posso...
— Não.
— Não?
— Não a coloque no correio. Não a quero de volta.

Mercy baixou os olhos para a caixa em seu colo. Com uma nova desconfiança, ela observou a caixa de restos.

— Posso... posso perguntar por que não?

Então Harry Cleggett riu.

— Acha que ela quer ficar presa no correio e vir parar aqui, nessa garagem miserável, de volta aonde tudo começou? Não! — Ele riu tanto que parou para tossir. Quando se recuperou, continuou: — Ela se divertiu como nunca com você. Sempre quis ir para o centro do país, mas nunca conseguiu. Jenny não se dava bem com viagens, sabe, quando era viva. Ficava muito enjoada no carro. Nunca conseguia ficar muito tempo em um veículo. Ir de carro até as lojas já a deixava mal. — Harry parecia triste. — Mas agora? Bom, ela conseguiu o que sempre quis. Uma jornada pelo país inteiro.

Mercy não soube o que dizer.

— Você está em Darwin? — perguntou ele.
— Quase — respondeu Mercy.

Currais haviam começado a aparecer, a grama selvagem dando lugar a campos limpos. O limite de velocidade diminuiu para cento e dez, e Pete entrou na pista mais rápida quando a rodovia se dividiu em duas pistas. Tubulações de água e linhas de energia cercavam a estrada. A civilização estava perto.

Inclinando-se para a frente, Mercy perguntou:

— Falta muito?

— Trinta e cinco quilômetros — respondeu Pete. — Meia hora, se o trânsito deixar.

Jules sorriu e continuou tricotando.

— Mercy — pediu Harry Cleggett, de repente em tom sério —, você pode me fazer um favor?

— Qualquer coisa — disse Mercy. — Só não posso levar mais nenhum parente seu em viagens rodoviárias, pelo menos não nas próximas semanas.

Harry riu de novo.

— Você pode deixá-la aí?

— Onde? — Mercy olhou para a Dodge lustrosa ao seu redor.

— Em Darwin. Deixe-a aí, em algum lugar bonito. Como um parque, ou na praia. Ah, ela sempre amou o mar. Aposto que o oceano aí no norte deve ser bem gostoso e quentinho. Pode fazer isso para este velho, Mercy? Pode...

Ele parou de novo.

Mercy esperou.

— Pode, por favor, levar as cinzas da minha mãe para o oceano?

CAPÍTULO QUARENTA

Mãe. *Cinzas da minha mãe.*
    Mercy tinha viajado pelo país com a mãe de alguém. Aquele tempo todo ela supôs que *Jenny Cleggett* fosse a esposa do homem. Outras parentes ou amigas lhe vieram à mente: uma irmã ou, talvez, uma prima solitária; em determinado momento, Mercy chegara a pensar que pudesse ser uma égua de estimação. Mas, enquanto dirigia e pensava, Mercy sempre voltava à ideia de esposa. Era a hipótese mais segura e provável. E, considerando a tranquilidade com que o velho mecânico havia deixado a van e sua carga de cinzas partirem, Mercy presumira que, no fundo, não havia muito amor entre o homem e essa tal de Jenny Cleggett.
    Mas Jenny Cleggett era a mãe dele. Uma mulher que quis, e desejou, e se desesperou, e batalhou contra as próprias frustrações neste mundo para dar vida a outra pessoa. Será que Harry a amava? Será que ela foi boa para ele, paciente com ele? Ou será que gritava com o filho, o xingava? Será que Harry

Cleggett sofria pela morte da mãe de uma forma simples e dolorida? Ou era como Mercy, vivendo aquilo de um jeito complexo e confuso? Afinal, ele tinha *sim* deixado as cinzas dentro do armário de uma van que vendeu à beira da estrada por mil e quinhentos dólares.

Mercy olhou para o relógio. Eram três e quarenta. Seu voo era às cinco e meia. A Dodge estava atravessando a rodovia, cortando com facilidade o trânsito que se adensava. Se chegassem ao aeroporto em meia hora, ela teria quase noventa minutos de sobra antes do voo.

Portanto, Mercy poderia fazer um desvio até a praia antes, não?

Até ela verificar a passagem e descobrir que o cachorro precisava fazer check-in no terminal de cargas pelo menos noventa minutos antes do voo.

Merda.

Mercy pensou ter proferido o palavrão na sua cabeça, mas então Pete disse:

— Algum problema?

A ansiedade competiu com a vergonha, e as duas disputaram com o tormento terrível que dominava Mercy ao depender de outras pessoas — estranhos, ainda por cima — para lhe oferecer o que precisava. Fazia com que ela se sentisse ao mesmo tempo pequena e fraca, dilatada e um fardo, tudo ao mesmo tempo. Mordendo o interior da bochecha, Mercy estava tentando decidir por onde começar quando Pete continuou:

— Perdoe-me por escutar a conversa alheia, mas me parece que você teve uma aventura e tanto, quase acidentalmente. — Ele sorriu, virando-se para Mercy. — Nós, nômades grisalhos, somos conhecidos por carregar bastante coisa, mas acredito que nunca conheci ninguém que carregasse, como vou dizer...

— Uma parente morta?

Pete riu baixinho.

— Isso.

Mercy olhou para a caixa no colo, muito mais amassada e empoeirada do que quando ela a encontrou.

— Desculpa por ter trazido para dentro do seu carro sem dizer o que era.

Entre os bancos da frente, a mão esguia de Jules apareceu, fez um sinal de que não era nada e desapareceu outra vez. Pela janela, eles passaram por um depósito de materiais para fast-foods com garagens de caminhão. Pete guiava a Dodge por entre o trânsito, cortando de um lado para o outro com tanta facilidade que Mercy havia se esquecido que estavam puxando um trailer.

— Minha mãe morreu quando eu era pequeno — disse Pete, tirando Mercy de sua contagem mental de minutos.

— Sinto muito — respondeu ela.

— Meu pai se casou de novo, muito rápido, porque um homem nos anos 1960 com três filhos sem mulher era um homem perdido. — Ele ligou a seta e virou o volante para entrar em um espaço na pista ao lado. — Nossa madrasta era uma mulher incrível. Generosa, paciente, bondosa... Para ser sincero, nem sei como meu pai conseguiu convencer aquela mulher a se casar com ele, a acolher os filhos sem mãe e criá-los como se fossem dela. Mas ela aceitou. E sabe como eu e meus irmãos retribuímos? — A mão de Jules se estendeu e apertou o antebraço de Pete. — Tornamos a vida dela bastante desagradável. Colocávamos amoras na máquina de lavar, de modo que todas as roupas ficavam roxas. Jogávamos lama na roupa limpa. Pegávamos os melhores vestidos que ela usava para ir à igreja e os escondíamos embaixo dos ninhos das galinhas, no fundo do jardim. Trocávamos o açúcar pelo sal, então um dia ela pôs sal no chá de todas as senhoras da Associação de Mulheres do Interior. Nenhuma de nossas pegadinhas era lá muito original, mas eram terríveis mesmo assim. E continuaram por *anos*. Mas nossa madrasta nunca reclamou, nunca nem comentou com nosso pai. Guardou tudo para si. E só tivemos a decência de nos arrepender quando crescemos e tivemos nossos próprios filhos.

Mercy imaginou um Peter Boothey criança, as mãos enlameadas enchendo de manchas os lençóis perfeitamente brancos. Ela viu a dor e a raiva no rosto dele. Então viu as canecas de café que ela própria jogara na parede. Viu a si mesma sentada no sofá por semanas, meses, anos. As ligações não atendidas; o mundo abandonado. Chamas lambendo o céu escuro.

— Não sei como — continuou Pete —, mas minha madrasta sabia que estávamos descontando nossa dor, por isso simplesmente aguentou. — Ele fez uma longa pausa. — Todos fizemos coisas das quais nos arrependemos.

Mercy viu Jules concordar com a cabeça em silêncio.

— Porque, sabe o que acho? — Agora Pete parecia um pouco mais animado. — Às vezes, dor é apenas dor. Machuca e, quando a sentimos, não há nada que se possa fazer além de suportar.

Mercy olhou pela janela.

— Esteja aqui agora — disse ela.

Onde quer que você *ESTEJA*.

Um farol vermelho se aproximou e o veículo parou. O trânsito ficou congestionado. Palmeiras se abriam contra o céu azul. Eram três e cinquenta e cinco. Mercy precisava fazer o check-in de Wasabi para o voo *agora*.

O aeroporto ficava a quinze minutos de distância.

E ela ainda estava com os restos de uma mãe no colo.

CAPÍTULO QUARENTA E UM

O calor era espantoso. Mercy atravessou o estacionamento escaldante e seguiu agarrada a Wasabi para o terminal de cargas, esforçando-se para engolir o ar feito um peixe fora d'água. Ela não conseguia inspirar direito. A sensação era como se estivesse tentando respirar pela axila. Havia um cheiro forte de combustível de avião; cigarras cantando, sapos coaxando. A luz do sol se refletia nas várias poças de água formadas depois de uma chuva recente, e Mercy estava suando por todas as partes do corpo. Até pelas pálpebras.

— Vai ficar tudo bem, Wasabi — disse ela, com a voz trêmula.

O cachorro lambeu o queixo de Mercy.

Não haveria como convencer a companhia aérea de que Wasabi precisava ficar com ela. Mercy estava tentando desesperadamente não se imaginar sentada sozinha, afivelada em seu assento esperando a decolagem, enquanto seu salsichinha estava em uma caixa embaixo dela, nas entranhas escuras do avião. Além do breve passeio dele no matagal de Alice Springs, esse seria o maior tempo que ela ficaria longe do cachorro em dois anos.

Mercy entrou no terminal e sua pele suada logo ficou gélida. Lá fora, seu short e sua camiseta pareciam roupas demais; ali dentro, ela se sentia nua. A onda de calor e frio era exatamente igual às primeiras sensações de pânico.

Enfiando as unhas nos pelos de Wasabi, Mercy se aproximou do balcão. Pete e Jules ficaram esperando por ela no estacionamento. Eles se recusaram a deixá-la antes de levar Mercy e Jenny Cleggett até a praia. "Não é longe", Pete jurara, olhando o mapa. "Só alguns minutos. E é melhor molhar os pés na água do que esperar no aeroporto por uma hora, não? Além disso", ele acrescentara, "você queria chegar ao outro lado. Ainda não chegou."

— Você está atrasada — disse a atendente atrás do balcão, digitando em um teclado.

Baixinha e de cara fechada, a mulher tinha trinta e poucos anos e havia passado tanto gel no coque que a pele em volta dos olhos dela estava repuxada.

— Eu sei — respondeu Mercy. — Meu carro quebrou. Eu tive que...

— O check-in para animais de estimação se encerra noventa minutos antes do voo. — A atendente apontou para o relógio. — Isso foi há sete minutos.

Não havia nenhum fio solto em toda a cabeça da mulher, e, sem jeito, Mercy arrumou os próprios cachos curtos. A umidade os havia transformado em nuvens rebeldes.

— Desculpa. Será que você poderia, por favor...? — Mercy ergueu os braços, estendendo Wasabi como uma oferenda.

A expressão da atendente era ao mesmo tempo condescendente e resignada. Se Mercy tivesse que adivinhar, diria que essa mulher adorava o poder que tinha. Mercy a imaginou voltando para casa à noite, onde talvez encontraria um namorado magro com uma cara nervosinha e tripudiaria sobre quem recusou, repreendeu ou levou às lágrimas naquele dia. Os aeroportos eram quase sempre lugares cheios de comoção, com todas as despedidas angustiadas, as separações ou os reencontros felizes. Mercy quase conseguia sentir a amargura que emanava da funcionária, um ressentimento por estar ali cuidando de cachorros e gatos e volumes enormes em vez de ficar lá em cima, no terminal principal, onde as verdadeiras emoções aconteciam.

Embora quisesse explodir ou suplicar, Mercy sentiu uma velha calma, cultivada ao longo do tempo. Diante de uma necessidade desesperada, a maioria das pessoas reagia com raiva, ameaças ou chantagens emocionais. Mas agora Mercy sentiu as armas de antigamente vindo à tona, enferrujadas e inutilizadas, e recorreu à melhor de seu arsenal: empatia.

— Desculpa — disse Mercy. — É péssimo estar atrasada. Deve ser muito difícil para você.

A mulher olhou desconfiada para Mercy.

Ajeitando Wasabi no colo, Mercy se inclinou para a frente, colocando uma mão no balcão e sussurrando alto:

— E você deve lidar com isso *o dia todo*.

A mulher esperou.

— Aposto que atende todo tipo de gente. E precisa ser simpática com eles. Até os mal-humorados. Deve ser muito frustrante.

A atendente continuou a olhar fixo, embora Mercy notasse um leve arqueamento na sobrancelha.

— Além disso, nem deve ser bem paga, não é?

Depois de um segundo de silêncio, a mulher disse:

— E quem é?

— Advogados. E políticos.

A resposta foi um riso baixo.

— Sinto muito mesmo por ser um incômodo. Deve ser difícil para você continuar sendo tão simpática com as pessoas.

A atendente deu um suspiro baixo, olhando para o relógio.

— Olha, não posso...

— Por favor.

Naquele momento, Mercy soube que seria capaz de implorar. Se tivesse que se ajoelhar, ela tinha certeza de que se ajoelharia. Talvez de joelhos conseguisse rastejar até a esteira transportadora, desaparecer no prédio e colocar Wasabi no avião ela mesma.

— Um gesto de bondade — disse Mercy. — Sempre ganha curtidas.

A mulher olhou de um lado para o outro. Suspirou de novo. Pensou tanto que Mercy se controlou para não se segurar no balcão e choramingar. Então, depois de um longo, longo tempo, as mãos da atendente clicaram no teclado. Etiquetas saíram de uma máquina.

— Pronto — disse a mulher. — Vou levar seu cachorro.

Mercy afundou o rosto no pelo sedoso de Wasabi, depois o entregou.

Quando Mercy voltou à Dodge, lágrimas escorriam por suas bochechas. Suas pernas tremiam tanto que ela achou que acabaria fazendo xixi na calça.

— Acho que não consigo — disse Mercy para Jules. — Acho que não consigo largá-lo. Acho que vou ter que buscar meu cachorro.

Jules lhe deu outro abraço com cheiro de incenso.

Mercy não conseguia tirar os olhos do terminal de cargas. Wasabi estava lá dentro, em algum lugar, o corpinho rechonchudo dentro de um caixote. Será que ele estava com medo? Será que estava se perguntando onde Mercy estava? Será que pensaria que, depois de tudo o que havia feito por Mercy, ela o abandonara?

Mercy levou as mãos ao rosto. Ela estava em frangalhos e não conseguia acreditar nisso. Tinha chegado até aqui e agora estava desabando por completo.

Mas, antes que Mercy se desse conta, a Dodge partiu e eles estavam descendo por ruas cercadas por palmeiras. Pete manteve um fluxo constante de conversa sobre o cachorro, perguntando quando ela o adotou, o que ele gostava de comer, onde dormia, e que truques sabia fazer. Mercy percebeu que não era para a distrair, mas para a manter conectada ao bichinho. Para a ajudar a entender que seu companheiro não desaparecera, que seu conforto — sua capacidade de ser confortada — não partira para sempre.

— Imagine como ele vai ficar feliz quando sair daquele avião — disse Pete. — Aquele rabinho vai abanar igual a um propulsor!

E isso fez Mercy pensar em desembarcar em Adelaide, em descer do avião, e conteve a ansiedade que estava fechando sua garganta. Fez com que ela lembrasse que *isso também vai passar*.

Esteja aqui agora e saiba que, qualquer que seja esse *agora*, é passageiro.

* * *

Levou dez minutos para ir do aeroporto à praia Nightcliff. Contornando uma península, havia uma estrada sinuosa cercada por palmeiras e plumérias. Casas de palafita se escondiam sob as sombras de árvores frondosas. Por entre os mangues que cercavam um lado da estrada, Mercy teve vislumbres de azul, até a vegetação se abrir e dar espaço para revelar um mar amplo, plano e cintilante.

Uma vez, muitos anos atrás, Mercy teve que fazer uma limpeza nos dentes e o dentista com quem sempre se consultava estava viajando. Mercy ficou reclinada na cadeira, nas mãos de uma mulher pequena e feroz que lidava com os instrumentos de aço afiado com a leveza e a graça de uma ginasta. A profissional havia raspado o interior da boca de Mercy por quarenta e cinco minutos, e Mercy saíra da consulta se sentindo nada menos do que escavada. Sua língua não conseguia parar de investigar a parte de trás dos incisivos inferiores, tocando os abismos fundos e ásperos que nunca estiveram lá antes. Tinha sido perturbador, imaginar os nacos de tártaro que deviam ter ficado lá por todo aquele tempo sem que ela soubesse, tão lisos e naturais, mas permitindo que a parte de baixo apodrecesse em silêncio.

Com a visão do oceano, Mercy foi tomada pela mesma sensação — escavação. Como se algo calcificado durante muito tempo dentro dela tivesse acabado de rachar e se soltar. O Mar Arafura se estendeu até o horizonte em uma camada impecável de azul. Nenhuma rebentação, fenda ou rocha maculava a cor cintilante, nenhuma mancha de alga ou buraco fundo. Até onde sua vista alcançava, havia apenas o azul calmo, supremo e arrebatador.

Mercy tinha conseguido. Ela estava aqui.

Mercy tinha chegado ao outro lado.

* * *

Em cima de uma falésia baixa havia um pequeno estacionamento, onde Pete parou o veículo.

— Vamos esperar você aqui.

Mercy fez que não.

— Vocês foram muito gentis. Não quero mais empatar vocês. Gostaria de fazer isso sozinha, se não se importam.

— Tem certeza?

— Tenho.

Pete inclinou a cabeça.

Mercy confirmou se nada importante havia caído da sacola enquanto Pete tirou o celular dela do carregador. Depois ela pôs a mãe de Harry Cleggett embaixo do braço, abriu a porta e saiu para o calor.

Mercy estava se preparando para se despedir do casal com um tchauzinho quando Jules abriu a porta de repente e saiu.

Nas mãos da mulher estava um frasco de vidro conta-gotas amarelo-âmbar. Ela o colocou na palma da mão de Mercy e apertou.

— O que é isso?

Jules abriu um sorriso exultante.

O rótulo era um adesivo que dizia *Skullcap*. Nada mais. Mercy ergueu o frasco, mas o vidro escuro impossibilitava ver o conteúdo.

E então Jules falou as primeiras palavras que Mercy ouviu dela em toda a viagem de duas horas.

— Sabe, existe uma diferença entre dor e sofrimento. O primeiro é um fato ao qual se render, o segundo é uma escolha. — Jules apontou para o frasco. — Uma gotinha, embaixo da língua. Às vezes todos precisamos de um pouquinho de calma.

Ela deu uma piscadinha.

Com a saia roxa rodando atrás dela, a mulher voltou a entrar na Dodge.

— Espera! — gritou Mercy, dando um passo à frente.

Jules abriu a janela, fazendo com que o ar frio saísse do veículo.

— Tem uma coisa que preciso perguntar. — Mercy hesitou. Parecia uma pergunta ridícula, mas a ideia de deixar que fossem embora sem tentar descobrir a resposta era inaceitável. — Na última semana, toda vez que eu via Bert ele mencionava vocês dois, e devo dizer que a imagem que ele passou era... bom, para ser sincera, era muito diferente.

Pete e Jules trocaram um olhar divertido.

— Não era nada de mau, quero dizer — Mercy se apressou em esclarecer. — Ele só deu a entender que vocês dois eram, sabe...

— Porra-louca? — perguntou Pete.

Mercy riu.

— Isso.

Jules ergueu as sobrancelhas. Pete pareceu refletir por um longo tempo, depois disse:

— Não é só com ervas calmantes que Jules trabalha.

Jules deu outra piscadinha para Mercy.

E então a janela se fechou. Eles acenaram, entraram na rua e partiram.

CAPÍTULO QUARENTA E DOIS

Descendo uma rampa de concreto, Mercy subiu na areia. Com exceção de uma pessoa caminhando e um cachorro mais à frente, a praia estava deserta. O calor reluzia. Mercy conseguia sentir a pele exposta queimando e suando ao mesmo tempo. Depois de deixar sua sacola de juta na areia seca, ela caminhou na direção da água.

O mar era como um lago. Plano e sem pressa. Ondas batiam na areia úmida. Mercy arrastou os pés, deixando que a água os tocasse. Ela perdeu o fôlego, mas não foi de frio. A água era amena e perfeita. Como era possível que Bondi, Gold Coast ou Cottlesloe ficassem com toda a glória litorânea da Austrália? Essa praia era tudo: areia suave, águas límpidas, plácidas e quentes.

Menos a parte dos crocodilos-de-água-salgada que ocasionalmente tiravam do porto, pensou Mercy, e o aviso pelo qual ela havia passado sobre cubomedusas, que podem matar em questão de minutos. ENTRE OUTUBRO E MAIO, NÃO ENTRE

NA ÁGUA, a placa dizia. Enquanto a água morna banhava seus pés, Mercy estava bem ciente de que era fim de outubro. Ela examinou o mar, procurando bolhas transparentes flutuantes, tentáculos finos perigosos, mas não conseguia ver nada além de areia e ondas. Deu mais alguns passos, deixando a água subir até os tornozelos. Ameaças invisíveis estavam por toda parte, Mercy constatou. Ela estava cercada por perigos incontáveis; a qualquer momento, poderia ser picada brutalmente, o corpo marcado por vergões.

Mas... talvez não. Mercy também poderia não sentir nada além do prazer da água salgada morna e do sol em seu pescoço nu. Era verdade que poderia ser imprudente, irresponsável, e mergulhar de cabeça na água e em todos aqueles males invisíveis — ou então o oposto: tímida, retraída, na areia.

Ou poderia encontrar algo nesse grande meio-termo, esse lugar de nuance, clareza e equilíbrio. Esse lugar em que Mercy faria seu melhor, faria o que precisava fazer, sem deixar que o medo da dor e da mágoa — todos os *e se* infinitos — se amontoasse em sua mente até ela não conseguir fazer nada além de olhar melancólica da costa. Escondida, observando o mundo de dentro das paredes.

O céu que apenas vinte minutos atrás era uma safira imaculada agora estava envolto por nuvens túrgidas e esverdeadas. Uma brisa soprava para a terra firme. Se Mercy abrisse as cinzas aqui, elas voariam de volta para a areia.

De olho na água, ela caminhou mais para a frente. Ainda mais. A profundeza do mar mal se alterava: por mais que Mercy andasse, a água continuava logo acima dos tornozelos.

Mercy olhou para a costa atrás dela. Onde estaria Wasabi agora? Será que ele estava atravessando o asfalto quente em sua caixa escura? Será que estava esperando em algum galpão? Será que estava estacionado sob o ventre aberto de uma aeronave? Depois de vasculhar a água com nervosismo uma última vez, Mercy abriu a caixa e tirou o saco plástico, então pôs a caixa na água, onde flutuou, batendo em suas canelas. Colocando um pé e depois o outro em cima dela, ela empurrou a caixa para o fundo arenoso. A parte de baixo do papelão se escureceu enquanto a água salgada entrava, mas Mercy se sentiu ao menos temporariamente protegida dos animais mortais do mar.

Suas mãos estavam pegajosas no plástico. Enquanto desenrolava o saco, uma pequena nuvem de cinzas se ergueu e desapareceu. Mercy hesitou. Não parecia certo enfiar a mão lá dentro; tocar nos ossos moídos da mãe de Harry Cleggett era algo íntimo demais. Mas, de certa forma, também não parecia certo simplesmente *virar* o saco.

Uma brisa forte deslizou pela água. Em poucos minutos, as nuvens haviam preenchido o céu. Mercy viu o lampejo de um raio; alguns segundos depois, ouviu um estrondo. Ela relembrou aquela noite tempestuosa em Alice Springs, quando havia fugido do terreno da feira no meio da noite, o silenciador pendurado por um fio. Enquanto o trovão estourava no céu, chacoalhando a van, Mercy gritara para a mãe morta: *Estou cansada de não ser boa o suficiente para você.*

Seja uma boa menina. Deixe a mamãe orgulhosa.

De costas para a brisa, Mercy virou o saco com cuidado. Ter amado a mãe, pensou, precisaria bastar. Porque Loretta Blain era a única mãe que Mercy tinha, assim como Mercy era sua única filha. Era isso que Mercy tinha que dar: amor eterno. Agora e para sempre, não poderia haver mais nada.

As cinzas começaram a virar. Puxando a parte de cima do saco, Mercy chacoalhou-o com delicadeza, e uma corrente empoeirada começou a cair na água, fazendo barulho de chuva. Uma nuvem cinza cobriu a superfície, ondulando e reverberando, e Mercy continuou sacudindo o plástico até ficar claro que os últimos torrões não sairiam sem ajuda.

— Certo, Jenny — disse ela —, depois de tudo o que passamos juntas, posso fazer isso por você.

Mercy enfiou a mão no saco: partículas grossas, fragmentos afiados de osso. Ela tirou os últimos punhados e jogou os restos no vento. Pedaços maiores caíram na água com barulhos delicados. Outro trovão ressoou e, apesar do calor, calafrios subiram pela pele de Mercy. Quando o saco finalmente se esvaziou, a mão de Mercy estava coberta de pó. Ela se agachou e mergulhou a mão na água salgada morna, enxaguando as cinzas de uma mãe.

— Tchau, Jenny — disse ela, enquanto a última parte das cinzas saía flutuando. — Obrigada por vir comigo para o outro lado.

Um trovão retumbou no céu. O sol desapareceu. A caixa em que Mercy estava se encheu de água e o papelão começou a se desfazer. O vento quebrou algumas ondas baixas.

Mercy tentou pensar em algo profundo para dizer, algumas palavras finais para marcar o fim da jornada de Jenny Cleggett, mas nada lhe veio à mente. Nada além de silêncio, o som do vento movendo a água e o trovão cortando o céu.

Então Mercy ouviu a própria voz em sua cabeça, porém dita com tanta clareza que era como se tivesse sido pronunciada em alto e bom som: *Corra*.

Corra!

Não era uma voz de medo. Era uma voz de pura diversão.

Respirando fundo, Mercy saiu da caixa. Depois de tirar o papelão pingando da água, ela começou a correr de volta para a costa. A água salgada espumou em suas pernas e espirrou por suas costas, encharcando-a enquanto Mercy erguia os pés o mais alto possível, correndo o mais rápido que conseguia, como se pudesse saltar pela superfície e fugir de todas as picadas de medusa, como se pudesse passar flutuando por toda a dor que envolve aqueles tentáculos e queima a pele.

Enquanto ela corria, o vento pegou a risada de Mercy e a soprou para o alto.

Aqui, agora

CAPÍTULO QUARENTA E TRÊS

Encontrar um táxi demorou mais tempo do que Mercy imaginou, o que significava que, quando ela chegou ao aeroporto, estava correndo de novo.

Dentro do terminal de passageiros, o ar-condicionado era gelado, e Mercy chegou ao balcão de check-in trêmula e ofegante. Não havia tempo para tirar suas roupas úmidas e cheias de areia — além do mais, tudo o que ela tinha para vestir era outra camiseta e outro short. A jaqueta puffer e a manta de gatinho tinham ficado na traseira da falecida Hijet. Então Mercy ficou na fila de segurança, tiritando de frio e abraçando o corpo, sem demonstrar surpresa quando foi tirada da fila para ser revistada — tão pálida e tremelicante quanto alguém com uma pistola escondida na calcinha.

"Os animais de estimação já foram embarcados? Meu cachorro está no avião?", Mercy perguntara ao rapaz atrás do balcão de check-in, que havia sorrido e dito que a companhia aérea amava os animais de estimação tanto quanto os tutores e que o querido animalzinho dela estaria muito confortável, *não se preocupe*, o que foi uma mudança reconfortante depois da mulher do terminal de cargas. Mas, enquanto estava com os braços estendidos e o detector de metal portátil vasculhava seu corpo em busca de algo malévolo, Mercy conseguiu sentir a preocupação voltando, infiltrando-se como sangue fresco através dos emplastros delicados de toda calma nova e hesitante.

Quando se confirmou que não havia nada de suspeito em Mercy, finalmente permitiram que ela seguisse em frente. Pelo alto-falante, ouviu seu voo ser chamado. Ela correu para o portão, agitando um braço, o outro segurando a sacola de juta que batia contra o quadril. A multidão se abriu enquanto Mercy corria. Se havia algum lugar no planeta em que uma mulher poderia correr — mesmo uma mulher fustigada pelo vento, queimada pelo sol, molhada e salgada como ela estava agora — sem assustar ninguém, era um aeroporto.

Então Mercy correu, as botas largas batendo no chão, uma sensação insana e inebriada borbulhando de seu peito. Ela arfava, o sal tensionava suas bochechas, e logo à frente ela viu a fila se formando no portão.

Ai, meu Deus, cheguei!

Mercy entrou na fila e se curvou, os ombros arfando. Um homem de terno à frente dela se virou, examinou-a de cima a baixo, e deu um passo à frente, colocando mais distância entre eles antes de se virar de novo.

Mercy estava sorrindo, olhando para os próprios pés, o coração acelerado, tentando recuperar o fôlego, quando outro par de pés surgiu ao lado dela. Pés masculinos, de botinas. Canelas pálidas, panturrilhas musculosas. Bermuda cargo, uma camiseta branca limpa, bíceps preenchendo as mangas de uma forma agradável. Um sorriso largo e caloroso. O maxilar com uma barba escura rala e o cabelo preso em um coque samurai.

— Ah, oi, dra. Mercy — disse Andrew Macauley. — Como vai?

Então, cancelaram o voo dela.

CAPÍTULO QUARENTA E QUATRO

Murmúrios de consternação perpassaram a fila. Vozes questionando o anúncio pelo alto-falante, e uma caixa vermelha piscando na tela de partidas: *Cancelado*.

— Como assim? — perguntou Mercy.

— Não sei bem — respondeu Andy, olhando intrigado para o avião. Do outro lado das janelas que cobriam a parede toda, o céu estava preto e uma chuva torrencial batia no vidro.

— Não acho que uma tempestade cancelaria o voo. Se não conseguissem dar a volta, esperariam ela passar.

— Não. Quis dizer...

Mas *o que* Mercy quis dizer? A sensação de *Como assim?* que a tomava valia tanto para o voo cancelado como para a aparição súbita de Andy. Ela não sabia para onde olhar primeiro: a tripulação com sorrisos tensos pendurada em telefones, falando em rádios e sendo sobrecarregada por passageiros confusos, ou para o escocês adorável que aparecera milagrosamente no portão de embarque.

— O que você está fazendo... espera, preciso descobrir sobre...

Andy enfiou as mãos nos bolsos e sorriu.

— Provavelmente uma falha mecânica. Mas motores de avião não têm silenciadores, então não se preocupe com isso.

Levou um tempo, mas Mercy por fim descobriu que, sim, havia uma falha técnica e, sim, seu voo tinha sido cancelado definitivamente. Depois de esperar em mais filas, cercada por passageiros irados, nervosos ou frustrados, ela ficou respirando para controlar o pulso palpitante, porque a única opção dela era *estar aqui agora* e isso também passaria. O próximo voo disponível de Darwin para Adelaide era à meia-noite e cinquenta minutos.

Dali a sete horas.

O rabo de Wasabi se abanou com tanta felicidade que Mercy, ao carregá-lo, sentia espasmos em todo o corpo do cachorro. O salsichinha lambeu o rosto dela, enfiando o focinho entre os dentes da tutora.

— Tá, tá — disse ela. — Para. Wasabi. Calma.

Quando saíram do terminal, a tempestade tinha diminuído. O céu assumira um tom pálido de verde e tudo estava ensopado e cheio de vapor, mas o calor intenso havia passado.

A motor home de Andy estava no meio do estacionamento. Ao ver a van alugada dele, toda a areia vermelha enxaguada pela chuva, Mercy sentiu uma pontada de saudade do dia anterior, ou do outro dia: sem sinal de celular, sem aquela pressa desesperada e com a Hijet correndo como um trenzinho lento. Ela se lembrou do cheiro forte e limpo do deserto, do grasnado preguiçoso de corvos e do canto matinal das agácias. *Como as lembranças assumiam rápido um tom cor-de-rosa*, Mercy pensou, melancólica, enquanto recordava o medo gelado na parada de descanso em frente a Elliott, o frio na barriga ao ver Ann Barker diante da pia, o BANG ensurdecedor da morte da van e o terror de ficar perdida na rodovia com o passar agonizante dos minutos. Mas essas coisas, tão assustadoras na hora, eram página virada. Enquanto estava no estacionamento encharcado pela chuva com Andy e mais sete horas pela frente, Mercy sabia que estar *aqui agora* significava que o passado em si havia ficado para trás. Existia apenas em sua mente, o que significava que não existia de verdade.

Atravessando o asfalto coberto de água, eles se encaminharam à van de Andy.

— É conveniente demais que você esteja aqui bem quando meu voo é cancelado — disse Mercy.

— Conveniência ou sorte? — respondeu Andy, chacoalhando as chaves.

— Conveniência. — Ela o olhou desconfiada. — Você não fez nada com aquele avião, fez?

Andy parou no meio do passo.

— Alguém está se achando, hein? Sabotagem, adulteração de aeronave… Eu seria enquadrado nas leis de terrorismo. Acho que me prenderiam pelos polegares, fixariam eletrodos nos meus mamilos.

Mercy olhou para ele diretamente.

— Como você sabia que eu estava aqui?

Andy retribuiu o olhar.

— Trombei com Bert na rodovia. Como você não apareceu em Katherine, segui em frente. Eu… — Ele baixou os olhos. — Não sei por que, mas sabia que você continuaria em direção ao norte. Pensei que acabaria trombando com *você*, considerando sua velocidade. Eu só queria... — Andy estendeu um dedo e cutucou o quadril dela. — Queria ver se você estava bem.

Por um momento, todo o sangue de Mercy correu para aquele ponto em seu quadril.

— Mas como você alcançou Bert? — perguntou ela por fim. — Ele seguiu na minha frente.

— Ah, você sabe como são os nômades grisalhos — brincou Andy. — Um minuto estão aqui, no outro lá. Ele mudou de ideia e decidiu ir para o leste ou coisa parecida, então estava dirigindo para o sul de novo por um tempo. Foi quando passei por ele, vindo na minha direção. Não foi muito longe da... — Ele parou.

— Longe do quê?

Andy pareceu desconcertado.

— Não muito longe da sua van. Eu a vi, e logo depois vi Bert. Ele parecia um pouco desesperado, coitado. Acho que estava preocupado com você. Inclusive — disse ele com um riso baixo —, acho que o fato de a sua van quebrar pesou muito para nosso amigo. Sei que Bert se vê como algum tipo de rei do deserto, mas na verdade aquele veículo dele tem tanto luxo que mais parece um Hilton móvel. Ele fala muito, mas acho que o único deserto com o qual lida mesmo é a poeira nos aros das rodas.

Mercy sorriu com um carinho repentino, pensando em Bert com seus bolsos e sua caneca de estanho, e Pete e Jules em sua Dodge Ram, cheirando a creme de mãos com aroma de rosas. No fim, não era isso que todos queriam? Sentir-se confortáveis. Viver em paz. Algumas pessoas encontravam essa tranquilidade em 4x4s que mais pareciam espaçonaves com trailers que incluíam banheiros completos, outras encontravam na fé, outras ainda encontravam no fundo de uma garrafa. Algumas pessoas lutavam por ela escondendo-se em casa por dois anos. E depois fugindo das chamas.

Como ela dissera a inúmeras mães esgotadas ao longo dos anos, só nos resta fazer o melhor com aquilo que temos a cada momento.

E, agora, Mercy tinha seu salsichinha feliz, um escocês com um coque samurai e braços musculosos que ela queria lamber, e sete horas livres.

— Queria ver você de novo, antes de você ir embora — disse Andy. — Espero que tudo bem.

Mercy estendeu a ponta do dedo e cutucou o quadril dele.

— Tudo ótimo — respondeu ela.

E assim, apesar do nervosismo, Mercy aproveitou como pôde.

Era a última feira à beira da praia durante o pôr do sol antes da estação chuvosa, e estava lotada. Havia muito trânsito e ruas congestionadas; famílias caminhavam ao longo da faixa central, carregando toalhas de piquenique, coolers e cadeiras dobráveis. O cheiro de carne grelhada, especiarias e fumaça estava presente no ar, e o tamborilar de música, risos e vozes batia no peito de Mercy.

Eles compraram curries apimentados em barcos de papel e beberam um chá de hortelã gelado que era tão bom que Mercy voltou para pegar mais. Em seguida, vagaram pela multidão, Wasabi passando por entre os tornozelos dela, avaliando obras de arte locais e bugigangas de madeira e roupas hippies. Ela comprou um pequeno canguru de pelúcia de chapeuzinho australiano para Andy, depois mais dois para os filhos dele. Em troca, ele a presenteou com uma calça bufante de crepe com elástico nos tornozelos em tons de verde, roxo e fúcsia para que Mercy não passasse frio no avião.

— Se o avião quebrar, posso usar como paraquedas — brincou ela.

— Ao mesmo tempo prática e otimista — comentou Andy.

Quando o céu começou a ficar rubro, o mercado foi se esvaziando. Todos saíram de debaixo das palmeiras, atravessaram a grama e subiram as dunas. Andy e Mercy foram para a praia e ficaram quietos com um ar de adoração como devotos em um templo. Por meia hora ou mais, assistiram em silêncio enquanto o céu flamejava, ardia e avançava como um cavalo de circo até o sol finalmente desaparecer, saindo do palco e deixando uma iluminação deslumbrante sobre o mar.

Era tão bonito que Mercy só foi perceber que precisava fazer xixi quando acabou e ela teve que pedir licença.

— Três chás gelados — disse Mercy enquanto se levantava, limpando a areia atrás das pernas.

Ela deixou Wasabi na praia com Andy e correu de volta pelas dunas, atravessando a multidão para chegar ao banheiro. Uma canção famosa estava tocando e Mercy cantarolou baixinho. Também sorriu para as pessoas em cujos ombros ela trombava. Outra pessoa estava tomando chá gelado de hortelã e Mercy parou rapidamente, parabenizando-a pela escolha de bebida.

Foi só quando estava voltando na direção de Andy com dois potes de *gelato* de pistache que se deu conta de qual era a sensação que estava reverberando por seu corpo. Era algo que ela não sentia fazia muito tempo.

Normal. Mercy sentia, sabe-se lá como, o vislumbre de uma pessoa normal.

* * *

Mercy se sentia uma adolescente.

Faltavam três horas para ela precisar estar de volta ao aeroporto, e a bateria do seu celular estava acabando, então eles estavam dirigindo pela cidade na van alugada de Andy enquanto o aparelho carregava.

Com as janelas abertas, o ar suave da noite entrando na van, Andy e Mercy subiram e desceram a rua principal de Darwin, passaram por pubs cintilantes lotados e bares com a vibração de baixos. A média de idade da cidade parecia ser por volta de 19 anos, e o meio-fio estava cheio de saltos vacilantes, saias curtas e cortes militares de cabelo. Apoiando os pés no painel, Mercy ria tanto que realmente precisou fazer outro xixi. Andy tinha reclinado o banco de um jeito que mal conseguia ver por cima do volante e aumentado tanto o volume de "Sleeping In My Car" de Roxette no rádio de som metálico e crepitante que os alto-falantes estavam ameaçando explodir. Mercy cantava do alto dos pulmões, Andy estava com um punho perto da boca como se fosse um microfone e Wasabi pulava pela traseira, latindo. Cabeças se voltavam quando eles passavam. Um grupo de jovens soldados gritou. Meninas riram e se viraram.

Na loja de bebidas, eles compraram uma cerveja para cada, feito dois adolescentes.

Mercy se sentia feliz.

O coração de Mercy era um beija-flor.

Ela conseguia ver o peito de Andy subir e descer e, quando o tocou com a palma da mão, sentiu o calor da pele dele. Ao redor estava escuro; em algum lugar lá fora, além da beira da falésia baixa, estava o oceano.

A respiração de Andy soprava quente no ouvido dela, e, quando ele a envolveu em seus braços, Mercy finalmente fechou os olhos. Um raio lançou uma luz azul sob suas pálpebras.

Andy cheirava a sal, terra e sabonete, e era tão quente e forte que ela o amou de uma forma que a fez sentir como se não existisse absolutamente mais nada, apenas isso, ele, ela, agora.

Esticando as pernas nuas, Mercy cruzou os tornozelos e disse:

— Sua cama é muito maior do que a minha. E muito mais confortável.

— Foi por isso que esperei até agora — respondeu Andy. Sob o brilho da luz distante, a pele dele cintilava com uma camada de suor. — Eu sabia que você era apegada àquela van e sabia que tentaria ficar comigo nela.

— É mesmo?

— Sim. E, olha, não me entenda mal, não teria recusado um colchão de espuma se você estivesse pelada nele, mas preciso manter certos padrões.

Mercy o empurrou, e Andy pegou a mão dela e a beijou.

Faltava uma hora até ela ter que estar de volta ao aeroporto. Seu coração era um metrônomo no peito.

No banco da frente, Wasabi ganiu.

— Não — disse Andy para o cachorro. — Fica.

— Ah, coitado do Wasabi.

Andy se virou para Mercy.

— Dá para fazer muita coisa em uma hora.

— É mesmo?

— Pois é.

E não é que Andy estava certo?

CAPÍTULO QUARENTA E CINCO

— Se cancelarem este voo — disse Mercy —, vou estar muito ferrada.

No portão de embarque, a fila ia avançando devagar, passageiros bocejando e murmurando, a tripulação sorrindo e dando as boas-vindas como se não fosse quase uma da manhã.

Foi quando faltavam poucos passageiros na fila que Mercy sentiu uma onda de medo. Ela se virou para Andy.

— Talvez eu não consiga fazer isso.

Andy apertou a mão dela.

— Consegue, sim. Já está fazendo.

— É o que as enfermeiras obstetras falam para as mulheres durante o parto.

Andy deu de ombros.

— É um bom conselho para qualquer situação, não?

Mercy alternou o olhar entre o portão de embarque e a outra ponta do terminal, em direção à saída. Ela conseguia sentir sua mente se preparando, instigando-a, confundindo-a.

E se cancelarem o voo de novo? Mas, pior, Mercy se deu conta com um sobressalto, e se *não* cancelarem? Ela teria que entrar naquele avião.

Mercy tinha que pegar o avião de qualquer jeito. Não havia mais tempo. E ali, com esse fato absoluto e incontestável, um nó doentio de ansiedade começou a se formar dentro dela. O nó cresceu, coletando um arsenal de autocríticas e autoaversão, os pensamentos de Mercy atirando-se contra ela, afiados como flechas: e se tiver sido *mesmo* culpa dela? E se seu melhor... e se *ela* nunca fosse boa o suficiente?

Assassina.
Sua bostinha!
Faça alguma coisa.

Mercy inspirou, devagar. Expirou, devagar. O aeroporto começou a se inclinar e ela apertou a mão no peito.

E então ela abraçou Andy. Apertando o rosto contra o pescoço dele, Mercy fechou os olhos. Os braços de Andy a envolveram, e três mil quilômetros se desenrolaram e depois se guardaram dentro dela.

— Foi um prazer conhecer você, dra. Mercy.

— Você também, Andrew Macauley.

Mercy o beijou, depois se virou e caminhou na direção do portão.

— Mercy?

Ela parou, o coração hesitante.

— Sei que você não tem casa nem van agora, mas tem Skype, certo?

— Sim — respondeu Mercy. — Me liga.

Andy sorriu, e ela subiu no avião.

* * *

Viagens aéreas poderiam ser convenientes e muito mais rápidas do que cair na estrada em uma van de quase quarenta anos, mas, para Mercy, não havia como evitar a realidade de que aquele modo de transporte incorporava todos os grandes gatilhos de estresse: espaços confinados; contato próximo e prolongado com estranhos; alturas; velocidade; total falta de controle. Uma incapacidade de fugir, por mais alto que você gritasse ou por mais desesperadamente que implorasse. A irrevogabilidade de tudo.

Aquela constatação a tomou justamente quando as portas se fecharam e se cruzaram e o avião começou a balançar e dar a volta: quando era tarde demais para mudar de ideia.

Inclinando-se para a frente no banco, o cinto apertando seu quadril, Mercy apanhou a sacola de juta. Ela a revirou, exalando o cheiro velho de roupas suadas e salgadas, até encontrar o frasquinho de vidro.

Skullcap. Mercy desenroscou a tampa e cheirou. Acre e alcoólico, e um tanto terroso. Ela apertou o conta-gotas, preenchendo o tubo de líquido cor de melaço. Mercy havia conhecido mulheres que defendiam remédios à base de plantas, e ela passara muitas horas zombando da ideia de poções de bruxa e efeitos placebo, alertando pacientes de que só porque as ervas eram naturais não significava que não poderiam ser perigosas.

O avião chegou ao alto da pista e arqueou em um círculo lento. O coração dela bateu forte contra as costelas.

Os motores começaram a zumbir, então a roncar e retumbar. Mercy ergueu a mão trêmula e apertou o conta-gotas sob a língua. Queimou como se ela estivesse colocando gasolina dentro da boca, o que a fez tossir.

Mercy foi empurrada contra o assento. A cabine chacoalhou, luzes passaram turvas pela janela, e, quando o avião ergueu o nariz no ar, ela tomou uma segunda gota, e a terra desapareceu sob seus pés.

Quinze minutos depois, um 737 passou mais ou menos por cima de uma Daihatsu Hijet parada à beira da Rodovia Stuart, com *Lar é onde você ESTÁ* pintado à mão na lateral, três pistões presos no motor de ferro fundido e uma grande aranha-caranguejo fêmea escondida embaixo do tanque de gasolina. Já haviam saqueado a bateria da van, o estepe e a chave de roda, bem como a única panela do veículo, a caixa de talheres e a lata de feijões cozidos no molho de presunto.

No escuro da noite, o barulho do avião chegou ao chão e, com isso, o para-choque traseiro caiu da van e atingiu o cascalho com um clangor, mas não havia ninguém lá que pudesse ouvir.

Não que Mercy pudesse ver nada disso de seus 28 mil pés de altitude. Não no meio da noite. E não quando estava com a cabeça inclinada para o lado, roncando baixo em sono profundo.

UMA SEMANA DEPOIS

Adelaide vibrava no fim da primavera. A luz do sol reluzia nos vidros e um calor seco rodopiava pelas ruas. Afastando-se do prédio da Corte de Magistrados, Mercy atravessou a rua Angas até a esquina da praça Victoria e se sentou num banco à sombra de uma árvore. O trânsito cantava ao redor da praça.

Ela pensou sobre certeza, e pensou sobre incerteza. Não importava quantos especialistas fossem chamados ao banco das testemunhas, não importava quantas cartas elogiassem o nome de alguém, não importava quantos anos de experiência um profissional tivesse enfiando os braços nos fluidos corporais de vida e morte — tudo que qualquer ser humano podia oferecer, com algum grau de certeza, era sua melhor estimativa. Antigamente, jurava-se que o Sol girava em torno de uma Terra parada. Antigamente, médicos acreditavam que o ventre da mulher poderia vagar pelo seu corpo e gerar problemas. Antigamente, garantiam que bastava o ar fedorento para causar doenças — a ideia de germes microscópicos era motivo de escárnio. Além da certeza de relativa incerteza, Mercy pensou, a única outra verdade é que algumas estimativas — as de figuras de autoridade, de pessoas bem relacionadas, e dos homens — têm mais peso do que outras.

Mercy baixou os olhos para o trecho de terra desgastada na grama e viu formigas correndo. Uma embalagem de barra de cereal descartada tinha sido soprada pela brisa até seu tornozelo. Ela calçava sapatos sociais de couro preto com saltos baixos que faziam um barulho baixo e sério quando Mercy andava. Havia uma mancha de terra na ponta, que ela se agachou para limpar.

Sobre o que Mercy poderia ter certeza? Bom, ela tivera certeza de que o inquérito levaria mais de um dia, e foi o que aconteceu — levou quatro. Tivera certeza de que os advogados do Departamento de Saúde estavam tão preparados que falavam de *embolia amniótica* e *coagulopatia intravascular disseminada* com a facilidade de quem pede uma gim-tônica no bar. Tivera certeza de que a família de Tamara Lee Spencer parecia assustada, furiosa e triste no começo, e confusa, exausta e ainda triste no final.

A mancha empoeirada de terra estava agora na ponta do dedo de Mercy. A brisa balançando a embalagem da barra de cereal, ameaçando levá-la. Ela se lembrou das tartarugas e prendeu a embalagem embaixo do salto.

Sobre o que Mercy não poderia ter certeza?

Ela não sabia quanto tempo levaria para sua casa ser reconstruída. O empreiteiro mencionou de quatro a seis meses — "Talvez um pouco mais" —, porque também não tinha como ter certeza.

Mercy não sabia se Eugene e José tinham terminado de vez agora, e nem Eugene. E, portanto, ela não sabia se a sugestão dele de que Mercy e Wasabi poderiam ficar no quarto de hóspedes dele de novo, se fosse necessário, era movida por culpa, caridade ou talvez até solidão.

Ela não sabia se alguém havia explicado para a família de Tamara Lee Spencer que sua filha, irmã, mãe, tia, esposa morrera porque às vezes, por mais improvável que fosse, quando o líquido amniótico escapa do ventre e entra na corrente sanguínea da mulher em trabalho de parto, a ciência médica nem sempre sabe como impedir que o coração e os pulmões parem de funcionar.

Mercy examinou a mancha de poeira marrom na ponta do dedo.

Ela sabia que era normal estar ao mesmo tempo triste e aliviada com a morte da mãe. Sabia que sempre sofreria, mas que seu luto era complexo e complicado e não estava ligado apenas à perda de Loretta, mas à consciência de que ela nunca teria um relacionamento normal e amoroso entre mãe e filha.

Com o polegar, Mercy limpou a sujeira da ponta do dedo na pele. O resíduo pareceu desaparecer, mas ela sabia que ainda estava lá, preso nas espirais minúsculas de seus dedos e da palma de sua mão. Ninguém mais veria, mas Mercy sabia.

Assim como ninguém mais saberia que, na noite em que a casa de Mercy pegou fogo, ela tinha parado no batente, observando as labaredas consumirem os armários da cozinha. A tinta formou bolhas e a fumaça cobriu o teto, e Mercy ficou parada assistindo, enquanto sentia uma constatação calma tomar conta dela. Ela soube exatamente o que precisava fazer. E o que precisava fazer não era pegar Wasabi no colo e fugir de casa, mas jogar o cachorro para fora e fechar a porta. E então Mercy tinha que dar meia-volta e voltar para o quarto, também fechando a porta. Porque, naquele dia, na véspera de seu aniversário de trinta e seis anos, ela chegara a um limite, um ponto crítico, em que não conseguia mais ficar presa em casa. Mas também não conseguia sair. Então não restava nada a fazer além de erguer as mãos no ar e deixar nas mãos do acaso. Do destino. Ficar ou ir.

E, no fim, o destino disse: *Vai.*

A brisa soprou, chacoalhando as folhas embaixo dela e fazendo um raio de sol cair. O celular de Mercy vibrou.

Ei, dra. M., como foi? Bjs

Longo, Mercy queria escrever. *Horroroso. Quando acabou, o marido veio até mim e havia tanta dor estampada no rosto dele que dei um passo para trás, mas então ele me abraçou. Chorou. Disse que não fazia ideia de quantas palavras grandes e frases técnicas poderiam ser ditas para tudo no fim se resumir a "Fizemos o possível e não sabemos por que aconteceu". Disse que às vezes parece que só nos resta aceitar que a vida toma decisões por nós, mas que ele nunca vai conseguir fazer isso. Eu queria dizer para ele:* Não sei, mas acho que estar aqui, agora, ajuda. E um dia, talvez, você se encontre do outro lado.

Com o polegar sujo de terra, Mercy digitou em resposta:

Ei. Acabou. O veredito vai demorar alguns meses mas os advogados estão confiantes. Onde vc tá agora? bjs

Kimberly. Bonito pra caramba. Mas um silêncio... bjs

Mercy sorriu. Então se agachou, pegou a embalagem, caminhou até a lixeira e a jogou fora, depois limpou as mãos na calça preta. Virando o rosto para o sol, ela fechou os olhos e imaginou que conseguia sentir o cheiro dos eucaliptos.

Havia uma concessionária de automóveis a uma curta distância de bonde.

As economias dela não durariam muito, e a venda da casa recém-reconstruída acabaria se esgotando, e então ela precisaria colher frutas, limpar mesas e atender telefones.

Mas Mercy sabia que, aonde quer que fosse, de uma coisa poderia ter certeza: onde quer que estivesse, nesse momento, ela estava em casa.

NOTA DA AUTORA

Gostaria de agradecer respeitosamente às nações mencionadas nesta história e aos redutos pelos quais a protagonista viaja em sua jornada. Agradeço aos Proprietários Tradicionais dessas terras, e das terras em que vivo e trabalho, e saúdo os Anciões do passado, do presente e do futuro.

AGRADECIMENTOS

Antes de tudo, minha gratidão a Pippa Masson, por sua sabedoria, paciência e confiança inabalável. Obrigada também a Caitlan Cooper-Trent, cuja graciosidade e experiência é sempre muito bem-vinda e fortificante, e a todos na Curtis Brown Australia.

À equipe incrível na HarperCollins HQ: que turma maravilhosa vocês são! Tenho uma gratidão imensa a Jo Mackay por seu entusiasmo imediato por essa história, e a Rachael Donovan por seu afeto, sua paixão e por trazer esse romance ao mundo com tamanha habilidade. Muito obrigada a Annabel Blay por sua proeza editorial e seu cuidado, bem como a Kylie Mason e Annabel Adair, Jo Munroe e Natika Palka. Minha admiração a Alex Hotchin por criar o mapa deslumbrante, e a Christa Moffitt por uma capa incrível.

Peço desculpas aos residentes de todas as cidadezinhas ao longo da Rodovia Stuart cujas instalações representei mal ou tirei da minha cabeça. Além disso, obrigada a todos os

"Nômades Grisalhos Australianos" de cujos slogans de trailer deliciosamente bem-humorados eu me apropriei na cara dura.

Obrigada às moças adoráveis da unidade de Lyndoch das Bibliotecas Barossa Libraries, que ofereceram auxílio e apoio com muito bom humor, e nunca pareceram se importar por eu estar sempre de calças esportivas. Um muitíssimo obrigado aos meus amigos da Livraria The Raven's Parlour, livreiros extraordinários e apoiadores fiéis de escritores locais. E aos livreiros e bibliotecários de todos os lugares — obrigada. Devo muito a vocês.

Minha gratidão a Kat Clarke por sua assistência gentil e sábia com a representação dos personagens de Povos Originários e seu país. Obrigada a Ryan O'Neill pela ajuda generosa na elaboração do diálogo (e dos palavrões) de Glasgow. Obrigada a Peter Lock por me explicar o que é um silenciador quebrado; Natasha Schubert por "dois pneus furados e apenas um estepe"; Ben Buck por conseguir uma mangueira de radiador quebrada e contar as rodas de um rodotrem. Todos os erros ou exageros são meus.

Àqueles que leram coisas, me aconselharam, suportaram minhas lágrimas ou meus chiliques e/ou deram sua torcida ou seu apoio tão necessário: Bettina Engelhardt, Jayde Lock, Stace Lock, Sarah Ridout e Les Zig (94pt) — obrigada, obrigada, obrigada. Leisa Masters, minha mais querida amiga, e Kelly Morgan, pelos muitos chás e abraços e por entenderem. Vocês tornam todas as palavras mais fáceis e sou infinitamente grata.

Em memória do meu amigo Kevin Massey, que acho que teria adorado essa história.

Meu amor a Ben, Addy e Leo, por sempre estarem tão animados com tudo relacionado a livros. E o último agradecimento mais retumbante deve ir para minha mãe, Julie Lock, que desbravou a primeiríssima versão pedregosa, sem nunca deixar de me estimular, e riu em todos os momentos certos. Obrigada, mãe!

Este livro foi impresso pela Lisgráfica, em 2022, para a Harlequin. A fonte do miolo é Adobe Garamond Pro. O papel do miolo é pólen soft 70g/m² e o da capa é cartão 250g/m².